范观澜 著

江淮名刹·泰州光孝寺

傳印敬題

江苏古籍出版社

图书在版编目(CIP)数据

江淮名刹泰州光孝寺/范观澜著 .—南京:江苏古籍出版社,2001.11

ISBN 7-80643-612-X

Ⅰ.江… Ⅱ.范… Ⅲ.寺庙,光孝寺—概况—泰州市 Ⅳ.K928.75

中国版本图书馆 CIP 数据核字(2001)第 080259 号

江淮名刹泰州光孝寺

作　　者	范观澜
责任编辑	府建明
出版发行	江苏古籍出版社 发行部电话 025—3223462
社　　址	南京市中央路 165 号　邮编:210009
经　　销	江苏省新华书店
印 刷 者	泰州人民印刷厂
开　　本	大 32
印　　张	11.375
字　　数	210 千字
印　　数	1—3000
版　　次	2001 年 11 月第 1 版 2001 年 11 月第 1 次印刷
标准书号	ISBN 7-80643-612-X/K·185
定　　价	26.00 元

(江苏古籍版图书凡印、装错误可随时向承印厂调换)

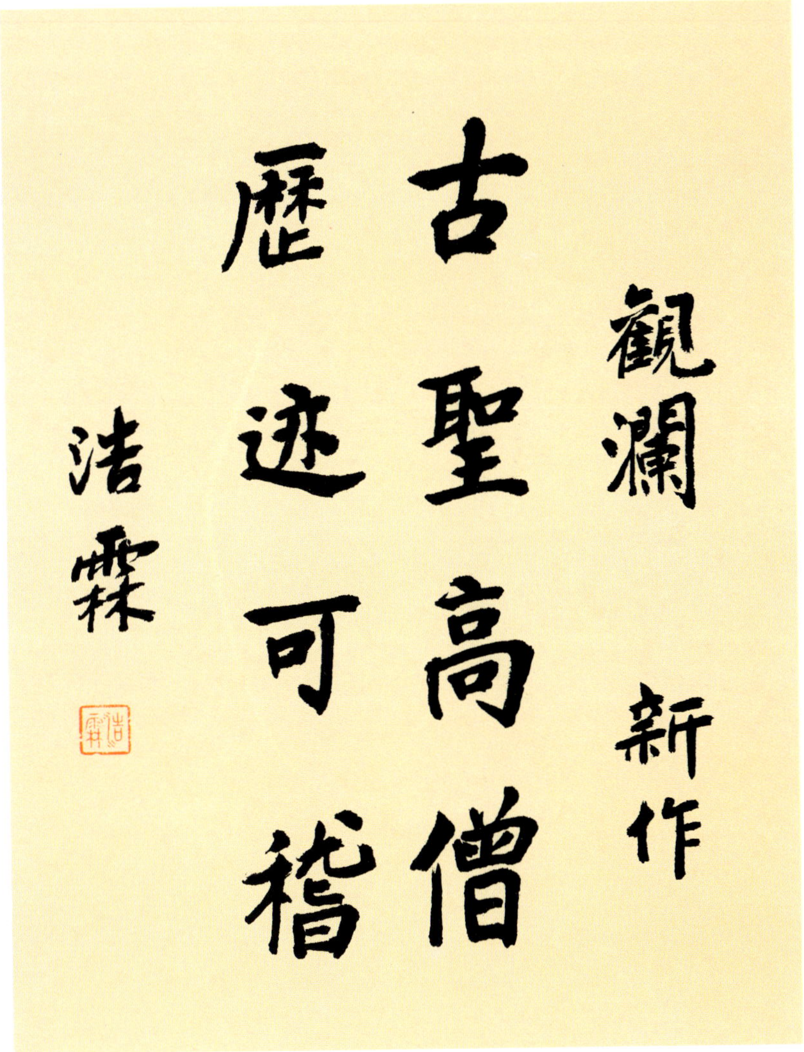
觀瀾新作
古聖高僧
歷迹可稽
浩霖

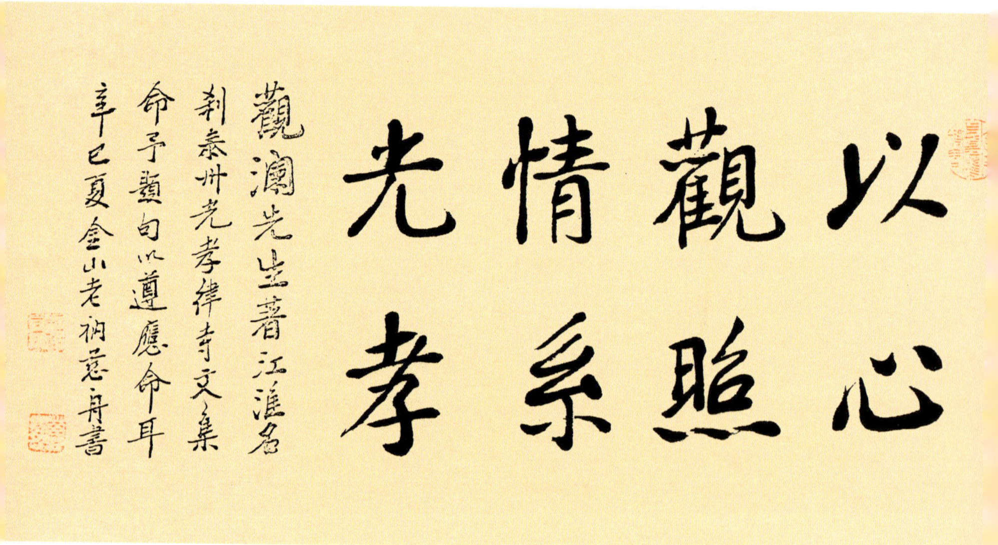
以心觀照
情系光孝
觀瀾先生著江淮名
刹泰州光孝律寺文集
命予題句以遵應命耳
辛巳夏金山老衲慈舟書

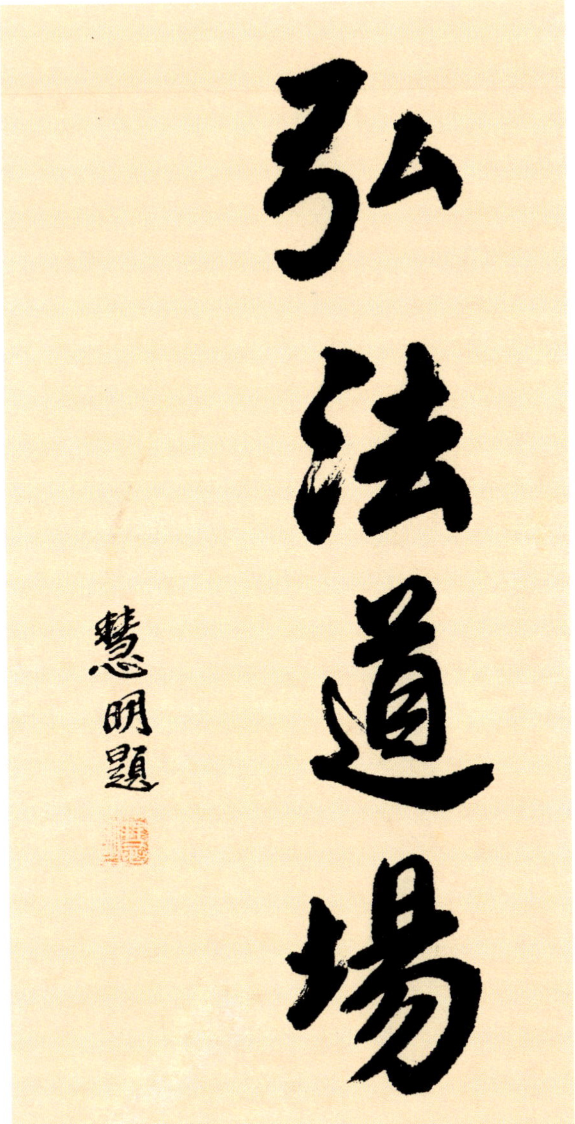
弘法道場
慧明題

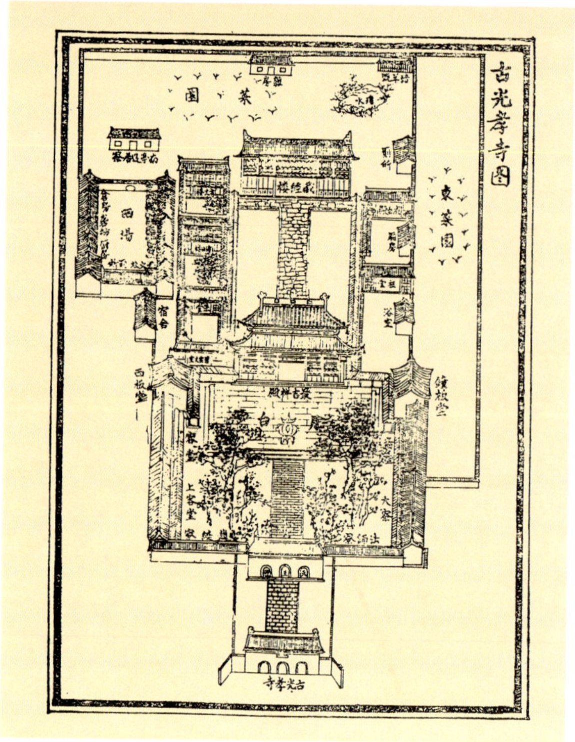

古光孝寺图

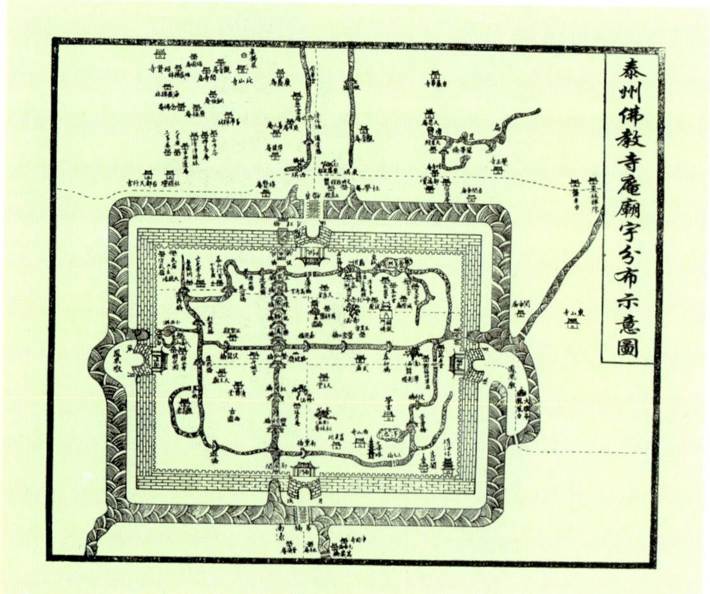

泰州佛教寺庵庙宇分布示意图

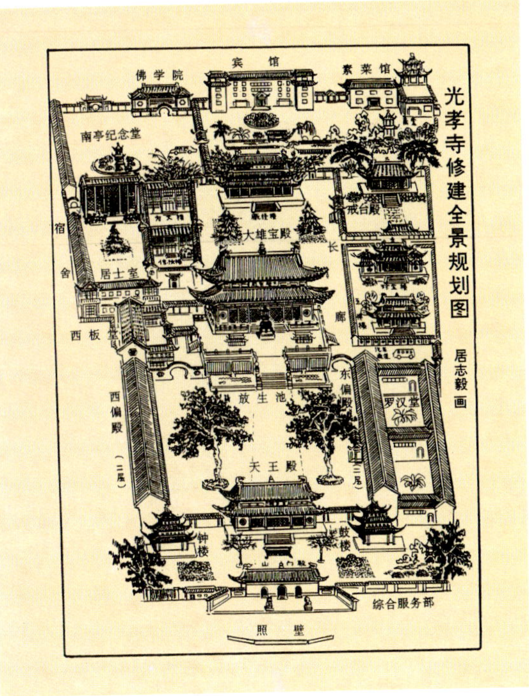

光孝寺修建全景规划图

光孝寺大雄宝殿落成暨佛像开光典礼诸法师签名首日纪念封

（首日封设计：沈心传　印戳设计：方进）

清末泰州僧正司玉成和尚

光孝律寺第十四代传人常惺法师

焦山定慧寺方丈泰州籍高僧智光法师

光孝律寺第十五代传人南亭和尚

1986年11月,赵朴初与成一在尼泊尔王国

1988年4月，赵朴初在北京会见了中等

1988年4月,全国政协委员、中国佛教协会副会长、上海龙华寺方丈明旸(右一)向了中介绍大陆佛教情况

1989年10月，肇源与成一筹划光孝寺复修方案

1988 年 10 月，妙然法师在光孝寺

1989 年 10 月，成一将智光衣钵传给茗山

1993 年 4 月，光孝寺举行玉佛开光典礼

1993 年 11 月，光孝寺举行大雄宝殿奠基暨山门殿、天王殿落成典礼

1996年11月，光孝寺大雄宝殿落成

中国佛教协会副会长茗山主持光孝寺大雄宝殿落成暨佛像开光大典

1996年11月，光孝寺佛像开光盛况

1998年10月，了中迎请玄奘顶骨舍利

1997年10月，全国人大副委员长彭冲与泰州市党政领导阅看光孝寺镇寺之宝

2000年4月，成一率寻根礼祖团至光孝寺与泰州市宗教局领导交谈

2001年10月，泰州籍著名表演艺术家游本昌来到光孝寺，向果曙介绍他在光孝寺的情况

台湾新东阳财团董事长麦石来（后左三）与夫人叶莉莉（右五）等与慧光、一乘以及松林、禅耕在光孝寺

成一(右二)与妙然 1988 年 9 月来泰州光孝寺礼祖，对光孝寺戒坛石料保存尚好感到欣慰

经过十年复建，光孝寺大雄宝殿于 1996 年 11 月 2 日落成

光孝寺大殿佛像

1988 年 4 月，了中在复建前的光孝寺山门前

1989 年，成一率团至光孝寺拜祖

1989 年，成一率团至祖庭光孝寺与松林(右)、果曙、王光钺居士在一起

1988年4月，了中法师第一次回乡拜祖

2000年4月，中国佛教协会副会长茗山(右)与光孝传人、台湾高僧守成在焦山会见

2000年10月，成一与果曙在海安观音禅寺

1988 年 4 月，了中会见上海佛协副会长贾劲松

1996 年 6 月，禅耕(中)与妙然、了中在台北善导寺

1996 年 11 月，中国佛教协会副会长刀述仁代表赵朴初向成一赠送墨宝

1996 年 11 月，成一与九华山方丈仁德在光孝寺大雄宝殿落成典礼上

1996 年 11 月，自立、净良、明乘、今能诸位大法师参加光孝寺开光盛典

2000 年 4 月，成一在光孝寺与果曙、尼师圣道（中）交谈

1996 年 11 月，台湾高僧净良法师祝贺光孝寺佛像开光

1996 年 11 月，台北法藏寺住持慧光(右二)为光孝寺大雄宝殿落成典礼剪彩

新闻部门多次报道光孝寺，各种节目的播放引起了众多人的关注

2000 年 4 月，光孝寺第十八代传人全度(右三)、藏度(右二)、弘度(右一) 在光孝寺祖堂叩拜祖师

2001 年 4 月，光孝寺第十八代传人，台北华严专宗学院院长贤度法师在海安观音禅寺讲经

就读于中国佛学院的光孝寺一虚法师

寺藏清代藏经

寺藏元代历代贤妃图

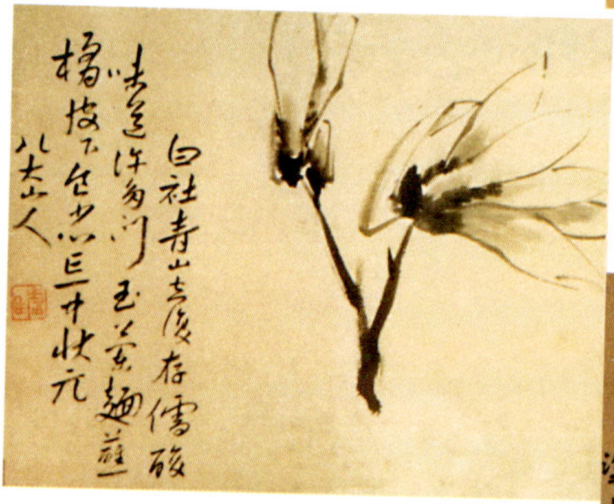

寺藏清代八大山人册页

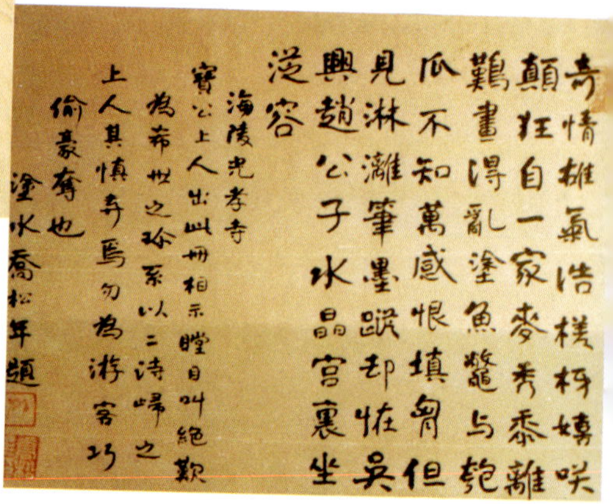

寺藏清代乔松年跋

寺藏明代祝枝山手书长卷(局部)

观赏寺藏宝物

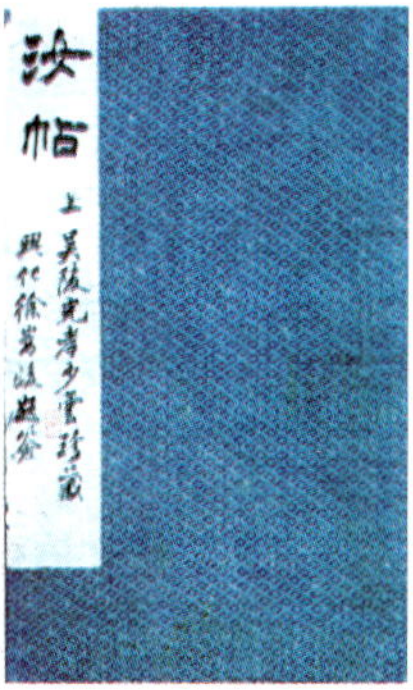

寺藏宋拓“汝贴”

2001 年 4 月,泰州九大丛林之一的净因寺举行奠基仪式,了中、一乘(右一)与诸位居士共商规划

建于清代的传汝楼

雪罩偏殿

光孝新姿

不到长城非好汉

游览中山陵

万人空巷迎高僧

一丝不苟

尝不够的家乡水

不忘师恩

惜缘

目　录

序　言

成一

泰州光孝寺是一座千年古刹，在中国佛教史上有其重要的地位，在当今佛教世界也有极大的影响。该寺始建于东晋义熙十四年(418)初名天宁万寿寺。北宋崇宁二年(1103)，徽宗赵佶赐名为“崇宁万寿寺”。南宋绍兴八年(1138)，宋高宗南渡，敕改名为“报恩光孝禅寺”。清初康熙乾隆年间逐渐衰颓，南京宝华山慧居寺(今隆昌寺)上座炳一律师，为江苏泰州里下河人，因回乡省亲路经泰城，驻锡光孝寺，见寺宇颓废，住僧星落，恝焉心忧，后炳一律师受地方士绅之邀而任住持，肩负中兴光孝寺之重任，古刹赖以复兴。因炳师为宝华山律宗传人，乃易名为光孝律寺，一直保持之今。

光孝寺，代出名僧，法音远播，四众皈依，为一方至道信仰之中心，乃万民依法修行之重镇，亦为“江淮之名刹”、“苏北唯一之律宗丛林”，又为家乡泰州文化古城之象征。光孝寺在历史上屡有兴废，近年由于诸多因缘得以复兴。

作者范观澜先生，泰州人氏，与其相处相知要追溯到上个世纪的八十年代中期。当时海峡两岸冻结了四十年的坚冰刚刚敲破，为完成先师祖南亭老和尚重兴光孝寺之悲愿，处处设法打听故乡这边的情况。已来过大陆的人向我介绍了观澜先生，得知他是一位医师，现在家乡主持台胞接待工作，曾专门在厦门大学学习过台湾知识，为人谦和、忠恳、至诚，到泰州有什么事可以找他。果然不错，十几年来的交往，我们竟成了“忘年交”。开始几年，由于他工作的关系，安排我们在大陆的行程，总是井井有条，让我们久居海外的人尽管有几十年的相隔，却无生疏之感。后来他又回到医院供职，但是他热爱家乡的传统文化，特别是对泰州光孝寺的历史文化研究如痴如醉。十多年来，他苦其心志，自励奋发，对笔耕情有独钟，工作之余，以写作为乐，笔走龙蛇，抒情写意。由于泰州光孝寺十年修复，几乎所有重大活动他都参加，他作为有心人记录了一段又一段的历史。他在泰州又是一位很有名气的摄影家，曾举办过个人摄影展览，也有心把光孝寺和其修复的历史瞬间变为永恒。前几年他为了发心写泰州光孝寺的书，自感文化功力不够，还专门去南京大学攻读新闻学硕士学位，以提高写作技能。近年来，观澜先生经常撰写泰州光孝寺以及有关佛教的文章，常常和我商榷，并请我代其修正。每当读到他的文章甚感亲切，真佩服他搜集资料之精神，所撰篇章巨细靡遗。我们在海外的杂志也常常登载他的作品。大家都领略到一股亲切感，我也常常把他的文章推荐给我们华严专宗研究所的学生阅读。他曾经对我说过:"我这年纪虽不长,为了弘扬传统的中国文化,正是要承先启后,要把我们所知道的事情记录下来,告诉现在以及将来的人们。"我常常鼓励他要发心愿,持之以恒做好这功德无量、惠及后人的工作。

《江淮名刹泰州光孝寺》,集作者 1988 年至今所撰写、发表的 35 篇佛教史料文章,以及近 70 幅有关图片资料。文章、图片作者匠心独具,依其历史脉络把千年古刹光孝寺,甚至泰州佛教的过去、现在乃至于将来,表现得淋漓尽致,他的人物所记,不仅有古德先贤,且有今之健在的僧侣;不仅记述令人高山仰止的大德,且记录一般法师;不仅写沙门英豪,也写居士人杰;不仅规范记载佛门中的大事记,又写了佛门中的轶闻,也描述佛教艺事、文化,等等。为使读者览史不成"嚼蜡",作者行文常以散文笔法,驱墨遣字,赋文于灵性,将可读性、趣味性同史实性糅合一致,使读者读来如松下听泉,另感一番清乡雅韵。

记录祖庭光孝寺的作品,历史上虽有,但没有观澜先生这部作品如此全面、具体,描述汇集如此优美,真正让古刹光孝寺过去千数百年的历史文化大放异彩,也沟通了海峡两岸文化的交流,并为社会祥和起了积极进步的推动作用。大愿悉成满,鸿文如其人,观澜先生的作品一定会以他的人格力量给众多读者带来更多的启迪。

《江淮名刹泰州光孝寺》一书的问世出版,使我们通过这书中具有故乡泰州地方佛教特色的史籍,以高山仰止于佛门先贤大德。古圣垂训,见贤思齐,弘扬人间佛教，推崇弥勒精神，利乐众生有情。祝愿观澜先生再出佳作，祝愿这部作品得到广大读者的喜爱和欢迎，让更多的人了解江淮名刹泰州光孝寺。祝愿祖庭梵宫花雨之盛况再现，碧云香雨更创辉煌。是为序。

2001年4月8日脱稿于台北华严莲社知足居

序　言

了中

记得是1988年4月上旬，我第一次回乡探亲，当时范观澜先生任江苏泰州市台胞接待站站长，代表市政府专程到上海虹桥机场来接我，就这样成就了我与他的因缘。

自从两岸开放探亲旅游以来，最初几年我几乎每年都有大陆之行，或探亲或朝礼名山道场，而每次观澜都放下工作专程陪我，十多年来，我发觉他非常好学，尤其因为与我接近的关系，他对佛教的文物历史特别有兴趣。当然，开始时与泰州光孝寺的恢复有很大的因缘。

光孝寺不仅是泰州首刹，在大江南北也是有名的道场。过去泰州城区虽然号称有九家丛林，其实有挂钟板集众而供行脚僧人挂单者，只有光孝寺一家，因此泰州一带出家人初入丛林，大都参学光孝寺。我是在1945年的正月参学光孝寺，到1947年十二月离开，在光孝寺整整住了三年，也许是初入丛林的生活值得回忆，或者是经历了最动乱的时期（战争频仍），那三年的艰苦岁月，却是终生难忘。我常常对我的学长自立法师（他与我同期入学，同期毕业）说：我们在光孝寺参学了三年，好像过了三十年，日子过得特别漫长，但这是我们一生之中最值得怀念的一段人生过程。因此当我第一次返乡时，最关心的不是我的家人，而是我的成长摇篮——光孝寺。记得是当天晚上到达泰州，已经很晚了，住宿乔园宾馆，第二天上午八时多，由观澜等人陪同我到光孝寺。当时的光孝寺，寺宇全毁，记忆中的巍峨殿堂，雄伟梵宇，都已荡然不存，只剩下残破的三间碧云丈室，到处残垣破壁，颓废厂房，一片衰落景象。抚今追昔，令人慨叹，不胜唏嘘！

当时正是改革开放初期，地方人士为增进地方繁荣，正积极筹划恢复名胜古迹，因而有重建光孝寺之议。但是寺内主殿全无，厂房又多，住户繁杂，拆迁而后再建，工作不易推动，而费用亦难募集。其时南山寺大雄宝殿尚完整，因此有人建议就南山寺寺址恢复为光孝寺，既省力又省钱。正好我在此时回乡且又关心光孝寺的修复，于是大家要我表示意见，我极不赞成就南山寺而恢复成为光孝寺，因为恢复的是光孝寺并非南山寺，所谓名正则言顺，作业方成。就这样，光孝寺在原址恢复而成定案。

在回乡的十几天之中，每日谈论的几乎都是有关光孝寺的事，而观澜天天陪我，渐渐地他对光孝寺的历史文物有了兴趣，而对未来的修复更怀着极大希望，因此他努力探寻过去的珍贵史料，而又切实地记录当前的修复过程，文字一篇又一篇，照片一幅又一幅，十年来功不废捐，汇集而成这本书。他的写作精神和学习毅力，令我感佩。

光孝寺如今已修建得美轮美奂，大雄宝殿之宏伟高大胜于旧殿，只是这十年来修复的过程，不论是文字的或图片的，寺方及地方可惜都未留下完整的记录，时过境迁，若干年后这一段十年修复的过程，将会在岁月的长河中淹没而成空白。幸好，观澜是有心之人，他把这十年来光孝寺从修复规划蓝图开始，到大雄宝殿落成，佛像开光典礼，重大的活动，相关的盛事，一一都留下文字的记录、照片的图影，因此这本书的出版，对光孝寺、对泰州佛教、对泰州地方，都有很大的贡献，观澜之功，大哉！大哉！

其实，这本书虽然题名为《江淮名刹泰州光孝寺》，而实质上是近现代泰州佛教的札记。当然泰州这一地方名词，所指不是狭义的今日的海陵区，而是广义的过去的泰县地方，这一带地方，诚如书中所言："百年以来，泰州成了名僧摇篮。"正因为如此，泰州佛教在近代中国佛教史上有着深远的影响，但是这一点却不为泰州地方人士所重视，所以在地方文献中所述不多，所记甚微。其实一个地方在某一时代，发展出某一种特色，不论是好是坏，都有其不同的时代背景，从不同的时代背景中，反映出当时的社会需求、民众的心声。从事文化工作者，应该将社会的现实不偏不倚地把它表达出来，而提供社会大众宽广的认识视野，这才是文化工作者的社会责任。冀望本书的出版，亦将能尽这一份社会责任。

本书付梓前，著者问序于我，因赘数语，是为序。

2001年6月于台北善导寺

江淮名刹泰州光孝寺

泰州素有“汉唐古郡，淮海名区”的美称，已有2100多年悠久的历史，古名有海陵、吴陵等称谓，滨海临江，交通发达，经济繁荣，有“海陵红粟仓储之积靡穷”之说。过去也曾称为泰县，包括了现在的海陵区、姜堰市以及高港区、江都市、兴化市、海安县的部分地区。在清代，东台未设县治以前，也属泰州的范围。如今的泰州市下辖姜堰、兴化、泰兴、靖江四个市以及海陵、高港两个区。

泰州在历史上是有一定地位的。好些诗文中写到过这个富饶的地方。范仲淹、岳飞在这里做过官。张士诚领导的元末农民、盐民起义，是从这里开始的。在文化学术方面，在宋代，出过经学家胡瑗，世称安定先生。在明代，出过一个以王艮为代表的泰州学派。在清初，诗人吴嘉纪的《陋轩诗集》受到人们的重视，在中国文学史上也有其地位。在书法方面，在唐代开元时期，出过书法评论家张怀瓘。他留下的书法作品很罕见，其书法著述《书议》、《书估》、《书断》、《文字论》、《六体书论》、《论用笔十法》、《玉堂禁经》、《评书药石论》，却是流传至今的重要的文化遗产。在明末清初，在艺术方面，又出现过一个评话大家、说书艺人柳敬亭。有好些名家为他做了传，孔尚任以他为重要角色写了《桃花扇》。京剧大师梅兰芳的祖籍正是泰州，雕塑名家吴广裕也是地道的泰州人，人们把柳敬亭、梅兰芳、吴广裕称为泰州历史上的“艺人三绝”，许许多多的泰州人是以此为荣的。

佛教文化在泰州一带流布，确是源远流长。据佛教史籍记载，东汉末年，即有丹阳人笮融在彭城（今徐州）和广陵（今扬州）间从事建造佛寺、塑造佛像、举行浴佛会、布施斋饭等宗教活动。泰、扬近在咫尺，大德高僧来此开山建寺，自在意料之中。东晋安帝义熙年间（405—418）僧觉禅在泰州已始建道场。在世界文化史上与马可·波罗的《东方见闻记》、玄奘的《大唐西域记》并称为东方三大旅行记的圆仁的《入唐求法巡礼行记》，作者是被日本天皇封谥为“慈觉大师”的天台宗的日遣唐请益僧圆仁和尚。《入唐求法巡礼行记》卷一，记述了大唐开成三年（838）七月他从日本到扬州的一段旅程，特别是在海陵县的情况。他们在海陵以佛教寺院为驿馆，海陵镇大使刘勉为接待这批外宾，特设酒宴，安排歌舞文艺演出的迎宾礼仪。这里的唐代先祖为欢迎东瀛的使者，不失泱泱大国风范，极尽热情的待客之道。

宋朝是泰州佛教文化的兴盛时期，除东山、南山、西山、北山、光孝、雨声、永宁、觉正、净因九大丛林之外，其余众多僧寺、尼庵亦不在少数。皇帝也曾赐名敕封过这里的寺院。元朝间有所没落，明清后开始复兴，特别是清末民初年间泰州东乡出了个玉成老和尚，注重僧教育，大办佛学院，培育了众多佛教英才。自此泰州佛教带来了前所未有的复兴，并跨过长江，弘扬海外，乃至于当今华人佛教的兴起都与泰州佛教具有这样和那样的因缘。据民国《泰州志》记述："名山方丈多为泰人。各县高僧传，亦以泰人为多。"池州杨仁山居士《江苏名山方丈录》中也说"江苏名山方丈，占泰籍者十之七、八，僧徒之发达，盖于斯为盛。"

泰州佛教寺院的杰出代表应是光孝寺，亦称为泰州九大丛林之首。它位于今市区五一路西段，据《明朝崇祯泰州志》卷六七记载：万寿报恩光孝禅寺——在州治西，晋义熙年间(405—418)觉禅师初建，宋崇宁二年(1103)赐崇宁万寿额，政和元年(1111)改天宁万寿寺，宋绍兴八年(1138)为徽钦二宗建道场赐今名，后毁于兵燹。至绍熙(1190—1194)中，德范师应转运陈公请至寺，选建楼百尺，以栖钟，建大佛殿颜曰"最吉祥殿"，又为阁六楹，用"碧云"赐额，通费钱四千万有奇，宝章阁待制陆游为记。因朝修圮不一，明崇祯四年(1631)天竺方志师本州人，应聘正锡，鸠工重建，焕然改观，永为祝禧道场。

泰州光孝寺在历史上伴随着朝制更迭，同样也时有兴衰。如今古光孝寺已旧貌换新颜，呈现一派复兴景象，名刹之雄风再现，香雨碧云而再度重兴。笔者由于因缘，有意关注其复兴过程，搜集资料，发心把泰州光孝寺的悠久的传承历史、规模宏大的殿宇、法音远播的名僧以及为数颇丰的镇寺之宝，记载汇集成文以垂后世。

一、千载古光孝　历史久远

泰州光孝律寺，始建于晋朝，距今已近一千六百年历史。

据史书记载，东晋义熙年间（405—418）僧觉禅在泰州创建道场古光孝寺。二千年前佛教传入中国，诸多名山宝刹一般都是创于晋朝，兴于唐朝，盛于宋朝。佛教在中国到宋代日益昌盛，至南宋时已达鼎盛时期，泰州光孝寺也在其列，亦成为江淮之名刹。

北宋崇宁二年（1103），泰州州治范围较广，一直管到海边，管着一大片盐场。泰州自吴王刘濞煮海为盐时起，就是重要的盐产地，又因地处江淮之间水路交通要道，成为重要的税关。据《宋史》记载，绍兴年间，泰州产盐“三十余万席，为钱六七百万缗”，“一州之数，过唐举天下之数”。名臣范仲淹任泰州西溪盐监。可见当时泰州之重要而又繁荣。州内古刹也同样受宠，徽宗赵佶赐名为“崇宁万寿寺”；政和元年（1111），因年号更改，又改赐名为“天宁万寿寺”，并赐田五千亩。用国家年号相赐寺名，表明荣誉之高了。

宋绍兴八年（1138）高宗赵构南渡，定都临安。为徽、钦二宗祝福，敕改当时统治区域内大寺为光孝寺者甚多。又赐名该寺为“报恩光孝禅寺”。绍兴三十一年（1161），泰州遭战祸，光孝寺被毁。后寺僧祖彦复修，工未竣而人先殁。绍熙年间（1190—1195）蜀僧别峰（名宝印，字坦叔，为著名诗人陆游至友)徒德范和尚应转运陈损之聘来任住持。时寺随粗建而大役多未之举。此时宋金之间的关系相对和缓,人心思定。庆元二年(1196),德范建钟楼。继而,筹建大雄宝殿,需费甚巨,见者缩颈。居士刘洪独施钱五百万乐助,随后施者不劝而集,迅即集钱四千万有奇。兴工之初,得提举常平使王宁之助,殿得建成。殿"为重屋八楹,东西百三十六尺,南北九十六尺,高百一十尺。佛、菩萨、阿罗汉三十一躯"。佛像后陡壁上嵌塑彩色海岛,众僧伫立礁石,工艺精湛。公元1199年,大殿建成,继任提举常平使韩梃取《华严经》语,书"最吉祥殿"四字为额。这样泰州光孝寺的大雄宝殿亦称为最吉祥殿,延续至今,乃至于光孝寺在海外创建的道场台北华严莲社、美国华严莲社的大殿也都为"最吉祥殿"。此时又另建高阁大楹,用宁宗赵扩在潜邸时书赐光孝寺住持觉深之"碧云"二字为方丈室额。余如寝室、厨库、水陆堂及左右庑厢,亦同时建成。庆元六年(1200)四月,德范徒书记蜀僧祖兴请时任宝谟阁待制陆游(放翁)撰《泰州报恩光孝禅寺最吉祥殿碑记》,记其始末。陆游在碑文中详细记叙了光孝寺的历史,又作长篇七言铭文,铭文中赞美泰州"海陵奥区名寰中,长淮大江为提封";赞美光孝寺"是邦巍然千柱宫,中有广殿奉大雄"、"咨尔梵众极严恭,熙运共庆千载逢"。

明崇祯四年(1631),天竺大讲寺(在今浙江杭州市)僧方志应聘来寺重建殿宇,并请浙江布政司参政邑人刘万春(字延之,号忠孕居士)书"碧云方丈",上题"宋额",下署"忠孕居士",制额改悬于方丈室。此后,大殿(最吉祥殿)成为祝禧道场,地方官司遇有朝贺、庆祝诸大典,相沿于此行礼。

清朝初年,殿宇因年久失修,山门、佛殿岌岌可危。顺治九年(1652),僧玉田应聘来寺,葺圮修坠,增建佛殿、斋堂,并铸金刚经大钟。又经几十年风雨至清朝康熙、乾隆之间,光孝寺又一度败落不堪。乾隆九年(1744),有金陵大宝华山慧居寺(后改为隆昌寺)僧性慧(字炳一),苏北里下河人,因返里省亲道经泰州驻锡光孝寺,目睹寺宇颓败,住僧寥落,不胜嗟叹。后应地方士绅诚邀出任住持而负复兴之责。因为性慧法师为宝华山法系传人,而宝华山又称为律宗第一山,律宗传戒道场。光孝寺遂改禅宗为律宗,曰光孝律寺,一直至今。

性慧即为光孝律寺一世祖。其徒圆能(俗姓张,兴化人,字西林,别号香雨)二十七岁接任住持,能善诗、书、画,原斋堂"当思来处"之横匾及法座两侧之柱联,皆其手书。他毅然以修复寺宇为己任。乾隆三十九年(1774)四月开工,当年秋,大殿即完工。成亲王赐书"最吉祥殿"殿额。越二年,于大殿后建香雨楼(以圆能号名楼),增左右长廊。嗣后,观音、地藏、韦驮、天王、山门等殿或修或建,次第告成。圆能徒明慈建方丈前后楼于碧云阁故址,仍以"碧云丈室"为院额。又建斋堂、祖堂,并于方丈院西增构精舍,辟为园苑。圆能徒孙定莲(字焕然,善诗,《海陵诗汇》采其诗作)复于殿东建厅事,专为地方官司祝禧之所。更在厅事后建千华戒坛,专供僧徒受戒之用。此寺经圆能等祖孙三代十年左右时间苦心经营,楼殿、僧房、长廊达二百余间,寺僧达千余人,四时经声不绝。传戒亦沿为常例,每逢传戒期,求戒僧徒四方云集,千年古刹,名震遐迩。泰坝监掣广宁张世骏及真州副贡团昇先后撰《兴修光孝寺碑记》、《重修光孝寺碑记》,分别由徐步云及宫制锦(字石泉,邑人)书写勒石。两块石碑由于时境变迁已毁坏无存。但《重修光孝寺碑记》有一拓片,系笔者业师汪秉性先生的百年家藏,他在1996年11月1日光孝寺大雄宝殿(最吉祥殿)落成,佛像开光前夕,将此家藏捐赠给光孝寺。碑文记载了乾隆四十六年(1781)之前圆能祖孙三代重修光孝寺的业绩。

道光末年,江苏巡抚梁章钜(字闳中,又字茝林,福建长乐人)过泰州,曾应知州张之杲(字东甫,浙江钱塘人)之邀游,访光孝寺,在其所作《下河舟中杂诗》中写道:

此间刺史旧同官,助我清游续古欢。
爱读剑南碑记好,碧云香雨一庭宽。

清朝咸丰三年(1853),道光举人胡海平(字安波),系广东顺德人氏,在泰州任知州间写了一首脍炙人口的《泰州光孝寺》诗:"喜过光孝寺,为访五贤堂。远忆虞翻宅,还思教授乡。径松攒古色,庭竹耐秋霜。僧舍西城畔,陂塘送晚凉。"五贤系指泰州历史名人张纶、范仲淹、富弼、胡瑗、王觌。虞翻宅系指广州羊城光孝寺,教授乡即指泰州古教育家胡瑗的故乡。

咸丰年间，两淮盐运使乔松年驻泰州，作《海陵八景诗》八首，赠羽士宋阳裕，取光孝寺“规模宏丽，僧律严密，有楼曰‘香雨’”，定为海陵后八景之一“梵宫花雨”。诗云：“岌业丹楼远似霞，神龙常护梵王家。香云如海先成盖，慈雨从天正坠花。真种菩提原有树，众生沾丐已无涯。漫将甘露言禅悦，且指迦梨叩法华。”

光绪二十三年(1897)，住持德厚联合镇江、扬州十大寺进京请龙藏一部，藏香雨楼上，因改楼名为“藏经楼”。宣统元年(1909)，退居法成(字少云，善书能画)及其徒孙德厚、徒曾孙谷鸣修葺方丈前楼(实为谷鸣主修)，珍藏光孝寺历代相传之宝——“汝帖”，定楼名为“传汝楼”。方丈室后特为退居法成起居之所，定名“小休”，并由法成手书“小休”(附跋)为额。

民国时期，国家多故，地方不靖，寺趋颓败。培安和尚于民国11年(1922)授常惺法师记。民国18—19年间(1929—1930)，培安和尚因与地方士绅诉讼已达高潮，不能依法交替。待其圆寂后，由中国佛教会江苏省分会公开推选。常惺法师遂于民国20年(1931)春，入主光孝。常惺法师接任住持后，即创办光孝佛学研究社(即光孝佛学院)，以造就弘法人才。其时又值苏北大水为灾，他协助政府募集赈款，办收容所。除大殿、方丈室及退居斋、库房而外，悉数供给难民居住。民国22年(1933)春常惺法师授南亭、苇宗、脱烦三人记，其法名依次为昙光、昙影、昙华。民国24年(1935)春,常惺法师因担任中国佛教会秘书长、厦门南普陀寺住持、闽南佛学院院长、北平万寿寺住持,遂将光孝寺住持一职交给南亭担任。南亭和尚一身担负教务、寺务与会务(泰县佛教会会长)三项重责,从容就道,分头发展。克期完成全县寺庙总登记,召集青年僧伽施以救护训练,集合城乡诸山僧尼诵讲《仁王般若经》,以护国安民,表现了佛教救世度生的热诚。佛学院扩大招生,增聘教授,调整教材,分班授课,一时梵音远播,修学秩序井然,在《江东日报》辟佛教副刊,鼓励师生投稿,使光孝佛学院一时名震遐迩。

民国28年(1939),新四军挺进苏北,陈毅司令第二次来泰与鲁苏皖边区游击总指挥李明扬等商洽团结抗日大计时,曾应邀假光孝寺藏经楼下,对李部军官、教导总队官佐作了阐述团结抗日救国道理,宣传抗日统一战线政策的讲话。

民国31年(1942)春,住持一职由南亭交其法弟苇宗接替。民国33年(1944)秋,苇宗和尚病逝。次年春由南亭法徒沛霖和尚接任住持,民国36年(1947)春,南亭和尚特代沛霖传法予妙然、广静、昌言三人,助理寺务。民国36年(1947)冬,妙然、沛霖先后至上海,并由妙然将光孝常住文物携至上海中国银行保存。昌言、广静同赴武昌佛学院求学。民国38年(1949)春,南亭和尚奉其师焦山退居方丈智光大师,应台湾其徒孙成一法师函邀赴台。1950年后,南亭和尚等在台湾弘法、办僧教育、创办佛教杂志、讲经、做法会等，筹办佛教会，于是台湾佛教方始脱离斋教形式，恢复了祖国佛教的传统规模。1952 年创办华严莲社于台北。1963 年春间南亭和尚念及光孝寺，选其在台光孝学生成一、妙然、守成授予光孝寺菩提记，成一法名瑞定、妙然法名瑞清、守成法名瑞栖，责彼等俟两岸交通后负责返里修复光孝祖庭。

1949 年以后，光孝寺寺僧亦大部离散。主要建筑均被逐步拆除。千华戒台殿宇、大雄宝殿、藏经楼、天王殿及庑厢等，材料移作他用，遗址亦改建厂房。原明代建筑之西板堂，也因年久失修，倒塌不存。尚存者仅山门殿、法堂、碧云丈室及传汝楼、小休楼等建筑。

1984 年 2 月，经江苏省人民政府批准，成立泰州市佛教协会，并将光孝寺列为江苏省重点寺庙之一，逐步恢复旧日规模。1986 年 11 月，世界佛教徒联谊会第十五届大会在尼泊尔王国首都加德满都召开。光孝寺第十七代法系传人、台湾华严莲社董事长成一法师与中国佛教协会会长赵朴初居士相遇。成一恳求赵朴初帮助恢复祖庭光孝寺、朴老答复“我会尽力”。1988 年，海峡两岸管道开放，成一、妙然回到祖庭光孝寺礼祖，以光孝寺法系人的身份立字据，推举原来泰州北山开化禅寺退居方丈肇源老和尚先在常惺、南亭二公灵前拜法，完成法系手续后，再由他代表沛霖老和尚传法给松林、禅耕二师。1989 年，了中法师也在肇源老的安排下加入了拜法行列。这样，肇源老和尚成了光孝寺第十五代法系传人。禅耕（光孝寺法名瑞文)、松林(光孝寺法名瑞如)、了中(光孝寺法名瑞蕴)与成一、妙然均成为光孝寺第十七代法系弟子。1989年6月,经泰州市政府批准,成立光孝律寺修复委员会。肇源任光孝寺修复委员会主任、光孝寺住持。成一法师等即在海外筹募基金,着手修复工作。1990年3月肇老圆寂,松林继任住持,监督修复天王、山门二殿以及大雄宝殿奠基。1994年松林圆寂,禅耕再行继任,直至2000年春,化缘既了,证入涅槃。此后至1996年11月,经过十载的辛苦努力,光孝寺山门、天王、最吉祥三座大殿,全堂佛像,先后落成开光,佛日因而得以重辉。于十年修复期间,海内外诸同门兄弟及僧俗弟子众等,亦多所赞助。例如妙然、守成、了中诸师,贤度、能度、弘度、通度、全度、音度、殊度、转度、祥度、妙果、一乘及台中慈善寺振光法师、佛教会馆妙然尼师、沙鹿竹林寺达教尼师、弥勒精舍恒慧尼师、台北法藏寺慧光尼师等都热心结缘。至于信徒则有林素兰、陈宝琴、江瑶琴、林洪蕊、谢观秋、王文鉴、邓淑丽、张伯圻、雷秋施、麦石来、叶莉莉、颜淑惠、邝萍等居士。

1993年10月16日,成一长老在台湾又传法给贤度、明度、还度、通度、音度、殊度、弥度、惠度、妙度、莲度、能度、敏度、藏度、全度、弘度等十五位为光孝寺第十八代法系人。2000年9月,贤度又以光孝寺第十八代传人的身份,传了光孝寺第十九代传人天藏,2001年4月又传法子天因。

光孝律寺渊源流长，久远历史，薪火不断，绍隆佛钟，佛法昌隆。

二、梵宫示花雨　殿宇辉煌

泰州光孝寺原主体建筑有：山门殿、天王殿、大雄宝殿（称最吉祥殿）及藏经楼四进。另有钟楼、钟板堂、西板堂、法堂、祖堂、斋堂、千华戒台、戒台殿、碧云丈室、传汝楼、小休楼、云水堂、法师寮、工寮、菜寮、裁缝寮，建筑分列主轴两侧。规模宏大，气势雄伟。极盛时，寺基四十余亩，南北通长五十余丈，东西最宽处三十余丈，寺内东、东北、北面三面多菜地、树林、花圃。虽在城市而有乡村之美，虽处平地而有山林之乐。

如今光孝寺经过近十多年的努力，碧云香雨门庭再创。其主要殿宇已基本修复，初步再现光孝寺鼎盛时期的雄伟面貌。

山门殿原为明清修建，九架梁五开间东西长 23 米，南北宽 9.2 米，屋脊原饰独角龙吻。大门三座，中门额书“古光孝寺”。此石碑过去一直传说是宋代大书法家米南宫所书，但也未曾有人去考证过。笔者就此石碑，翻阅有关资料，能够推翻此一传说。理由有如下几点：一是米南宫即米芾，生于公元 1051 年，卒于 1107 年，与苏轼、黄庭坚、蔡襄合称北宋四大家。而光孝寺名字由来系在米芾死后 31 年，即绍兴八年（1138），亦已到了南宋时期。二是所书“古光孝寺”应是南宋以后的事了，否则何以称为“古”字。三是古光孝寺四字的笔锋走向，笔者反复观读米芾墨迹，则查无有相同之处。光孝寺山门殿外两侧八字砖墙，门前原有一亩大小左右的广场，极开阔，尽铺青石，现已成为城中的五一路。进入山门殿，哼哈二将威严侍立两旁。

第二进是天王殿，殿前天井左右分设两个花圃，圃中花木各异。殿前中央是一只两层的“万年宝鼎”。殿左侧悬挂着一口巨型的五代铜钟，为五代后唐时期(923—936)所铸，已有近一千一百年历史，高2.20米，直径1.14米，重达1250公斤，是江苏命名的省级保护文物。此铜钟原系城内钟楼巷所存，后移至泰山公园革命烈士纪念馆办公室天井内。1989年，笔者陪同妙然法师赴泰山公园内的岳王庙，顺道看到此钟，妙然法师提出此钟是佛教文物，能否请求移至光孝寺。后经笔者转达市政府同意，铜钟转交至现地。该铜钟由于浇铸工艺高超，保护完好，至今仍光洁无损。至于铜钟，笔者在孩提时听到了许多相关美丽动人的传说，但都无从考证了。

天王殿楼上是赵朴初写的“天王殿”三个金色楷书大字。此殿基本上仍建在旧基地80厘米高的台基上，长25.24米，宽15.44米，高15.09米，建筑面积近390平方米，占地面积482平方米有余。为五开间仿宋结构，重檐歇山式，屋顶盖黄琉璃瓦，斗拱大铺作，棱形柱，雕莲瓣石柱础，石材铺地。此种规格为宋代建筑的较高等级。天王殿塑四大天王像，是人们常常所称的镇守佛门的“四大金刚”，即风、调、雨、顺。看到两侧凶神恶煞似的四大金刚时，顿时就会感到不寒而栗。好个甲胄森严、威狠逼人的四大天王，那一个张牙飞髯、愤然欲吼，这一个立眉瞪眼、肌肉紧张，大有威猛既立，不闻乌雀之声的气势！中间北向塑韦驮，南向塑弥勒笑佛，高度皆与殿相称。只见弥勒两耳垂肩，神态可亲，笑得豪放，笑得热情，仿佛整个大殿都回响着他的笑声。弥勒龛一联极具禅意，联曰："眼前都是有缘人，相见相亲，怎不满腔欢喜？世上尽多难耐事，自作自受，何妨大肚包容？"

天王殿后是雄伟、壮丽的大雄宝殿。殿前月台宽广，青石铺地，护栏典雅。台前左右各竖两根金属高杆，东杆挂长幡，西杆挂九莲灯，随风摇曳，散发着古代庙宇的气息。月台中央设一只三层高大万年宝鼎，大雄宝殿落成佛像开光盛典即在殿前月台上举行的。大殿上檐下现在是由赵朴初居士题写的"最吉祥殿"四个端庄劲秀的金字。原先"最吉祥殿"之横额，兰底金字是由清初成亲王手书的。大殿下檐上是台湾、香港以及美国、菲律宾等地的高僧成一、妙然、了中、乘如等赠送的巨匾，上书"梵宇重辉"四个雄劲粗壮的金字，集中显示出他们热爱光孝，支持修复古刹的宿愿得以实现的心态。大雄宝殿是由古建筑专家杜仙洲担任总设计，风格取向北宋，高为22.5米、长33.5米、宽28米。进入大雄宝殿，眼前悬挂着一排排锦缎制成的帐幔和佛幡，各绣有佛像和书写的大悲咒，再往里进，仰望殿顶，感到高大宽广，52根红漆圆柱，笔直挺拔，气势不凡。中央佛台供奉三世佛端坐莲盘，金光耀眼。佛像两侧的圆柱上悬挂着赵朴初居士题写的楹联，上联是“慈光照三界庄严化导芸芸实相是禅行是道”，下联是“大孝报四恩深深护持悬悬虚空无尽愿无穷”。中间一尊是释迦牟尼佛像，身高 7 米，面态安详、端庄、慈善，姿态优美。其东侧为药师佛，西侧为接引佛。另两个侍者，东为摩诃迦叶，西为阿难，均栩栩如生。三佛之后有海岛，中塑立像观音，善财五十三参，则分布全岛。两侧塑罗汉二十尊。“最吉祥殿”始于宋代，故诸佛像都是按宋朝风格雕塑的。

天王殿后以及连着大雄宝殿的两侧为东西偏殿。东西偏殿均为两层仿古建筑，长度都为 40 米，宽为 10 米，东侧偏殿楼上为祖堂，供奉历代住持及法裔遗像。楼下为供奉铜制千手观音像的观音阁和地藏殿，还有阅经室供学僧以及参学人员之用。西偏殿楼上为装修一新的客房，楼下为客堂以及财计室等。

大雄宝殿后面现为原碧云丈室及传汝楼和小休楼等，建筑均已修茸一新。拱形圆门上方所书“皆大欢喜”四个大字刚劲有力，是已故住持禅耕法师八十高龄所书。楼内前后天井特别雅致。天井内植紫藤花、梅花等树木，且系古光孝寺遗留之物。枝株肥圆，直径逾尺，老干新枝，夭矫横出，蜿蜒屈曲，奔蛇走虬。并架以木架，枝叶四覆如宝盖。春夏之交，开紫花，累累下垂似璎珞。冬日，梅花凝雪傲霜，老干倾斜而朽秃，新枝旁出，各具姿势且散发出阵阵清香。笔者常常在此，观其境况，久而忘疲，流连忘返。目前两楼亦为方丈室、寮房和斋房，遇有贵宾，常在楼下大厅由常住接待。宾主共叙，其乐融融。该建筑系明清所建，已列为文物保护。

碧云丈室西侧是新修建一殿宇，暂为“藏经楼”。楼匾“藏经楼”三个大字也是由赵朴初居士所题。该楼高两层五开间，长 20 米，宽 11 米，高 7.5 米，建筑面积 498 平方米，青瓦朱柱，与传汝、小休诸楼相邻耸立，相当益彰。该楼楼下中央供奉着玉佛一尊，佛身洁白无暇，细腻如羊脂，高 1.9 米，重 1.7 吨，玉质纯正，塑像精良。此玉佛是公元 1991 年农历十月二十八日，现任世界佛教僧伽会会长亦为“世僧至尊”的了中大和尚周甲寿庆，自缅甸恭请赠祖庭供奉的。了中原是光孝学人，公元 1989 年肇源亦为其传光孝寺法系。公元 1994 年 4 月 24 日玉佛开光。此佛像十分珍贵，充分显示了中对修复光孝寺的一片赤忱。底厅内柱上楹联系邑人陈厚良所书，刘汉符润之。联曰：“万卷藏经永葆，朝喧夕诵，参究释家真谛；千年古刹重光，晨钟暮鼓，祈祷国运昌隆。”另悬挂一幅楹联是由世界佛教僧伽会副会长、台北市佛教会会长净良法师所书，联曰：“光照两岸同庆贺，孝感万民共和祥。”充分表达了海外法师对修复光孝寺的良好祝愿。律宗第一山宝华山方丈、镇江金山江天禅寺方丈慈舟长老亲撰自书的条幅也悬挂于楼内，联曰：“宝殿巍峨祥云重绕光孝寺，佛光普照香火又来泰州人。”楼上供奉龙藏一部，此藏经乃由德厚和尚光绪二十三年(1897)从京城请回。另还有近年来接受海内外赠送经书经书近万卷。

现在光孝寺的主体建筑已经恢复，梵宇重辉。但尚有一些建筑还要逐步修复和新建，以完善配套，烘托主殿，如藏经楼、戒台殿、钟鼓楼、玉佛楼、南亭纪念堂、珍宝馆以及塔院等。特别是戒台殿，按古光孝寺戒堂原有千华戒台一座，为传比丘戒时，比丘登坛、十师说戒之用。戒台纵广占戒堂三分之二，雕纹刻镂，颇具匠心。坛高十级，周长七丈八尺，纯正白矾石建成。此种石戒台，在江苏境内，惟句容宝华山、南京古林寺、扬州万寿寺各具其一，规格质量之高，可以想见。戒台上绘有观音像，为清代泰州雕塑名家吴广裕摹唐吴道子丹青绘成，“笔墨楚楚可观，与庸工俗手所为大异”（见载《吴陵野纪》）。邑人康发祥（字伯山，满族，诗人）在《海陵竹枝词》中有“画匠能摹吴道子，溶江衣带亦当风”句赞之。千华戒台前有千华门，上悬“法雨香林”额。下署“礼华居士徐步云”（徐字薰远，号礼华居士，兴化大书法家）。1951 年拆除千华戒台，移料至泰山公园改建音乐台。1989 年成一法师提议将此音乐台拆除，戒台石归还光孝寺，待由复建之用。

三、慧业续千秋　名僧辈出

泰州光孝寺琳宫梵宇，首屈一指，禅意深邃，传统优良，慧炬常燃，名播四海。历代名僧莫不具大鉴正眼，黄蘗苦心，精修梵行，乘愿利生，在传道扬法而有卓越贡献的耆老大德，不胜枚举。

晋代觉禅大师，在泰州开山结茅，苦心修持，首创慧业，惠泽后人。诛茅结屋开法席，殊胜因缘传千古，觉禅大师是泰州光孝寺的“开山祖师”。

宋代致远禅师，具有较高的佛学造诣。在清代“龙藏”的《五灯会元》第55卷中收集了他的出定语：“从来打鼓弄琵琶，须是相逢两会家。佩玉鸣鸾歌舞罢，门前依旧夕阳斜。”

宋代德范禅师，为光孝寺宋代中兴之祖。绍兴三十一年(1161)，光孝寺因遭战祸，殿宇相继被毁。绍熙年间(1190—1195)，德范肩负中兴之责住持光孝寺，见光孝寺楼焚钟堕，扁而不坏，曰：“钟不坏，寺将兴之符也。吾举事，将自钟始。”先建百尺钟楼始，继而筹建大雄宝殿，并将大雄宝殿命名为“最吉祥殿”。建阁六楹，供奉天子曾赐前任住持觉深法师的“碧云”两大字。阁之广袤雄丽，与大殿相称，后又建成方丈寝堂，厨库、水陆堂、两庑等建筑。庆元六年(1200)六月又派其徒僧祖兴求当时显赫的著名诗人陆游为其作《报恩光孝禅寺最吉祥殿碑记》。

明代达本和尚为明代光孝寺名僧，字无幻，能诗文，多才善辩。与当时泰州才子储巏友善。储巏(1457—1513)，字静夫，号柴墟，乡试、会试第一，殿试二甲第一(传胪)。授为南京吏部考功清吏司主事，后任北京吏部考功清吏司郎中。还任过太仆寺少卿、太仆寺卿等职。储巏曾作《赞布袋诗》，诗云：“无古无今云满头，大千世界一囊收。自从唱破无生曲，直到于今笑未休。”

明代方志和尚，字观如，泰州裴庄人。幼年出家于天竺大讲寺,拜远清为师,遍历名山巨刹,到处析疑证悟,宣讲佛旨。应聘回泰后,热心修葺寺宇。除重建光孝寺外,并修葺报国禅寺,改名为西山报国禅寺。修建南山寺塔,著有《法华正旨品节偈》。

清代性慧律师,字炳一,号幻云,苏北里下河人,乾隆九年(1744)由金陵宝华山慧居寺(后改为隆昌寺)出任光孝寺住持而负复兴之责。来泰后,开示戒法,为光孝律寺开山之祖。善诗画,诗宗三唐(初唐、盛唐、晚唐诗格),画在香光(明代董香光)北苑(五代南唐董北苑)间。著有《幻云诗钞》。因性慧于经咒之余,雅好翰墨,其师文海和尚将在皇坛传戒时庄亲王所赐的"汝帖"由性慧分灯带来泰州,亦随衣钵为历代相传,永为光孝镇山之宝。

清代德厚和尚,字释明,有戒行,通经典,为光孝律寺第十一世祖。据《泰州志》载:清光绪二十年(1894)住持德厚,联合镇江、扬州十大寺偕同北上京师请回龙藏一部,为7167卷,藏于香雨楼上,改楼名为"藏经"。在现存放的藏经橱刻有:经请于光绪二十年,经摺于二十一二年,经橱成于二十三年,九月齐整,十一月供奉,光绪二十三年(1897)冬期,德厚曾传戒一次,以此庆贺。

谷鸣和尚为光孝律寺第十二世祖,名戒振,号东溪,字为谷鸣,俗姓王氏,泰州东乡曲塘人。12岁出家,19岁受具足戒于金陵宝华山,是时主席宝华者是圣性忠和尚,为海内知名善知识,嘉其聪颖,督其学习。不数年谷鸣即博通三藏,留在宝华任都讲六年,后受德厚老的赏识至光孝任监院，达十年之久，光绪二十四年(1898)任住持。宣统元年(1909)，葺方丈室前楼，定楼名为“传汝”，以藏“汝帖”，次年传戒，得戒子二百余人。宣统二年(1910)，江南诸山组织僧教育会于南京，谷鸣被推举为评议员，并在泰州设立分会，谋僧教育之发展，同时杨仁山、陈伯严诸居士方研究佛学创祇洹精舍及金陵刻经处于南京，谷鸣积极联合各方共策进行辅助之。

经过谷鸣的不懈努力，泰县佛教会终于在民国元年(1912)正式成立。谷鸣连任一、二两届会长职务，为泰县佛教组织的创建和发展作出了贡献。

常惺法师(1896—1939)，名寂祥，号雉水沙门，以字行，法名优祥，俗姓朱，江苏如皋人。12岁出家，民国元年毕业于省立如皋师范，民国3年就读于上海华严大学，并在宝华山受具足戒，苦研五篇七聚。民国5年华严大学毕业后，至常州天宁寺研求禅观。次年夏至宁波观宗寺入观宗学社，专攻天台教义，两年后以考试成绩第一毕业。民国8年应聘为常熟兴福寺法界学院教务长。民国11年安庆迎江寺创办安徽佛教学校，又受聘为校长。民国13年常惺受泰州光孝寺住持培安记别，同太虚大师在庐山召开世界佛教联合会，常惺代表江苏省佛教会出席会议。民国14年在厦门南普陀寺筹办闽南佛学院，担任专修科主讲，后任院长。民国20年接任光孝寺住持，创办佛学研究社，组织泰县佛教会。民国22年春又传法授戒，同时还担任北平万寿寺、厦门南普陀寺住持，经他积极经营，两寺也日益兴旺。民国26年春，常惺被推为中国佛教会秘书长，协助圆瑛、太虚处理会务。抗日战争爆发后，理事长圆瑛去南洋募集佛教战地救护队经费，会务则由常惺主持，由于工作繁重，积劳成疾，民国28年1月圆寂于上海，不久归灵骨泰州，营塔于城郊光孝寺塔林。

常惺精通各宗学理，英年妙悟，民国11年佛教学术界关于《大乘起信论》真伪的辩论中，著《大乘起信论料简驳论》一文，陈议极高，深受弘一法师等人赏识。在闽南佛学院讲授《摄大乘论》、《辩中边论》、《因明入正理论》等唯识经典，厦门大学哲学系师生常来旁听，对他高深的佛学造诣深表钦佩。常惺著作颇多，传世有《佛学概论》、《常惺法师集》。

南亭和尚(1900—1982)，名满乾，别号云水散人，以字行，法名昙光，俗姓吉，泰州东乡曲塘镇人。10岁时披剃于营溪观音禅寺，师事文心、智光两法师，师祖道如则亲授四书、佛经、寺偈等。13岁进泰州儒释初高等小学学习。后随往泰州北山开化禅寺听经。21岁赴焦山定慧寺，就德峻法师受具足戒。25岁入安庆迎江寺佛学院，亲炙常惺法师，研求华严五教义、唯识、因明等经论。毕业后任常州清凉寺佛学院助教。不久从应慈法师于上海华严学会摄受《楞严》、《华严》诸经论。课余为四众讲授《八识颂》、《五教义》、《中观论》。

民国16年起，南亭在上海、常州、镇江、无锡各寺院开讲各种经典。民国20年，常惺住持光孝寺，聘南亭为副寺。常惺创办光孝佛学研究社由南亭主持教务。民国22年春，光孝寺传三坛大戒南亭嗣升监院，并受记别。次年常惺云游弘法，将寺务、社务及泰县佛教会主席等委托南亭兼承。抗日战争期间，南亭创办僧众救护训练班，支援李明扬部军需，并启建护国息灾仁王法会，虔求佛力护佑国祚。抗日战争胜利后，曾在镇江焦山定慧寺、上海沉香阁、杭州妙香庵、无锡大悲庵驻锡讲经。

1949年5月，南亭去台湾，初住十普寺，启建佛七法会宣讲《般若心经》，次年宣讲《金刚经》、《仁王经》、《普贤行愿品》、《菩萨学处》等。同时受聘于善导寺为导师。辅助章嘉大师董理“中国佛教会”，两度出任秘书长，并叠应常务理监事。1952年在台北创设华严莲社，与民本电台创办“佛教之声”节目。1958年，在台中创办佛学研究社，并掩关礼华严。一年后圆满返回台北。1964年为纪念智光长老，创办智光高级商工职业学校，1975年创办华严专宗学院，以法孙成一为院长，自任导师。免费施教，并供食宿，除佛学科目外，兼授英文、日文、哲学、史学诸课，为弘法培养全面人才，继又协助成一开办华严侨爱佛教讲堂暨儿童村，弘法恤孤。

南亭在台湾筹印大藏经八百部，率团弘法，周游全岛。所著有《心经讲义》、《阿弥陀经》、《妙慧童女经》、《十善业导经》、《佛说孛经抄》《永嘉大师证道歌》、《释三字经》、《仁王护国经等注》以及众多的说法、论述、序引、传记、杂纂流传于世。

1982年9月3日,南亭圆寂于台北,骨殖安于台北县八里乡观音山并建塔,衣钵归泰州光孝寺供奉。生前曾咐嘱徒孙成一复建光孝寺祖庭,日后拟建塔。

肇源和尚(1898年2月29日—1990年2月14日),安徽省无为县人,俗姓杨。11岁在无为罗汉寺出家。21岁在镇江焦山定慧寺受具足戒,以后在常州天宁寺、镇江金山江天寺禅堂参禅,又受聘为焦山定慧寺知客,复在安庆迎江寺佛学院、上海清凉寺华严佛学院深造。民国22年肇源任泰州北山开化禅寺住持。民国25年退居,并在光孝佛学研究社担任监学。

1949年以后,肇源将居住泰州城区的僧尼组成佛教徒学习班,学习时政和佛学,在月城关帝庙内设经忏接洽组,为斋主进行佛事活动。他一贯主张农禅并重、工禅并重,团结有劳力的僧尼创办制鞋加工组、火葬场、麻纺厂等单位。

1984年.肇源以85岁高龄出任泰州市佛教协会会长兼任光孝寺住持。1986年10月,将"文化大革命"期间保存在图书馆内的藏经迎回光孝寺,对其中散失部分,约请善楷书者20多人补抄,以成完璧。1988年,以90岁高龄促成泰州光孝寺修复委员会成立,自任主任委员,积极与光孝寺海外传人成一、妙然等联络为光孝寺修复创造条件,并在成一、妙然主持下接受了光孝法系,法派易名昙空。

肇源待人平易和蔼,将佛陀主张的慈悲平等精神付诸生活实际，除任泰州佛教协会会长外，曾先后任泰州市人大代表、政协委员，江苏省佛教协会理事，扬州市佛教协会副会长等职。

妙然法师(1921—1997)，字悟玄。光孝法派名瑞清，笔名华严关主，江苏泰县人，俗姓孙，家世业农，为地方望族。10岁披剃出家，小学毕业适其表兄成一法师，就读于光孝寺佛学院，念预科旋升正科。两年后，抗日战争爆发，佛学院提前结业，和尚亦随成师留院自修，亲炙于智光长老、南亭院长。三年间慧学大进。1940年至宝华山隆昌寺，依妙柔和尚，圆具足戒。

1941年秋，妙然在镇江金山江天禅寺参究一年有余，应上海名刹静安寺聘任佛学院教务长兼副寺，协助窗友德悟和尚，展开弘法、教育工作，三年间成绩卓著。1945年秋，应南亭院长召回母院任教。并与广静、昌言俱蒙光孝住持沛霖授予菩提之记，为光孝寺第十七代传人。在泰州发展义务教育，嘉慧贫民子弟，村民感德至深。后又再走上海，出任静安寺监院，仍兼教务长。

1948年随静安寺佛学院东迁赴台湾。1950年受聘为新北投居士林(灵泉寺)住持，并供养焦山智光、天宁证莲及金山太沧三大老。1955年妙然掩华严关，曾以《禅史、禅学与参禅》一文，平息《坛经》作者之争议，名震士林。1958年与广慈、悟一、摩迦、演培、成一诸师共同创刊《今日佛教》杂志。后出任台北善导寺监院。1972年受聘兼任智光商工职校副校长。后当选为副董事长，嘉誉满学林。1976 年，接办《海潮音》杂志，任发行人。1978 年，善导寺董事会改选，妙然当选为第七届董事长，并兴建慈恩大楼，设图书馆等，收集佛教文物、字画，长期展览，供人欣赏、阅读，使寺院成为宗教学术文物陈列园区，别具风格。在寺中设置奖学金，奖励社会优秀青年完成学业。举办社会救济慈善工作，发挥佛陀慈悲救世精神。

妙然法师以经学、禅学之湛深修养工夫自持，不谋私人生活享受，不争逐于名利场所，只一本学道、修道、弘道之初衷，孜孜于弘法利生，教学济世之志业。其生平著作，传世者有《碧云集》、《民国佛教大事年纪》、《佛教名山名寺名联辑》和《教你相信录》等著作。

1988 年以后妙然法师致力协助祖庭光孝寺的修复工作，多次奔波于海峡两岸而不遗余力。1997 年 6 月 3 日因病示寂于台北。

松林法师（1923 年 9 月 6 日—1994 年 12 月 23 日），原名隆铭，光孝寺法派易名瑞如，江苏省泰县苏陈镇官庄人，俗姓陈，世代以务农为业。10 岁依泰州西山寺昌浩法师披剃出家。1939 年法师年 17 岁，赴金陵宝华山受具足戒。深受宝华山妙柔大和尚赏识，戒期一月，功德圆满，即被留山长住，长达 10 年之久，在妙柔大和尚座下为侍者，学律宗。1941 年复进宝华山学戒堂深造。1944 年被提升为引礼师、堂师、陪堂师等执事。在此期间还游历南京毗卢寺、镇江金焦二山以及常州天宁寺等丛林巨刹。对佛门各宗系门类广为涉猎，博览群籍，真彻性相。1947

年，松林应聘往无锡南祥寺任戒坛陪堂师、维那师等执事。1949 年，被召回泰，任泰州西山寺住持。五十年代以后，一直追随肇源和尚，走农禅、工禅并重之路，带领僧尼走自食其力道路。1983 年底，光孝寺恢复事业初创，条件极差，他矢志襄助肇源，出任泰州佛教协会副会长并兼任光孝寺监院。1989 年 6 月泰州光孝寺恢复委员会成立，松林任该会副主任委员之职。1990 年肇源圆寂后松林继任泰州佛教协会会长、光孝寺住持，积极为修复千年古刹与海外成一、妙然等师联络，化缘募资，使光孝梵宇重辉，功德卓著。

1994 年 12 月 23 日，松林法师因病医治无效，在南京军区总医院圆寂，松林法师一生自身修持，从不懈怠，自幼出家独身自处，勤奋学习。曾先后任政协泰州市委员会常务委员、中国佛教协会理事、江苏省佛教协会理事、扬州市佛教协会副会长等职。

禅耕法师（1916 年 12 月 17 日—2000 年 1 月 2 日）光孝寺法派易名瑞文，江苏省姜堰大冯人。1924 年 8 岁时在泰州万善庵披剃出家，1932 年在泰州光孝律寺受具足戒，由此开始学修生涯。1933 年至 1938 年在镇江焦山和竹林佛学院研习三藏。1939 年至 1942 年在上海玉佛寺参禅。1942 年以后任泰州北山开化禅寺监院，1943 年至 1944 年在常州天宁寺参禅。1947 年曾代表泰州佛教界在上海参加中国佛教大会。

80 年代以后，禅耕法师来到泰州光孝寺，先后协助肇源、松林管理事务，修复千年古刹。1994 年 1 月荣任光孝寺方丈，他不顾年老体弱，在社会各界支持下为修复工程殚精竭虑，全力以赴。1996 年赴台湾加强与光孝寺在海外法系人成一、妙然、了中等的联系、交往，募集了最吉祥殿的修复资金。团结带领泰州佛教界两序大众，为千年古刹的重光作出了杰出贡献。先后完成了最吉祥殿的重建落成和佛像开光，完成东西偏殿的修建。

2000 年元月 2 日，禅耕因病圆寂于泰州光孝寺。禅耕法师一生勤劳俭朴，持戒精严，弘法不倦，拯危济贫，矢志重建千年道场，保持泰州佛教界稳定的万行万举。曾历任江苏省佛教协会常务理事，扬州市佛教协会理事，泰州市佛教协会会长，光孝寺监院、住持等职，还多次当选为泰州市人民代表大会代表。

四、镇寺众宝物　贵珍连城

光孝寺以文物众多而蜚声江淮。镇山之宝的历经沧桑，虽然演绎了一段又一段扣人心弦的传奇故事，但绝大部分宝物都能保存下来，使古刹的镇山之宝得以重辉。

大清龙藏

龙藏一部，共计 7167 卷册，为 1660 部经摺本。分装七百一十八匣以千字文编号，再分装十大橱柜。匣皆樟木，橱皆川柏特制，可保不生蠹鱼。故以收藏百余年，犹如新制。十大橱皆有横额，额有四字，每额以“光孝律寺龙藏经橱”中一字为首，如“光耀人天”等。经为宣纸大字，木版精印，梵本木夹板装帧。光绪二十年僧德厚晋京请回，光绪二十三年装柜收藏。“文化大革命”中险遭不测，幸有本邑原图书馆馆长张纪天先生的周旋保护，得以保存。1986年10月，龙藏回归光孝寺供奉。该龙藏收藏得如此俱佳，真可谓弥足珍贵。

御赐汝帖

寺藏宋拓“汝帖”上下两册，是北宋大观三年（1109）八月，河南汝州郡守王采集古碑七十余家真草隶篆手迹刻石拓本编辑而成。此“汝帖”是金陵宝华山文海和尚赴京城在皇坛传戒时由和硕庄亲王允禄所赐。光孝律寺一世祖炳一师由宝华山分灯来时，其师父文海和尚又将这御赐之宝相赠，而为泰州光孝历代相传的镇寺之宝。

元代王振鹏手绘《历代贤后妃故事图》

寺藏此图计十二幅，绢本。运笔细劲，结构严谨，界画精致有体。每幅均撰录史要，记其所画妃后之代表性事件。

王振鹏，元代著名画家，字朋梅。元仁宗爱育黎拔力八达皇庆元年（1312），赐号孤云处士，永嘉人（今浙江温州），官至漕运千户。他作画运笔和用墨毫分缕析，左右高下，俯仰曲折，方圆平直，曲尽其体。而神气飞动，不为法拘，虽入纤细，而格力超腾。传世作品有《避暑图卷》、《滕王阁卷》、《阿房宫图》、《江山胜揽图》等。

据清夏荃所著《退庵笔记》卷六记载，此《历代贤后妃故事图》原系泰州北山开化禅寺的寺藏镇山之宝物，何时至光孝寺，有众多传说亦难以考证。

明代董其昌真金手书《心经》

寺藏明代董其昌手书《般若波罗密多心经》墨宝，蓝底真金书写。另还藏有他的《丰乐亭记》手卷以及书碑拓成的《金刚经》。

董其昌，明代著名书画家(1555—1636)，字玄宰，号思白、香光居士，华亭人(今上海松江)，官南京礼部尚书，谥文敏。书法初学颜真卿，后改学虞世南，又觉唐书不如魏晋，转学锺繇、王羲之，自谓于率易中得秀色。对后来书法影响很大。擅画山水，讲求笔致墨韵，风格清润。他强调“士气”，标榜“文人画”，将古代山水画分为“南北宗”，推崇“南宗”为文人画正脉。但也说过，作画须“读万卷书，行万里路”。画风和画论对晚明以后的画坛影响深远。

该墨宝初存泰州北山寺(该寺大雄宝殿前原悬有《香光法宝》匾额可证之)，后转存至光孝寺至今。

祝枝山草书藏卷

祝枝山(1460—1526)，明代著名文学家、书法家。名允明，字希哲，号枝山，长洲(今江苏苏州)人，弘治举人，官至广东兴宁知县迁应天府通判。与唐寅、文徵明、徐祯卿并称“吴中四子”。能诗文，工书法，小楷学钟繇、王羲之，狂草学怀素、黄庭坚，笔势劲健，又能出入变化，自成面目，与文徵明、王宠为明中期书家的代表，著有《怀星赏集》等文，撰有《兴宁县志》稿今存。

寺藏祝枝山草书长卷内容是咏梅五言绝句五首，书

于正德二年(岁次丁卯,公元1507年)

八大山人手绘册页

寺藏十片,系墨笔画写,运笔泼辣,富浪漫色调。

八大山人系清朝画家朱耷的号。他原是明皇朝宁王的后裔,明代的覆灭,对身为皇族后裔的他打击是巨大的。为了不做清朝异族的顺民,朱耷遁入空门,削发为僧。他的作品一般都署名“八大山人”,把这四个字写得像“哭之”又似“笑之”,鲜明地体现了朱耷对自己哭笑不得的尴尬处境的认识。

朱耷擅画花鸟,画风雄奇隽永,自成一家。作品以写意为主,放逸不群,直吐胸中块垒,用笔凝练沉毅,走墨如飞,他的画以其独特的造型,强烈的情感,丰富了水墨写意花鸟的表现力,开拓了一种新的意境。

光孝寺寺藏八大山人的多幅鸟、鱼、鸡、鸭之类的册页,解读后通常都是“翻白眼”的形象。正好说明画家以画为寄,面对复兴无望的现实,悲愤只好在画画中发泄,其夸张奇特、以寄寓他轻蔑清朝统治的倔强性格。

《贝叶真经》

贝叶,即产于印度的贝多罗树的叶子,用水沤后可代替纸,古代印度人多用它记载释迦牟尼的言论,上刻梵文,称“贝叶经”。“贝叶经”后传入中国。光孝寺寺藏一套,计10多叶,堪称稀世珍宝。

光孝随记

光孝之来历应追溯到宋朝，宋高宗南渡，定都临安（今杭州），为给徽、钦二宗祝福，敕改统治区域内大寺庙为光孝寺甚多，不下百余座。随着历史的沿革，用光孝为名的寺庙已寥寥无几，而颇具影响的应推羊城光孝、福建光孝、泰州光孝。

羊城光孝寺是广东最古的建筑之一，曾有"未有广州，先有光孝"的传说。它是岭南年代最古、规模最大的一座丛林，建寺迄今，已有一千七百多年的历史。在西汉时，是越王赵佗的第三世孙赵建德的住宅。三国时代吴国贵族虞翻，在此讲学，名为"虞苑"，因苑中多植诃子树，故又称"诃林"，虞翻死后，则捐宅建寺。福建光孝寺在闽无与伦比，比之建于公元 686 年的泉州开元寺早百余年，被誉为福建佛教之发祥地。迄今已有一千三百四十年历史。泰州光孝寺是一座遐迩闻名的江淮古刹，迄今已有近一千六百年的历史。

三座光孝寺都出了不少高僧。六朝南梁年间（520—526），印度王子达摩法师航海东渡时，踏上中国的第一站就是羊城光孝寺，他带来了据说是释迦传下的衣和钵，弘传禅法,后来入嵩山少林寺面壁,尊为中国佛教禅宗初祖。唐高宗仪凤元年(676),惠能和尚在羊城光孝寺内菩提树下剃度出家,接受了五祖的衣钵,开辟了佛教禅宗的南禅。清顺治皇拜福建光孝寺维琳和尚为师,并封其为国师。福建传教法会,咸以福建光孝寺为戒坛,明代鼎盛时曾聚集千计僧侣,迄今,该寺受戒僧人侨居美国、南洋、日本及香港传播法音的大有人在。泰州光孝寺亦出高僧,其中有创建该寺的东晋觉禅和尚、中兴光孝祖庭的南宋德范和尚、深得明代泰州才子赞佩的达本和尚、清末民初首创泰州佛教团体的谷鸣和尚及近代最为杰出的常惺和南亭两位名僧等。常惺曾一身兼任厦门南普陀寺、北平万寿寺和泰州光孝寺住持,并先后在常熟、厦门、安庆、北平及泰州创建和主持过佛学院、社,曾任中国佛教会秘书长,传世遗著有近二十种。如今在海外弘法的成一、妙然、了中、自立等法师亦都是与泰州光孝寺有深远渊源的当代高僧。

三座光孝寺各具特色。羊城光孝寺的大殿创建于东晋,是华南古代建筑艺术的独特形制,四方形的七层铁塔是广东现存铁塔中最古老最完整的一座,六祖殿前的菩提树是公元502年印度高僧智药法师所植。福建光孝寺的佛殿则是楠木木质结构,大雄宝殿为重檐歇山式屋顶、架梁式屋架,佛像高10米,在闽省丛林中首屈一指。泰州光孝寺的千华戒坛以白矾石建成,戒坛壁上绘有观音像,据说为吴塑工摹唐吴道子的丹青绘成,寺中收藏有南宋宁宗皇帝书赐的“碧云”二字墨宝、元代宫廷画师王振鹏所绘“历代贤妃图”、明董其昌手书的《心经》和《金刚经》，祝枝山的长卷草书、清初八大山人的墨笔花鸟册页等。早在清朝咸丰年间，泰州新上任的一位知州系广东顺德人，他为道光举人，也专门将他家乡羊城光孝与泰州光孝作过比较，并留下了一首脍炙人口的诗句：“喜过光孝寺，为访五贤堂。远忆虞翻宅，还思教授乡。径松攒古色，庭竹耐秋霜。僧舍西城畔，陂塘送晚凉。”这虞翻宅即指羊城光孝，而教授乡亦指泰州是胡安定的故乡，也泛指了泰州光孝了。

泰州——名僧摇篮

徜徉于中国百年佛教史以至当代华人佛教史与泰州具有这样和那样因缘的人和事，且不仅是浓浓一笔而已，而且是留下一篇又一篇的灿烂文章。有人曾这样记录："名山方丈，多为泰人，各地高僧亦以泰人为夥"。据杨仁山所著《江苏名山方丈录》云，名山方丈"泰籍者占十之七八，僧徒之发达，盖于斯为盛"。另据于凌波所著《民国高僧传》中所列三十八位高僧，其中与泰州有渊源的高僧竟有十六名之多。当代华人佛教，从香港、台湾地区以至菲律宾、马来西亚、新加坡、日本直至大洋彼岸的美国都有与泰州有因缘的高僧大德在当地成为一方化主。怪不得在海外传来这样的笑话：有人问，泰州有什么特产，泰州出产和尚。的确，百年以来，泰州成了名僧摇篮，确属当之无愧。

玉成重教育　满门英才

百年泰州名僧应首推本世纪初有一位担任过泰州佛教会主席以及僧正司的老和尚玉成长老。僧正司是专门管理佛教行政的僧官，其工作范围主要是维持教规，保护庙产，惩办劣僧。玉成长老是本邑人氏，他担任上述职务。除履行公务外最大功绩就是他尊重知识，礼遇读书人，正由于这样，他的子孙后辈都受到良好的教育，而各有成就。当时有名的佛学院——如扬州的普通僧学校、南京的祇洹精舍及僧师范学堂、杭州的华严大学、安庆的迎江寺佛学院、武昌的武昌佛学院、厦门的闽南佛学院、上海中医学院等，都有他的子孙——如智光、靄亭、南亭、望亭、存远、善远、自一、唯一、成一、果一等，均曾在不同的院校受学肄业。而在成就方面，如文心住持泰州北山开化禅寺，智光住持镇江焦山定慧寺，靄亭住持镇江竹林寺，南亭住持泰州光孝寺，存远住持仪征宝光寺，善远住持泰州觉正寺，自一住持南京栖霞寺，守一住持宜兴澄光寺，果一主持泰州雨声寺；在兴办僧学方面，智光创办了镇江焦山佛学院，靄亭创办了镇江竹林佛学院，南亭创办了泰州光孝佛学院以及后来在台湾创办了智光商工职校，成一创办了台北的华严专宗学院，造就僧材，兴复佛教，这一切，皆由玉成老人识见宏远，尊重知识使然。

在玉成长老所培育的满门英才中，徒孙智光在本世纪初曾与太虚、仁山二尊者发起的佛教革新运动，拟改金山江天寺为学校，以及后来在泰州创办的儒释初高小学和福田工读社，在近代中国佛教史上还仍传为佳话。徒曾孙靄亭应是香港佛教的奠基人。二三十年代在香港创办东莲觉苑、青山佛学院，发行《人海灯》杂志。如今香港佛教有此欣欣向荣的气象，大家都还怀念泰州和尚靄亭。

徒曾孙南亭和尚在台湾可算是家喻户晓的人物，是他将祖国佛教在宝岛台湾大力弘扬，办学、讲经、纯正的泰州方言，创办的华严莲社还处处保存了古海陵的风貌。当今在佛教界享有盛名的成一法师，亦是玉成长老的传人。在台湾的台北、桃园以及美国的加州密尔比达市和佛罗里达州，共创办了四处与家乡泰州有直接因缘的道场。近年来，他竭力宣扬“弥勒精神”，希望大家本着弥勒佛开朗豁达的精神，认真学习，弘扬佛教净化社会。

玉成长老的一门宗亲，由于重视了教育，栽培子孙，满门龙象，成绩斐然，一门子孙先后兴办六七所佛学院，所著也是举世无多。

光孝兴办学　桃李芬芳

泰州佛教亦有“九大丛林”，而作为首刹的是光孝寺。光孝寺是东晋义熙年间的古刹，又号称为江淮名刹，历代高僧辈出。1926 年始，这里创办了觉海学院以至后来的光孝佛学研究社，光孝佛学院。历经 20 余年绍隆佛种，桃李芬芳。

光孝寺兴办佛学院，常惺法师功绩卓著。他是泰州光孝寺法脉第十四代传人，与号称中国佛教救星的太虚大师、才华横溢的弘一大师(李叔同)过从甚密。他曾创办常熟兴福寺法界学院、安庆迎江寺佛学院、北京柏林佛学研究社、厦门闽南佛学院等。1937 年担任中国佛教会秘书长，已故全国政协副主席、中国佛教协会会长赵朴初时任他的秘书。人们称颂常惺是英年妙悟，智慧超群，辩才无碍。从1923年常惺受光孝寺记莂，到1931年接任光孝寺住持直至1939年圆寂，多年以来为光孝寺办学倾心尽力，造就一批又一批佛教杰出人才。

由光孝寺佛学院培养的名僧有：原中国佛教协会副会长、上海市佛教协会会长、上海玉佛寺、静安寺、开封大相国寺住持真禅，原上海市佛教协会副会长贾劲松，苏州寒山寺监院楚光，香港鹿野苑方丈，原世界佛教僧伽会秘书长悟一，世界佛教僧伽会副会长、菲律宾隐秀寺住持自立，旅美弘法的原常州天宁寺住持敏智，美国佛教联合会会长、纽约东禅寺住持浩霖。光孝寺第十七代传人成一、妙然（原系台北善导寺财团法人董事长兼《海潮音》杂志发行人）也都原系光孝寺佛学院学僧出身。现刚当选为世界佛教僧伽会会长的了中法师，系海陵塘湾人氏，40年代初亦先在光孝寺佛学院求学三年。继而参学江南各大丛林，去台湾后负笈东瀛，入东京立正大学留学，获硕士学位，后修毕博士课程后，返台弘法，曾任太虚佛学院院长、法藏佛学院院长、台北华严莲社住持、台湾佛教会秘书长等职，现任台北首刹善导寺住持以及玄奘大学创办人。

泰州光孝寺自清朝乾隆年间，性慧自宝华山分灯来寺任住持由禅寺改为律寺，当时被称为苏北唯一律宗丛林，并建有了千华戒坛，高十级，周长七丈八尺，白矾石砌成，江苏境内此种石戒坛仅南京宝华山隆昌寺、南京古林寺、扬州万寿寺与泰州光孝寺各有一座。光孝寺从晚清至民国年间,每隔一二年即传戒一次,一些僧人都以得泰州光孝寺的戒牒为荣。仅以1933年春天,光孝寺住持常惺法师传戒就得戒弟子262人。时任江苏省省长韩国钧还专门为光孝寺书写了《光孝寺传戒录序》。现旅美弘法的原常州天宁寺监院佛声、香港鹿野苑创建人之一法宗以及已故泰州市佛教协会会长、光孝寺住持禅耕皆为这一次的受戒弟子。

海陵宗风盛 龙象辈出

著名民国高僧上海玉佛寺震华曾经在一篇文章中这样描述,如果有人把全中国和尚精密地调查一下,画出一个统计表来,肯定是江苏和浙江为第一与第二,而江苏的和尚又以江北为多。像泰县、如皋、海安、东台、兴化几个县差不多已形成了和尚的发源地。而泰县、如皋、海安、东台走出去的名僧,由于地域的关系,他们又都习惯地称自己为泰州的和尚。一方水土养育一方人,古海陵佛教由于高僧辈出,佛法昌隆,大凡从泰州出去的和尚都能成为一方龙象。

潮州文化中佛教经典部分就是主要由泰州人写的。潮州开元寺是岭东首刹。智诚法师1908年生于泰州,后毕业于闽南佛学院,曾由太虚大师派至潮州任开元寺方丈并创办“岭东佛学院”,在潮州培养了大批当地佛教人才。闭关三年刺舌血书写《华严经》八十余万字,此经至今作为国家重点保护文物。智诚法师刺血写经,深受人们尊敬,在岭南久负盛名。

佛教四大名山之一的安徽九华山的掌门人也是地道的泰州人。仁德法师生于海陵塘湾。他早年出家，开始在扬州高旻寺，后参学各大丛林，六十年代初就担任九华山佛教协会副会长，现为全国政协委员、中国佛教协会常务理事、安徽省佛教协会会长、九华山佛教协会会长。

现任江苏省佛教协会副会长、镇江金山江天禅寺第81代方丈，律宗第一山宝华山隆昌寺住持慈舟法师也是泰州兴化一带人氏，他长年修炼，禅功坚深，为金山寺复兴倾心尽力，堪称一代名僧。

长期在美国弘法并卓有成效的净海法师亦是泰州下河俞垛人氏，早年留学日本，曾在泰国弘法，后入美国籍，一直从事佛学研究，著有《南洋佛教史》、《中国佛学词典》等著作，一度在阿根廷讲学，并被授予柏林诺大学荣誉博士，亚非文化研究所博士、顾问，现任美国德克萨斯州佛教会会长、佛光寺住持。

曾任中国佛教协会名誉会长，称为华严座主的一代名僧应慈长老。已故中国佛教协会副会长、镇江焦山定慧寺住持、智光老和尚的法徒茗山法师，以及民国高僧传中所列的镇江超岸寺守培、如皋西方寺范成、高邮放生寺仁山、常州天宁寺证莲、上海玉佛寺震华、焦山定慧寺东初以及新加坡福慧讲堂演培等等，都是与泰州有直接因缘的名僧。

海陵自古出名僧，名僧摇篮源泰州。泰州没有山只有水，而这水灵、地灵、人更灵，高僧辈出，代代相传，薪火不断，孕育了一批又一批名僧。试想，假设没有与泰州相关联的名僧，当代中国佛教、华人佛教乃至于世界佛教的历史也许就是另一种写法了。

泰州城区佛教寺庵庙宇概况

百年泰州名僧辈出。原泰州城区虽袖珍小城，市区纵横仅有10里范围，而佛教寺庵庙宇却林林总总，寺院之多、庵堂之众，更为其他地区所罕见。如以泰州旧治辖区，僧庙尼庵亦不会少于“南朝四百八十寺”之数。前些日子，笔者遇到文友李良先生，他向我叙说了1984年11月2日的下午奉命陪同全国政协副主席、著名社会学家费孝通先生在泰州视察。在乔园的平房会议室内，时任泰州市市长吴元康指着泰州市地图向费孝通汇报工作时说：“泰州是一座古城，特别佛教寺庙庵堂众多，仅城区据说有124座之多。”费孝通随即插话：“请问现在还有多少座？”答：“基本都没有了。”接着费老深情地说道：“泰州不要说有124座寺庙庵，如果现在还有24座，那也就了不得啦！”笔者翻阅了资料。1949年泰州城区佛教场所竟有146处，其中14寺、20庙、97庵、其他15。这些场所绝大部分都已荡然无存了。但是我还是将它们罗列出来奉献给读者。让历史演绎一下50多年前泰州亦为名僧摇篮的佛教场所壮观之场景。

一、寺

1、光孝寺：在城中区西桥口南，始建于东晋义熙年间。为泰州九大丛林之首，1933年住持为南亭和尚，原有屋宇200余间，后由纺机厂使用拆改。1996年修复。

2、北山寺：寺在城北招贤桥东，古名开化院，为唐敬宗宝历元年(825)，王屋禅师创建。1949年住持为肇源法师，原有正屋70多间，后由肉联厂使用拆改。现存的大雄宝殿，为明天启六年(1626)重建，清乾隆五十六年(1791)、咸丰二年(1852)及民国31年(1942)先后三次重修。还存有卓锡泉，始掘于唐，为泰州七星井之一。

3、南山寺：位于市区东南隅。始建于唐僖宗乾符三年(876)，初名护国寺，后改为现名。1949年住持为心慈法师。原有正屋20间，厢屋20间，后由水泥厂使用拆改。现存大雄宝殿庑殿重檐，楠木金柱，内外柱等高，脊桁下用叉手，沿袭元代以前建筑手法，斗拱又系明代做法。殿面阔五间，进深六间。从整个大殿建筑形式看，保留了明代中期建筑特色。而其屋面还继承了唐代的建筑手法，这种屋面格式，在我国古代建筑史上属最高等级。据论证，其屋顶重檐等建筑规格与北京太和殿、山东泰山岱庙、苏州文庙同，该殿已列为江苏省文物保护单位。

4、东山寺：寺址在城东门外迎春桥东北土山庄徐家山子。始建于唐大中年间(874—859)旧名为东山长乐教寺，又名东明寺和东禅寺。1949年住持为天源法师。该寺原有殿宇和寮屋、庑厢33间，主体建筑为：山门殿、大雄宝殿和张王殿。殿中供奉的张王就是元末农民起义军领袖吴王张士诚。在张王像龛左右悬有对联一副：上联是“国士无双，护南国山河之界”；下联是“英雄第一，增东山俎豆之馨”。后房屋由人民武装部改建使用。

5、西山寺：寺址在城中西门大街。相传始建于南宋，原名报国庵，明崇祯五年(1632)光孝寺住持僧方志修葺报国庵，改名为西山报国禅寺，清咸丰年间(1851—1861)住持僧德贤扩建后，又改名为西山白云寺，相沿至今。1949年住持为松林法师。该寺主体建筑为前殿和大雄宝殿。

抗日战争时期，国民党鲁苏皖边区游击总指挥部曾设于寺内。民国28年(1939)，新四军挺进纵队进驻苏北，陈毅司令员来泰与该部总指挥李明扬等协商团结抗日大计时，曾亲临该寺。该寺建筑后为省泰州中学改为图书馆与实验室之用，现改为“新四军东进谈判纪念馆”。

6、雨声寺：寺址在城西西郊的西舍庄。唐太宗贞观六年(632)僧雷吼始建。清雍正初有位科第出身、遁入空门的诗僧济生，由杭州灵隐寺来此住持，曾作插秧诗：“手把青秧插绿田，低头便见水中天。六根清净方成道，退后原来是向前。”颇富禅理，至今犹为里人传诵。1949年住持为道根和尚。寺庙原有主体建筑为前殿、大雄宝殿和后楼共三进，殿东西对称的寮屋各十间以及其他房屋十多间。山门外东西两角各有水井一口。1949年以后《苏北日报》社、新华印刷厂曾一度设于此，后由泰西中学改建校舍之用。

7、永宁寺：寺址在城北赵公桥东北角。始建于后周世宗显德三年(956),里人呼为北天滋庙。1949年住持为昌浩法师。原有主建筑为山门殿、前殿、大雄宝殿三进。殿东西两侧各有寮屋、庑厢十余间,合计寺屋约五十间。后由于开河,造纸厂拆除部分殿宇改建厂房,余由抗排站改拆用。

该寺大雄宝殿佛座后壁有海岛,海岛下面地上有一口水井,井的周围用砖砌成香案形,上以大石板覆盖,石板上有神龛供观音像。传说水怪就在井中。大雄宝殿里有水井,具有这种特殊的建造,在本邑所有寺庙中是独一无二的。

8、净因寺:寺址在城南东渔湾。又称南天滋庙,始建年代无考,为清代泰州九大丛林中的十方丛林之一。清世宗雍正曾书赐"净因"二字。寺屋原有三十余间,殿宇布局不同于一般寺庙,自成一格。其主体建筑不与山门殿同在一条垂直线上,而是偏在山门的西北方。其布局独特,结构紧凑,有古刹庄严的气派。

1949年住持为希尧法师,原房屋由泰县种子站移用。原净因寺大殿两侧供奉的十八尊罗汉泥塑像,形象逼真。穿针的罗汉,眼神与真人无异,惟妙惟肖;长眉罗汉的长眉,给人以飘然欲动的感觉。其雕塑的精巧,泰州各寺院的罗汉像无出其右,素为里人称道。该寺已正在由世界佛教僧伽会会长,台北善导寺财团法人董事长、住持了中法师资助在原址复建。

9、觉正寺:寺址在北门外东坝之东。为明神宗万历三十三年(1604)僧祖敏募建。有“东城佛地”一说。该寺雍正年间云如和尚圆寂,三年后火化,启龛视之,跏趺枯坐,颜色如生,远近惊为神,装金供奉,这就是远近皆知的觉正寺肉身菩萨。

1949 年该寺住持为善远法师。原有正殿屋 13 间,厢屋 34 间,现为玻璃厂使用拆改。

10、西来寺:该寺寺址在城南高桥西西泠路。该寺亦有龙王庙之说。其龙王神像眼珠活动。旧时久旱不雨,各行各业以及近邻农民就必抬龙王神像,游街求雨。

1949 年该寺住持为悟亭法师。原有正屋 18 间,厢屋 5 间,现由居民居住。

11、祇园寺:寺址在城南叭蜡庙巷内。1949 年该寺住持为隆成法师。原有房屋 24 间,后由宝带小学拆改使用。

12、古德寺:寺址在城南暮春街。1949 年该寺住持为觉悟法师。原有正屋 6 间,厢房 11 间,后由园林大队使用。

13、潮音寺:寺址在城南暮春桥西。虽然名之曰“寺”而实际却是一座尼姑庵,这在泰州是独一无二的。1949 年该寺住持为本华尼师。据《东咏轩笔记》卷上记,该寺寺名相传董香光(即董其昌)馆于泰州所书。原有正屋 6 间,厢房 11 间,后由园林大队农具厂拆改使用。

14、太平寺:古名为北坛场,寺址在城北下坝迎江桥。1949 年该寺住持为戒高法师。原有正屋 6 间,厢房 7 间,后由房产公司拆除改建。

二、庙

1、关帝庙:庙址在城南高桥北头街。1949 年该庙住持为法云法师。原有正屋18 间,厢屋4 间,后由南门小学拆改他用。

2、关帝庙:庙址在城南滕坝。1949 年该庙住持为悟亭法师,原有正屋6 间,厢屋4 间,后改为居民居住。

3、月城关帝庙:庙址在城北月城。1949 年该庙住持为永安法师。原有正屋6 间,厢屋10 间,后改为居民住。现已拆除改为月城广场。原上海市佛教协会副会长、上海静安寺修复委员会主任委员贾劲松居士曾在该庙出家。

4、禄袍关帝庙:庙址在城中关帝庙巷。1949 年该庙住持为利生法师。原有正屋6 间,厢屋9 间,后由钟楼小学改建用。

5、东门小教场武庙:庙址在城中东门大街。1949 年该庙住持为明远法师。原有正屋18 间,厢屋6 间,后改为居民居住。

6、将军庙:庙址在城中东门大街。1949 年该庙住持为昌辉法师。原有正房9 间,厢房9 间,后由房产公司拆建改二建公司。

7、盐宗庙:庙址在城中五一路。1949 年该寺住持为了如法师。原有正房屋6 间,厢房6 间,后为前进机械厂和房产公司各拆部分转为他用。原香港鹿野苑住持悟一法师在该庙出家。

8、大王庙:庙址在城北西仓。1949年该寺住持为妙莲法师。原有正房15间,厢屋7间,后改为店房所用。

9、晏公庙:庙址在城北西仓大街。为奉祀北宋政治家、词人晏殊而建。泰州当时为食盐转运之地,晏殊曾作泰州(西溪)盐监官。1949年该庙住持为普月法师。原有正屋12间,厢屋8间,后前面房屋改为食堂,后面房屋改为学校所用。

10、小郎庙:庙址在城北西仓袁后街。1949年该庙住持为能培法师。原有正屋9间,厢屋5间,后由西仓办事处拆改他用。

11、东墩关帝庙:庙址在城北东大街。1949年该庙住持为普通法师。原有正房10间,厢房7间,后改为居民住宅用。

12、龙王庙:庙址在城北下坝招贤村内。1949年该庙住持为了禅法师。原有正房6间,厢房10间,后改建为火葬场。

13、关帝庙:庙址在城北下坝通扬路。1949年该庙住持为了达法师。原有正屋9间,厢房9间,后由肖家巷小学、工商小学合并改作他用。

14、眼光庙:庙址在城北下坝施家湾。1949年该庙住持为绍琴法师。原有正屋7间,厢屋3间,后由二布厂改建厂房之用。

15、公侯庙:庙址在城北下坝施家湾。1949年该庙住持为慧空法师。原有正屋6间,厢屋8间,后由二布厂改建厂房之用。

16、都天地庙:庙址在城北下坝鱼行。1949年该庙住持为松泉法师,原有正房12间,厢屋6间,后由房产公司改为住宅用。

17、火星庙:庙址在城北西仓廒下。1949年该庙住持为明镜法师。原有正屋6间,厢屋3间,后由西仓大队改建用。

18、财神庙:庙址在城北智家堡。1949年该庙住持为弥亮尼师。原有正屋4间,厢屋9间,后改为居民住宅用。

19、财神庙:庙址在城南蓬莱巷。1949年该寺住持为能朗法师。原有正屋6间,厢房4间,后僧还俗,自己独建7间自住。

20、岳庙:庙址在泰山顶上,大殿三楹,环以走廊,殿中祀岳飞塑像两尊,金脸像居后,粉脸像坐前方轿内。西为岳云立像,两旁为岳部将、僚属等人。传为吴广裕所塑。山腰间有秦桧夫妇石质跪像。绕廊四望远郊近市和阛阓山色,尽收眼底。岳飞当年曾为通泰镇抚使兼知泰州,素为州人崇敬,昔日每年农历二月十五日为岳飞诞日,前来进香者络绎不绝,旧时亦于此日抬像下山迎会。后由市佛教协会管理。

三、庵

1、准提庵:位于城中西桥口,泰州最大的尼庵。据《泰州志》载该庵建于何时不详,明代称准提庵,清代改称佑生祠,又名泰山庙,俗呼奶奶庙,后改为泰山行宫。庙内殿前曾有一只铜炉，炉身刻有“大明嘉靖四十五年六月江南泰州东台场人卢世德等施奶奶庙前供奉”字样。明嘉靖四十五年(1566)，据今也四百多年了。

该庵原有主体建筑为五开间山门殿、二殿和大殿共三进。东侧有厢屋8间、厅堂3间；西侧有厢屋7间、厅堂3间、厨房3间，东西房屋基本相称。庵中原有殿宇飞檐串角，歇山重檐，颇具南方建筑风格。大殿中央供奉三尊铜坐像，泰州庙宇也不多见。1949年该庵住持为仁寿尼师。其庵第十代传人圣如、圣道二位老师太尚健在。该庵尚存一座大殿，余已改为前进机械厂厂房。

2、福善庵：庵址在城中乌巷内义学街。庵为清末民初尼果悦始建。庵堂屋宇有二十余间，即正殿前后两进，厢屋十多间。本是一座寻常尼庵。然而，庵中尼众修持虔诚、藏经丰富，实为泰州各寺庙中的佼佼者，素为佛教信徒所推崇。

该庵开山太祖果悦，原是如皋县拼茶镇名门闺秀，自幼即有佛缘，一心向往入空门修道，家人不许。年十七八，她不顾家人屡次劝阻，私往砖桥刻经处断发皈依在妙空法师座下。父母知其志不可违，就以银元八百购得义学街荒地一席，创建福善庵。

果悦传承临济宗法系，终日禅堂坐香，止息杂念，安静沉思，以悟佛心。坐关几十年，关房至今犹在，其修持虔诚可以想见。更以毕生精力，用于请经读经，举凡藏经、续藏、碛砂藏、大般若等佛家经典，无不具备，并以十八张经橱珍藏之。1949 年该庵住持为慧量师太。现该庵尚待恢复。

3、华严庵:庵址在城南夹河村。1949 年住持为僧朗耀。原有正屋 6 间,厢屋 5 间,后由园林夹河生产队改作他用。

4、普济庵:庵址在海陵路 193 号。1949 年住持为融珠尼师。原有正屋 6 间,厢屋 14 间,后改为棉绞厂用。

5、延圣庵:庵址在海陵路。1949 年住持为觉性尼师。原有正屋 3 间,厢屋 4 间,后改为居民住宅用。

6、水月庵:庵址在海陵路 114 号。1949 年住持为能果尼师。原有正屋 9 间,厢屋 5 间,后改为阀门厂厂房之用。

7、长生庵:庵址在城南东渔湾。1949 年该庵住持为道生尼师。原有正屋 6 间,厢房 7 间,后改为一布厂宿舍用。

8、延生庵:庵址在城南路。1949 年该庵住持为宽恒尼师。原有正屋 9 间,厢屋 6 间,后由城南办事处草片厂改用。

9、甘露庵:庵址在南门月城。1949 年该庵住持为慈安尼师。原有正屋 4 间,厢屋 3 间,后由居民改住宅之用。

10、隐南庵:庵址在城南松林村。1949 年该庵住持为能清尼师。原有正屋 6 间,厢屋 11 间,后由房产公司、松林大队拆改他用。

11、白衣庵:庵址在城南松林村。1949 年该庵住持为心定尼师。原有正屋 6 间,厢屋 7 间,后由水泥厂拆改他用。

12、准提庵:庵址在城南升仙桥西。1949 年该庵住持为隆慈尼师。原有正屋 6 间,厢屋 7 间,后改由居民住宅用。

13、永隆庵:庵址在城南松林庵西。1949 年该庵住持为觉定尼师。原有正屋 6 间,厢屋 13 间,后由歌舞木器社改由厂房用。

14、吉祥庵:庵址在城南牌楼口南街。1949 年该庵住持为静安尼师。原有正屋 10 间,厢屋 6 间,后改由居民住宅用。

15、报恩庵:庵址在城南义学街。1949 年该庵住持为隆祥尼师。原有正屋 11 间,厢屋 3 间,后改由居民住宅用。

16、普贤庵:庵址在城南松林村。1949 年该庵住持为慧融尼师。原有正屋 6 间,厢屋 11 间,后由水泥厂拆改厂房用。

17、龙珠庵:庵址在城南升仙桥西。1949 年该庵住持为宏量尼师。原有正屋 6 间,厢屋 6 间,后为园林大队电磨坊改用。

18、毗卢庵:庵址在城南松林村。1949 年该庵住持为炳扬法师。原有正屋 15 间,厢屋 8 间,后大部分由松林生产队拆除他用。

19、福寿庵:庵址在城南升仙桥南。1949 年该庵住持为果明法师。原有正屋 3 间,后改为居民住宅用。

20、三元庵:庵址在城中八字桥东。1949年该庵住持为曙云法师。原有正屋4间,后建万亩猪场时被居民拆去。

21、地藏庵:庵址在城南升仙桥东。1949年该庵住持为霭亭法师。原有正屋6间,厢屋24间,后由居民改建住宅用。

22、庆云庵:庵址在城南尤家巷。1949年该庵住持为明鉴法师。原有正屋10间,厢屋14间,后改为居民住宅用。

23、松林庵:庵址在城南乌巷南首。庵中原有古树一株,前人一向称它"六朝松"。但见于文字记载的,大多说它是柏树。明代胡海平认为"此树有叶无鳞,柏叶松身,非松非柏,实为桧"。该树有双根虬结在一起,一出地面就盘绕曲折,千姿百态,矫若游龙。原古松四周兴建回廊,供游人沿廊环行,从不同的角度欣赏"六朝松"的姿态。回廊的东北、东南、西南、西北四角建有四座六角形飞檐翘角的小亭,供人游憩。东北角亭内有一对联,据云为邑人沈本渊所撰:

且偷半日清闲,荒寺眠云寻鹤梦;

欲问六朝兴废,怒涛卷雨作龙吟。

庵门侧原有二石鼓,系用黄杨木雕成,为清雍正时泰州巡监分司、金石书画家高凤翰所制。镂刻精工,乍视与石制无异,现藏泰州博物馆。

1949年该庵住持为心净法师。原有正屋10间,厢房

11 间，后由松林小学改建校舍之用。

24、栖凤庵：庵址在城中圈门口。1949 年该庵住持为了鉴法师。原有正屋 6 间，厢屋 9 间，后为城东小学改为教工宿舍之用。

25、乐善庵：庵址在城中周桥南边。原有正屋 6 间，厢屋 5 间，后改建为居民住宅之用。

26、天宁庵：庵址在城中大林桥以西，1949 年该庵住持为悟彻法师。原有正屋 3 间，后由房产公司拆改为“五一粮店”。

27、普照庵：庵址在城中西门大街升仙桥西。1949 年该庵住持为恒净尼师。原有正屋 6 间，厢屋 6 间，后由五七中学改建校舍之用。

28、西竹庵：庵址在城中青年路。1949 年该庵住持为远峰尼师。原有正屋 7 间，厢屋 4 间，后为省泰中宿舍用。

29、紫竹庵：庵址在城中青年路。1949 年该庵住持为德洁尼师。原有正屋 6 间，厢屋 2 间，后由园林公社改建他用。

30、普照庵：庵址在城中钟楼巷内。1949 年该庵住持为觉省尼师，原有正屋 11 间，厢屋 5 间，后改建为居民住宅用。

31、祠山庵：庵址在城中钟楼巷内，1949 年该庵住持为圣定尼师。原有正屋 8 间，厢屋 11 间，后改为居民住宅用。

32、普照庵：庵址在城中蒲草巷 19 号。1949 年该庵住持为朗耀尼师。原有正屋5间,厢屋4间,后改为居民住宅用。

33、清静庵:庵址在城中昭昭汪。1949年该庵住持为朗清尼师。原有正屋11间,厢屋5间,后改为居民住宅用。

34、报恩庵:庵址在城中邑庙街丁家巷内。1949年该庵住持为隆喜尼师。原有正屋6间,厢屋7间,后改为居民住宅用。

35、佛寿庵:庵址在城中周桥口。1949年该庵住持为悟禅尼师。原有正屋8间,厢屋3间,后改为居民住宅用。

36、青莲庵:庵址在城中周桥口。康熙二十六年(1687)孔尚任在《湖海集》卷二有《初春偶过青莲庵题壁》云:"诗才冰玉两婵娟,海上相逢入道年。弟悟兄参删旧梦,真经妙句写同编。榻前古柳三冬雪,屋后春湖一面烟。饶到香台多景象,风坐回首路茫然。"

1949年该庵住持为昌霞尼师。原有正屋12间,厢屋9间,后改为居民住宅用。

37、祠山庵:庵址在城中东门大街。1949年该庵住持为如亮尼师。原有正屋9间,厢屋4间,后由房产公司和松林大队各拆一部分改建他用。

38、崇善庵:庵址在城北东街瓦厂巷。1949年该庵住持为云山尼师。原有正屋13间,厢屋6间,后由五金厂改建厂房用。

39、双庙观音庵:庵址在城北东大街。1949年该庵住持为西慈尼师。原有正屋6间,厢屋5间。后改为东大街百货商店。

40、东淮提庵:庵址在城北东大街。1949年该庵住持为昌林尼师。原有正屋8间,厢屋8间,后改建为居民住宅用。

41、慈云庵:庵址在城北肖家巷。1949年该庵住持为常清尼师。原有正屋9间,厢屋10间,后改建为居民住宅用。

42、善人庵:庵址在城北时家巷。1949年该庵住持为智安尼师。原有正屋12间,厢屋12间,后改为人民印刷厂作职工宿舍用。

43、观音长生庵:庵址在城北薛家汪。1949年该庵住持为朗清尼师。原有正屋19间,后改为房管所之用。

44、广佛庵:庵址在城北太平路。1949年该庵住持为昌明尼师。原有正屋11间,厢屋4间,后由废品公司拆改他用。

45、念佛庵:庵址在城北老西河。据《东咏轩笔记》卷上记载:相传董香光(董其昌)馆于泰时,为该庵所书"溪声即是广长舌,山色原非清净身"楹帖并用楠木版刻,极为遒妙。1949年该庵住持为度林尼师。原有正屋15间,厢屋6间,后由房产公司拆除改建他用。

46、福善庵:庵址在城北打牛汪。1949年该庵住持为恒修尼师。原有正屋6间,厢屋6间,后改为居民住宅用。

47、海藏庵:庵址在城北招贤桥南。1949年该庵住持为松云尼师。原有正屋10间，厢屋3间，后被房管所拆改他用。

48、兴隆庵：庵址在城北多儿巷内。乾隆五十七年(1792)，泰州诗人宫国苞、叶兆兰创办的“芸香诗社”即设于此。社员遍及仪征、扬州、东台等地，为扬八属有名的诗社。该社一直延续到光绪元年(1875)历时83年。1949年该庵住持为隆祥尼师。原有正屋6间，厢屋9间，后由房产公司改为居民住宅用。

49、塔庵：庵址在城北招贤桥南。1949年该庵住持为福增尼师。原有正屋3间，厢屋3间，现房屋已不存。

50、西净观音庵：庵址在城北西三步桥。1949年该庵住持为洁连尼师，据说原有约20间房，后由房管部门改作他用。

51、延生庵：庵址在城北四巷内。1949年该庵住持为安然法师。原有正屋18间，厢屋8间，后由五巷小学改建成校舍用。

52、永盛庵：庵址在城北西坝口。1949年该庵住持为雨晴法师。原有正屋3间，厢屋3间，后改为居民住宅用。

53、雨花庵：庵址在城北大浦街。1949年该庵住持为圣怀法师。原有正屋9间，厢屋1间，后改作居民住宅用房。

54、毗卢庵：又名西斗宫。庵址在城北西仓老廒。1949年该庵住持为慧成法师。原有正屋10间，厢屋7间，后改为居民住宅用。

55、观音庵:又称紫竹林。庵址在城北东坝口。1949年该庵住持为静源法师。原有正屋6间,厢屋2间,后改为居民住宅。

56、善净庵:庵址在城北招贤桥南。1949年该庵住持为能达尼师。原有正屋6间,厢屋8间,后改作他用。

57、西方庵:庵址在城北西仓。1949年该庵住持为隆雨尼师。原有正屋9间,厢屋6间,后改作旅社所用。

58、西莲庵:庵址在城北西仓。1949年该庵住持为隆祥尼师。原有正屋6间,厢屋8间,后改作居民住宅用。

59、三茅庵:庵址在城北西仓老廒。1949年该庵住持为本来尼师。原有正屋8间,厢屋4间,后由西仓办事处兴办砂纸组所用。

60、海龙庵:庵址在城北石头巷。1949年该庵住持为妙定尼师。原有正屋6间,厢屋10间,后改作居民住宅用。

61、慈善庵:庵址在城北石头巷。1949年该庵住持为贵成尼师。原有正屋6间,厢屋10间,后改作居民住宅用。

62、大慈庵:庵址在城北万字会前。1949年该庵住持为融开尼师。原有正屋27间,后由华太纱厂拆改为厂房用。

63、复兴庵:庵址在城北鱼行西坝庄。1949年该庵住持为海会尼师。原有正屋6间,厢屋2间,后由鱼行大队拆改使用。

64、报恩庵：庵址在城北下坝新城。1949年该庵住持为恒修尼师。原有正屋6间，厢屋4间，后由新城大队改为造纸坊用。

65、福兴庵：庵址在城北鱼行西坝庄。1949年该庵住持为永如尼师。原有正屋6间，厢屋2间，后由前进生产队改建为仓库。

66、报恩庵：庵址在城北鱼行西坝庄。1949年该庵住持为本如尼师。原有正屋12间，厢屋2间，后由西坝大队改建用。

67、得源庵：庵址在城北火星桥。1949年该庵住持为僧石安。原有正屋11间，厢屋7间，后由东街小学改建校舍用。

68、青龙庵：庵址在城北招贤桥村。1949年该庵住持为脱成法师。原有正屋3间，后改为招贤大队用。

69、招贤庵：庵址在城北招贤桥河西。1949年该庵住持为山清法师。原有正屋10间，厢屋24间，后改为居民住宅用。

70、大士庵：庵址在城北下坝姜窑村。1949年该庵住持为悟治法师。原有正屋3间，厢屋3间，后由智堡大队拆建用。

71、万善庵：庵址在西郊靳桥乡复兴庄。1949年该庵住持为龙海法师。原有正屋6间，厢屋3间，后由西郊公社拆毁。

72、吉光庵：庵址在城北下坝通扬路。1949年该庵住持为印纯法师。原有正屋6间,厢屋9间,后由工商小学用去8间,招贤大队用2间,余由肉联厂拆改。

73、宝塔庵:庵址在城北下坝石头巷。1949年该庵住持为谷安法师。原有正屋6间,厢屋10间,后由鱼场办事处改用。

74、瑞国庵:庵址在城北下坝通扬路,招贤桥东首。当年大殿有一卧佛,故人呼“睡觉庵”。起先佛前地上有一活动木板,有绳牵引佛身,上置蒲团,人跪拜时,佛即坐起,后因吓人而废去。1949年该庵住持为昌净尼师。原有正屋10间,厢屋5间,后由肉联厂拆改用。

75、观音庵:庵址在城北下坝南井家巷。1949年该庵住持为龙池尼师。原有正屋6间,厢屋6间,后由地毯厂改建厂房用。

76、广荫庵:庵址在城北下坝北井家巷。1949年该庵住持为昌林尼师。原有正屋6间,厢屋8间,后由街道轴承厂改建厂房用。

77、广福庵:庵址在城北下坝南井家巷。1949年该庵住持为守云尼师。原有正屋3间,厢屋5间,后由街道轴承厂改建厂房用。

78、福善庵:庵址在城北下坝塘湾庄。1949年该庵住持为祥贵尼师。原有正屋12间,厢屋24间,后由微化厂改建厂房使用。

79、白衣庵:庵址在城北下坝小鱼行。1949年该庵住持为德高尼师。原有正屋6间,厢屋2间。后由八中拆改为校舍用。

80、古佛庵:庵址在城北下坝小鱼行。1949年该庵住持为果成尼师。原有正屋6间,厢屋2间。后由八中改建宿舍用。

81、福寿庵:庵址在城北下坝破桥北。1949年该庵住持为法祥尼师。原有正屋21间,厢屋2间。后由通姜小学拆改校舍用。

82、观音庵:庵址在西郊森森庄。1949年该庵住持为净修尼师。原有正屋6间,厢屋8间。后拆除。

83、积善庵:庵址在城北下坝丁冯大队。1949年该庵住持为真祥尼师。原有正屋6间,厢屋2间。后由丁冯大队拆改他用。

84、长生庵:庵址在城北下坝鱼行。1949年该庵住持为崇高法师。原有正屋11间,厢屋8间。后由鱼行大队拆改他用。

85、永福庵:庵址在西郊森森庄。1949年该庵住持为宝义法师。原有正屋8间,厢屋4间。后为森南大队改建仓库用。

86、中林庵:庵址在西郊森森庄。1949年该庵住持为隆兴法师。原有正屋6间,厢屋12间。后由森森小学拆改用。

87、护国庵:庵址在西郊森森庄。1949年该庵住持为性坚法师。原有正屋16间,后由森森大队改办农具厂之用。

88、毗卢庵:庵址在城北下坝西坝庄。1949 年该庵住持净尘法师。原有正屋 8 间,厢屋 3 间,后由西坝大队拆改他用。

89、华严庵:庵址在城北下坝丁冯大队。1949 年该庵住持为松俊法师。原有正屋 8 间,厢屋 3 间。后由丁冯大队拆改他用。

90、广惠庵:庵址在城北下坝韩桥。原有正屋 8 间,厢屋 4 间,后由演化小学拆改为校舍之用。

91、旃坛庵:庵址在城北下坝演化东街,原有正屋 10 间,厢屋 4 间,后建万头猪场拆改他用。

92、地藏庵:庵址在城北下坝招贤桥东。原有正屋 12 间,后由招贤大队改建他用。

93、准提庵:庵址在城北臭沟头。后房屋改由搬运食堂用。

94、松筠庵:庵址在城中电影院处。1949 年该庵住持为灵通尼师,原有正屋 6 间,厢屋 6 间。后由园林公社卖给电影院,全部拆除。

95、陈庵:庵址在东门大街。为明初陈氏家庵。泰州著名诗人吴嘉纪,康熙十六年(1677)六月因避水灾,曾寄居于此作《初秋》诗,备述洪水惨状。剧作家孔尚任在苏北治水期间,河署设于泰州。不久,因治水大臣意见不一而停工。康熙二十七年(1688)腊月,孔尚任被泰州知州施世纶逐出河署,不得已也曾携家带小羁寓于此,作《陈庵记》并写成《桃花扇》二稿。后因拓宽迎春路拆去。

96、茶庵：庵址在城北西仓麻将市场附近。原有一座宽大的庵堂，皆无围墙。专供来往行人歇脚，相当于古之驿站，过去奉祀观音也曾出庵迎会。后已拆改他用。

97、弥陀庵：庵址在南山寺东南。雍正初年(1723)以后，郑板桥曾寄居于此，并作诗赠梅鉴和尚。诗中有“海陵南郭居人少，古树斜阳破佛楼”之句。

四、其他

1、临湖禅院：禅院地址在泰山脚下。原为清初邑绅宫伟缪“春雨草堂”别墅。当时著名诗人杜茶村、冒辟疆、周亮工、龚鼎孳等多次在此雅集吟诗。院中旧藏岳飞画像真迹，四周皆名人题识。民国3年(1913)被人取画心盗至上海，以三百元售与日本人。今所藏乃王籽摹绘，但四周题词仍是原件，亦甚珍贵。1949年该禅院住持为仪楷法师。原有正屋23间，厢屋28间，后改为烈士祠与公园用。

2、都天行宫：宫址在城北西仓桥东引桥北侧。因该庙是“都天菩萨”出巡时居住的宫室，所以称为“都天行宫”，又称“都天庙”。庙中所供神像为唐开元末安禄山叛乱死守睢阳城不屈而死的大将张巡，被尊为“都天菩萨”。

该宫系清康熙三至四年间(1664—1665)就社稷坛旧址所建，光绪二年(1876)、民国22年(1933)重修，主体庙宇，具清代建筑特色。该宫前有广场，东西竖立旗杆各一根。庙门口有五级台阶，两边有石狮一对，石鼓一对。大殿中都天菩萨贴金木塑像一尊，身穿袍服，气宇轩昂。两

旁有对联云:

大德实生成,跻斯民於仁寿;

慈心通造化,拯下土之灾殃。

殿中悬有李鸿章题写的“江淮保障”匾。此外,还有“忧国忧民”、“圣寿无疆”等匾额。

1949年该宫住持为洪学和尚。现存“都天行宫”,南北长十余间,东西宽五间。其山门殿、大殿、后殿建筑在一条中轴线上。山门殿为楼屋间,上下两层,东西五间,下层为砖圈拱门,两旁有石鼓。门上部有砖雕,并嵌“都天行宫”石额一块。后房屋由中百公司改为仓库。庙里的独角铜兽香炉,现被市博物馆收藏。

3、清净禅林:禅林地址在城北西河边,1949年该禅林住持为雨田尼师。原有正屋6间,厢屋11间,后改为居民住宅用。

4、三光殿:该地址在城北顾家巷。1949年三光殿住持为纯修法师。原有正屋20间,后由华泰纱厂改建厂房用。

5、广济草堂:该地址在城北下坝龙王庙庄。1949年该草堂住持为续修法师。原有厢房3间。后由火葬场改建用。

6、福德祠:该祠地址在城北下坝韩桥。1949年该祠住持为智来法师。原有正屋15间。后由房管所拆改建居民住宅用。

7、乐真观:该观地址在城中经武桥西。1949年该观住持为融慧尼师，原有正屋 9 间，厢屋 6 间。后由省泰州中学拆改他用。

8、东坛场：地址在城北东大街。1949 年东坛场住持为学参法师。原有正屋 9 间，厢屋 5 间。后由东街木器厂拆改用作厂房。

9、华严社：地址在城中王家桥。原有房屋 20 间，后由华泰纱厂拆改他用。

10、念佛堂：地址在城南越扩河。1949 年念佛堂住持为佛音和尚，原有房屋 10 间。后改为居民住宅用。

11、安养佛堂：地址在城南义学街。1949 年佛堂住持为心光和尚。原有正屋 6 间，厢屋 6 间。后改为居民住宅用。

12、雷祖殿：地址在城南乌巷。1949 年雷祖殿住持为天祥和尚。原有正屋 12 间，厢屋 7 间。后改作居民住宅用。

13、藏经楼：地址在城南东门大街。1949 年藏经楼住持为觉中尼师。原有正屋 6 间，厢屋 15 间。后由房产公司拆改他用。

14、张仙祠：地址在城南暮春桥西。1949 年张仙祠住持为绪祥尼师。原有正屋 9 间，厢屋 3 间。后由园林大队改为仓库用房。

15、斋僧馆：地址在城北新桥口。1949 年斋僧馆住持为能安和尚。原有正房 3 间，厢屋 1 间。后改为理发店用。

泰州居士林春秋

居士，梵语称作“迦罗越”，含义有三：居财之士、居家之士、在家志佛道者。《法华玄赞》曰：“守道自恬，寡欲德，名为居士。”居士林，即男女修行的场所。

泰州之有佛教居士林应从上个世纪20年代开始，由于本邑士林一贯独尊儒学，尽管也有些有志于佛学研究者，但却为数寥寥，难成气候。民国13年(1924)七月，泰州九大丛林之首的光孝寺住持培安和尚的嗣法之子常惺法师，代表江苏佛教界出席了在江西庐山召开的世界佛教联合会。会毕，常惺法师邀请时称为一代高僧的太虚大师东下讲经。由于当时光孝寺寺产过丰，绅界常与之为难，常惺企图借讲经以资调和。由于诸方大德纷纷加盟陪同，寂山、仁山、让之、守培、智光、晴峰、象贤等大法师一并抵达泰州，于是太虚大师来泰州讲经，泰州本邑知识界慕名前往听道者众，从此佛教之灌输及于士林。

八月十三日，太虚大师为卢敬侯、萧斯、王宪谋、钱慰贞等士绅二、三十人，授三皈依。以诚学法师为行尊，培安法师为依知师，一改泰州向来轻蔑佛教之风。太虚大师对泰州当时立志研究佛学有识之士也极为赏识，教以结念佛社，并为作“泰县念佛社序”。此为泰州佛教居士林的前身。同时介绍推荐王吉孚、孙竹铭二居士去苏州佛教居士林，学习灵岩山方丈印光法师制定的《居士林章程》。这样，太虚大师在泰州讲经之后，地方士绅求受皈依者接踵而至，方便开示，无虑千人。

民国14年(1925)，经泰县佛教会批准，邑中推士林耆宿吴宝森担任居士林林长，负责筹备成立泰县居士林，林址暂设于城中税务桥东街于海山居士住宅(现海陵区政协大院内)。当正式宣告成立时，因吴宝森年高体弱，固辞，乃以钱翰庭为首任林长。另推选理事七人，以王芍波为副林长兼财务领事，王吉孚为常务理事，孙竹铭为庶务理事，吴玉树、肖承法为文教理事，王宝量(女)为财务理事。

民国19年(1930)，泰州居士林迁址升仙桥南大街回子牌坊口(今劳动服务公司处)。因首任林长钱翰庭迁居南京，居士林亦相应改组，由吴玉树继任林长，王芍波仍为副林长兼财务理事，王吉孚、孙竹铭为常务理事，新增杨浣石、王宝光、王光钺(女)三居士同为庶务理事。并以孙竹铭兼任救灾福利组长，另有职员二十余人。至此，信仰共修居士五百余人。每年经费约支二、三千元，均来自劝募及热心者布施。

民国26年(1937)，居士林理事长又作了调整，由本邑著名金石篆刻大家杨浣石担任居士林林长。

居士林从建立一直至“文化大革命”前的上个世纪六

十年代中期，它的活动大体为做功课念经、打佛七纪念诸佛诞辰，组织讲经劝善以及放生等，林长以及理事轮流宣讲佛经，听者甚众。

民国25年（1936）秋，常惺法师时任厦门南普陀住持和闽南佛学院院长。应居士林之请回泰州宣讲《维摩诘经》。常惺法师以他渊博的佛学知识和雄辩的演讲才能深得听众的倾慕和赞佩。

泰州居士林几十年历史中有几件事至今还值得里人称颂。

其一，太虚大师在泰州讲经时，发现邑中人物荟萃，对佛学有研究者不乏其人，曾提议将当时在国内外颇有一定影响的佛学月刊《海潮音》由上海迁到泰州接办。1925年以后的三年间，此刊物曾由泰州居士林编辑出版，流通国内外佛教界。当时负责主编的有王诚普、钱诚善、李彬等居士。如今，此刊物已出版发行八十周年。

泰州居士林在编发《海潮音》杂志时，同时还创办了佛经流通处和居士林林报《佛化周刊》。

其二，民国20年（1931）夏秋之交，苏北大水成灾。居士林救灾福利组曾组织孙竹铭、王诚普、杨浣石等居士携带干粮等物资亲赴兴化一带赈灾，救活灾民无数。同时还在居士林内办起收容所，接纳数百灾民入所食宿度灾。其中部分孤寡无依的妇女灾民，后来就移居净土院长期供养，直至1958年，大部分人才回原籍。

其三，孙竹铭兼任居士林救灾福利组组长期间，为桑梓做了许多有益的事，如为地方修桥铺路，每日设点放粥，常年施医施药、救济贫苦等，至今仍受到本邑人士称赞。

其四，民国33年（1944），泰州居士林曾举办恭请苏州灵岩山印光法师的舍利子来泰的纪念活动。

1949年以后，泰州居士林的活动亦未停止。时任居士林林长的杨浣石为书画篆刻家，早年在上海复旦公学肄业，曾任苏州海关监督公署咨议、导淮委员会科员、泰县园艺研究社主任。他多才多艺，尤擅篆刻，早岁漫游京沪，得吴昌硕、曾熙、于啸轩等名家奖掖，也曾在南京荣宝斋等处鬻印，一时社会名流请其治印者，纷至沓来，因之交游甚广，声誉鹊起。前些日子笔者与著名影星济公扮演者游本昌先生交谈时，他说杨浣石老先生曾为他们一家五口人刻过印，至今还珍藏着。1949年以后杨老居士当选为泰州市人民代表、泰州市政协委员，他主持的泰州居士林活动在他逝世后由孙竹铭居士接任，直至1968年孙老去世，泰州居士林的活动才停止。

泰州居士林的活动虽然停止，但居士的修行却一直未停止过，其中最突出的要算王光钺老居士。王老是一位资深居士，出身本邑望族，人称王三爹，"文革"后一直担任泰州市佛教协会副会长，她曾一度把一代名居士兴化高鹤年接到泰州供养。在她的影响下，泰州一批老居士修行几十年如一日，为泰州佛教事业的复兴发挥了积极作用。

肇源老法师一贯赞同人间佛教的主张。为纪念观世音圣诞，他为居士们宣讲了《观世音菩萨普门品》。在讲述“今生”和“来生”的因果说法时，赋予佛教为建设社会主义精神文明服务的新义，听者无不心服。讲经10天，参听居士人数逐日增多，最后一天竟达二百人之众。

随着古光孝寺的复建和党的宗教政策的贯彻落实，泰州居士的活动正逐渐恢复并日趋繁荣，而高僧大德的讲经说法和各种赈灾义举活动，更多的吸引了居士参与修行。泰州居士们的活动正在为净化人们的心灵，服务于社会，发挥着越来越积极的作用。

泰州光孝寺历史上的三次复兴

江苏泰州光孝寺，始建于东晋义熙十四年(418)，是一座已有一千五百余年的古刹。原先寺址占地40余亩。寺宇雄伟而幽古。林园、竹园、土山、凉亭、菜园等围绕其间，虽在城市而有乡村之美，虽处平地而有山林之乐，素有“梵宫花雨”之称。亦为“江淮之名刹”、“苏北唯一之律宗丛林”，又为泰州文化古城之象征。

一座寺庙的兴衰，往往不单单是关系着宗教本身，而是历史的一个缩影。佛法东流，千余年来与中国传统文化合成一炉。泰州光孝寺的文化，泰州光孝寺的兴衰，也同样如此。伴随着历史的长河，古刹光孝寺也是风风雨雨，时有兴衰，历经坎坷。光孝寺历史上习习辉煌，也同样是伴随着次次复兴而来。笔者阅其历史，反复甄别资料，记录下泰州光孝寺历史上的三次复兴。

一、皇帝赐匾　恩敕名
德范中兴　最吉祥

佛教自东汉“白马驮经”把它从天竺西域传入中国，已流传两千多年，而系统的传人一般认为始于东晋。泰

州光孝寺即建造于东晋义熙年间,初期的鼎盛和复兴时期,有据可考是在南宋。

公元960年宋太祖赵匡胤统一中国,即对佛教采取保护政策。他认为“佛教”有裨(有益)政治。对反佛者加上“非毁佛教,诳惑百姓”的罪名发配充军,并在五台山、天台山等处修建寺庙,设译经院翻译佛经,在益州(今四川成都)雕印大藏经,这是我国第一部印制的佛教总集。宋朝建国后,全国僧徒、佛寺骤增。各处州官也都支持佛教的发展,聘请高僧住持名刹,赐田扩建,修葺殿宇,佛教界呈现复兴景象。

泰州向称“汉唐古郡,淮海名区”。东晋设海陵郡,南唐建泰州。自两汉以来,海陵一直为江淮间粮食生产与聚集地。海陵又是淮南盐的主要产地。唐开元元年(713)设海陵监管理沿海各盐场。至南宋绍兴(1131—1162)末年,泰州海陵监收入六七百万缗,超过大唐历时全国盐赋总和。由于泰州在全国的经济地位,古刹寺庙也因此受宠。北宋崇宁二年(1103)徽宗赵佶赐名为“崇宁万寿寺”,应该说用国家年号相赐,算是很高的荣誉。到了政和元年(1111),同是徽宗,因为年号更改,又改赐为“天宁万寿寺”,并赐田5000亩。时过20年,朝廷更迭,宋高宗赵构南渡,远逃海上,于绍兴二年(1132)正月才正式定都临安(今杭州)。他一面打着“恢复”、“中兴”的旗号,一面大兴土木,修建明堂、太庙,意图永远苟安江南,一面表示崇佛。他为保持其皇位,不愿迎回被虏的徽、钦二帝，但却又大事宣扬其"孝道"。至绍兴八年(1118)高宗赵构大赦天下。敕改统治区域内大寺庙为光孝寺，有百余座之多。为给徽、钦二宗祝福，高宗为他们启建道场，超度其亡灵。泰州光孝寺也在其列，敕改名为"报恩光孝禅寺"。

南宋绍兴三十一年(1161)，金国的新主完颜亮野心勃勃，亲自率60万大军南下，想一举消灭南宋。高宗赵构本无准备，又想一逃了之，在群臣坚持下，勉强抵抗，但不堪一击，两淮很快被金国占领。就在这场战火之中，泰州又遭践踏，光孝寺被毁。幸亏此时金朝本身碰上内乱，南宋又很快收复了两淮。

毁时容易建时难，光孝寺的修复一直到南宋庆元二年(1196)后才大规模展开的。这时金国皇帝昏庸无能，已无南下的野心，所以宋金之间的关系趋向和缓。人心思定的时候，修庙又成为热心人关注的大事。住持德范和尚，为中兴光孝寺而到处奔走，化缘募捐到四千多万两，得到宁宗赵扩皇帝的赏识，书赐"碧云"二字墨宝，后方丈室即为"碧云丈室"。并建高阁六楹，用"碧云"二字作题额。

通常一座寺庙的修复，总是以大殿(即大雄宝殿)的落成为标志的。住持德范请当时泰州州官韩梃取《华严经》语，书"最吉祥殿"四字为额。此大殿高为一百一十尺，垂檐八楹，置佛、菩萨、罗汉塑像31尊，佛像后陡壁上嵌彩塑海岛，工艺精湛。大殿的名称即为"最吉祥殿"，沿袭至今，如今泰州光孝寺在海外的分支，如台北华严莲社的大雄宝殿，也称为“最吉祥殿”。

庆元六年(1200)四月，住持德范弟子祖兴法师亲赴浙江请出著名爱国诗人陆游撰写《泰州报恩光孝禅寺最吉祥殿碑记》，勒石为志。陆游(1125—1210)，字务观，号放翁，会稽(今绍兴)人，官至宝章阁待制，为秦桧所贬，善文工诗，为著名爱国诗人。陆游为泰州光孝寺撰写碑文，也是有特殊因缘的。他的祖父陆佃，曾于宋哲宗赵煦执政的绍圣二年(1095)任过泰州知州。虽然陆游三十年后才出生，但他从其祖父口中熟知泰州的一些风土人情。在他的诗句中，我们也常看到涉及泰州景物的句子。他还与当时泰州的官员有过较多的交往，常常追忆祖父与泰州的旧事。正因为他与泰州有其特殊感情而慨然应允，撰写了《泰州报恩光孝禅寺最吉祥殿碑》碑文。陆游在碑文中详细记叙了光孝寺的历史，又作长篇七言铭文，铭文中赞美泰州“海陵奥区名圜中，长淮大江为提封”；赞美光孝寺“是邦巍然千柱宫，中有广殿奉大雄”。

住持德范和尚，在中兴光孝寺时，除建起大雄宝殿即“最吉祥殿”，一并建成方丈室、寮房、厨房、水陆堂及左右庑厢等建筑。

二、隆昌分灯　禅改律
性慧传汝　造千华

泰州光孝寺的第二次复兴，可追溯至清乾隆九年

(1744),性慧自宝华山隆昌寺分灯来寺任住持,改禅宗为律宗,开示戒法,称“报恩光孝律寺”。

宝华山隆昌寺是由南朝宝志禅师开山建造,至今1400余年。开山始初,是金陵一带四百八十寺之最上者。但后来一度湮没。直至明朝末年的三昧律师精严戒律,中兴律宗,开坛传戒,宝华山隆昌寺才又兴旺起来,成为“律宗第一山”。三昧律师本人则成为宝华隆昌寺第一代律祖。

隆昌寺坐落在句容的宝华山之中。宝华山为宁镇山脉之名峰,周围群山环抱,争雄斗奇。最高峰海拔437.2米,为群山之冠。“东凌铁瓮,西控金陵,南负句曲,北俯大江”。山势崛起而中凹,群峰环绕其下,若花之含萼;窝藏寺中,如蓬之有房。其形安而逸,其势尊而严,景色壮丽。周围36座山峰犹如36片莲花瓣,寺宇若莲房,隆昌寺端坐其中。其气势不凡,寺周围风景如画。“林麓之美,峰峦之秀,洞壑之深,烟霞之胜”,四大奇景令人犹入仙境。山间云雾缥缈,溪边流水叮咚,盛夏凉风送爽,严冬丽日和煦。一年四季,苍松翠柏,从古到今,古木参天,真可谓清静绝尘。这隆昌寺是明清以来影响最大的传戒道场,全国有百分之七十的僧尼来此受过戒。宝华山有点像佛门的“最高学府”,僧尼以宝华山受戒为殊荣。据清御史李模评价,连“禅讲名流,亦为同声赞颂”。

性慧法师系宝华山隆昌寺七世祖文海和尚的高徒。性慧的师父法名福聚,字文海,俗姓骆,是宝华山之七世祖。他曾被雍正皇帝请到北京开过三坛大戒,并被封为“国师”。性慧法师系泰州里下河人士。每从宝华山回乡省亲路过泰州,常在泰州光孝寺“挂单”,即类似住宿登记,须说明来的缘由,走的时候并征得寺主的许可,通常所挂单庙宇免费供应一宿两餐。他见当时光孝寺庙宇颓废,住僧星落,心甚忧虑。地方士绅觉其有才能,诚邀任住持。性慧法师回宝华山后,叩拜师父文海和尚,要求赴泰州复兴光孝寺。师父应允,并将其在京为皇坛传戒时庄亲王所赐的“汝帖”,作为隆昌寺分灯随衣钵纪念,后历代相传成为光孝寺镇寺之宝。这“汝帖”是宋大观三年(1109),河南汝州郡守王汇集古碑70余家真草隶篆手迹刻石拓本而成,实为稀世珍本。

性慧法师怀揣“汝帖”来泰州赴任,担任复兴光孝之责职。光孝寺由此从禅宗改为律宗,并易名为“光孝律寺”。性慧被称为泰州光孝律寺的开山之祖。

泰州光孝由禅改律,自性慧为一世祖,后经圆能、明慈、定莲三代相继努力,至乾隆四十年(1776)前后修建了香雨楼、左右长廊、观音殿、地藏殿、韦驮殿、天王殿、山门殿、方丈前后楼,斋堂、祖堂、祝禧厅(专供地方官祝禧用)。又主建了千华戒坛,高十级,周长七丈八尺,由白矾石砌成。戒坛壁上绘有观音像,据说为吴塑工摹吴道子的丹青绘成。江苏境内此种石戒坛仅宝华山隆昌寺、南京古林寺、扬州万寿寺与泰州光孝寺各有一座。这戒坛是供大刹放戒时用的。相传释迦牟尼佛歇宿在卫国(今尼泊尔)的祇园中时,不少比丘(和尚)闻风而至,乞求佛为自己受戒。释迦牟尼佛遂让弟子在祇园外的东南处置一高台(佛门称此台为坛),作为给众比丘的受戒场所。佛祖的话自然是至高无上的法旨,当时西方16国的僧院随即兴筑高台,戒坛由此而来。原光孝寺学僧了中大和尚四十年代就是在南京古林寺的戒台受的戒。

光孝寺为律宗道场后,从晚清至民国年间,每隔一、二年传戒一次。此时泰州光孝寺规模已处于极盛时期,占地达40多亩,僧千余人,成为泰州九大丛林之首。

光绪二十三年(1897),镇江、扬州、泰州等地十大名刹,联合进京请藏,泰州光孝寺得“龙藏”一部。由住持德厚和尚亲自迎请。汉文藏经素称为佛教的大百科全书,专指汉译佛教经典的总汇;后面还收集东土高僧大德各家著述,卷帙增广,并称为“大藏经”。光孝寺请来的“龙藏”系乾隆版,共计7186卷,该藏经中还收集了泰州光孝寺致远禅师的偈语。山有名寺例有藏经,宝卷弘文典藏,增辉古刹。住持德厚还专门将“香雨楼”改名为“藏经楼”,将“龙藏”供奉在该楼上。“龙藏”历经百余年,但也饱经沧桑,风风雨雨总算完好无缺保存下来,竟成了后来古光孝寺复兴的见证。德厚和尚还在迎请“龙藏”的是年冬天,专门开了“三坛大戒”。

宣统元年(1909)。法成、德厚、谷鸣修葺方丈室前后楼。前楼将性慧法师从宝华山分灯所带来的镇山之宝“汝帖”,作为历代相传,把此楼定为“传汝楼”。后楼就作为法成和尚的起居处,定名"小休楼"。

自从性慧法师怀揣"汝帖",从宝华山隆昌寺分灯而来住持泰州光孝寺,变禅宗为律宗,使光孝寺得到复兴,后又经几代人努力,泰州光孝寺又以培养世出世学,兼俱并优的杰出人才而高僧辈出,真正成为当时显赫一时的江淮名刹。据民国初年,杨仁山所著《江苏名山方丈录》云:"名山方丈,泰籍者占十之七八。"

应该说,泰州光孝寺历史上的这次复兴所带来的极盛局面,是由改禅为律而来。律宗以尊律范严密,修律持戒而名。用现在的话来说,在管理上是较为严格的。而宝华山是佛教律宗第一祖庭。性慧法师由此而来,好传统代代相传,几代人共同励精图志,终使泰州光孝寺声誉江淮,跃为律宗之名刹,与广州羊城光孝寺、福建闽北首刹光孝寺而一起驰名。

三、龙象桃李　布天下
放戒讲经　照明灯

泰州光孝寺历史上的第三次复兴,应算到本世纪初的二三十年间。这期间也是我国佛教历史推陈出新的转变期,这一翻天覆地的转变,佛教由闭门清修变成佛化人间。而这次的复兴又是极为深远的。如果说前两次复兴注重的是硬件建设,那么第三次复兴就是重点抓软件的投入,即注重对僧的教育、人的教化。

曾经有人对全中国的和尚作过统计,江苏和浙江为

数一和数二。而江苏的和尚又以江北为多,江北又集中在泰州以及附近一带。

本世纪初,正碰上戊戌变法,清廷变政,社会上一些人士,假借办学为名,纷纷侵占庙产,风潮大起,群情惶骇,莫知所措,此时光孝寺住持谷鸣和尚,礼请了一位老人出山,这位老人就是玉成老和尚。

玉成老人,别号脱山,俗姓沈,是泰州东南隅黄柯庄人士,少时秉性慈善,聪明异常。年十七岁的时候,随父渡江,遇暴风覆舟,差一点丧生,获救后,遂悟出生命无常之理,乃辞亲割爱,发心依本地宏开寺应怀老人出家。研读佛典,朝夕不倦,如餐甘露。受具戒后,往镇江金山、扬州高旻两禅堂参学,稍有醒悟,复行脚九华、普陀、天台诸名山,拜谒高人,指授心要。在镇江焦山陈谒以求验证。有"寻心纵迹心无往,究我根源我是谁"之偈而证。

玉成老人,被礼请出山任泰州佛教会主席、泰州僧正司。这僧正司是前清管理佛教行政的僧官,通常做卫教辅政的事儿。传说有所谓僧纲司、僧会司、僧正司。这泰州僧正司的衙门就附设在泰州光孝寺内,并有僧差一类的设备。其工作的范围有维持教规,保护庙产,惩办劣僧,同时也为政府征收一种教育补助款。玉成老人在此次光孝寺复兴中,提倡僧教育。受他栽培而为佛门龙象者,有泰州北山寺的文心大师(即现任泰州光孝寺住持禅耕大和尚的师父)、镇江焦山定慧寺的智光大师、镇江竹林寺霭亭大师、泰州光孝寺的南亭大师、觉正寺的善远法师、仪征宝光寺的守一法师、栖霞山的自一法师、泰州雨声寺的果一法师。还有在岭东佛学院讲学的春远法师、光孝佛学院讲学的成一法师。可谓人才辈出，龙象满门。由其子孙辈所创办佛学院，培养僧才的有：焦山智光大师的焦山佛学院、镇江靄亭和尚的竹林佛学院、泰州南亭和尚的光孝佛学院、香港靄亭和尚的东莲觉苑、宝觉女子佛学院，以及后来南亭和尚倡办的台中佛教会馆的佛学研究会，成一法师承南亭命所办的华严专宗学院以及研究所等，一门子孙先后兴办六、七所佛学院所者，举世无多。这些都是玉成长老热心僧教育，栽培子孙，为佛教教育所做的伟大贡献。正由于玉成老人的功绩，光孝寺于民国15年(1926)创办觉海学院，学制3年，每期招收青年僧人三四十人。民国21年(1932)常惺又办光孝佛学研究社，由南亭主持教务，肇源、成一为监学，一切沿袭前制。以雪烦、圆湛及林子清居士等为佛学教师，徐克明、景幼南分任文学与逻辑讲席。光孝寺在20年的办学中造就了一批僧才。原中国佛教协会副会长、上海市佛教协会会长、上海玉佛寺、静安寺、开封大相国寺住持真禅，原上海市佛教协会副会长贾劲松，苏州寒山寺监院楚光，香港鹿野苑方丈悟一，菲律宾隐秀寺住持自立，旅美弘法的原常州天宁寺住持敏智，美国美东佛教会会长、纽约东禅寺住持浩霖，世界佛教僧伽会副会长、台湾华严莲社财团法人董事长成一，原台湾善导寺财团法人董事长妙然，世界佛教僧伽会副会长兼秘书长、台湾玄奘大学创办执行长了中等，均是光孝寺学僧出身。

为此次光孝寺复兴的大德应推常惺大法师。常惺法师是泰州光学寺的第十四代传人，他与号称中国佛教救星的太虚大师、才华横溢的弘一大师（李叔同）过从甚密，在中国近代佛教史上有他浓浓的一笔。

1989 年在他圆寂五十周年纪念日时，海内外的佛教界举办了多种活动来纪念他，缅怀他英年妙悟、智慧超群，缅怀他改革僧伽制度，振兴僧伽教育，并重新再版了《常惺法师全集》。

常惺原名寂祥，1923 年记别（俗称付法）泰州光孝寺培安和尚。法派名为优祥，但每自署名为雉水沙门，俗家姓朱，江苏如皋人。他生于 1896 年。少时为孤儿，幼年即皈依本地福成寺自诚长老。老和尚禅律兼畅，见其器量渊冲，有意栽培常惺，送其出外读书，以备日后弘法之资。常惺学习勤奋，极受老师奖掖。十八岁毕业于当时的如皋省立师范学校，后就读于上海华严大学，毕业后又至句容宝华山受具足戒，学律三年又赴誉为东南第一丛林的常州天宁寺学禅，继而诣浙江宁波观宗寺专攻天台教观，又随持松法师于上海学习密宗。这样常惺法师成了教通华严、天台、禅、律、密各宗之佛学大师。

1919 年，常惺法师出任常熟兴福寺法界学院教务长，授唯识、三论等课。1921 年赴安徽安庆迎江寺创办佛教学校，并任校长，光孝寺已故住持肇源和尚当时亦是他的弟子。

20年代初的泰州，尽管文风很盛，但市民向来鄙视佛教，海陵城内几大丛林均颓废，负债累万，尤其是首刹光孝寺更是如此。此时，江苏省佛教会拟派常惺法师接任光孝寺住持。特将常惺法师送光孝寺受培安和尚记别，俗称“付法”。1924年他作为省佛会的代表出席于江西庐山召开的世界佛教学术活动合作大会。会上讨论中、日交换教授、学生，以及敦促缅甸等国，联合推动国际互派留学僧等事宜。会后，他专门邀请太虚大师坐船东来泰州讲学。顿时，光孝寺每天集聚泰州城内名流士绅以及乡民数百数千人之众，太虚大师与常惺法师轮流讲学。泰州人经大师晓以佛法大义后，纷纷发心皈依三宝的士绅善信，多达三、五百人，法缘殊胜。讲学后，皈依弟子中积学之士，泰州富豪钱诚善、王诚甫二位居士(即现任泰州市佛教协会副会长王光钺居士的舅舅和叔叔)发心接编太虚大师主办的佛教月刊《海潮音》杂志达三年之久，共出28期，后复移上海续办，目前该杂志由光孝寺学僧了中在台湾继续发行。常惺法师与太虚大师教泰州的信众，结社念佛，定名为“泰县念佛社”，并特为之作序介绍，此为“泰州佛教居士林”的前身。那一段时期，光孝寺中礼教渐之甚隆，各界英耆、诸山长老常常一堂宴叙。一些著名法师还争着前来光孝寺闭关攻读。

1933年春，仁山法师开讲《观世音菩萨普门品》，听众上千人次，百余人受戒皈依。1936年，常惺法师开讲《维摩诘经》全部，以渊博的知识与雄辩的口才使听众倾倒。

1931年，常惺法师正式就任光孝寺住持，由于前任住持忽于经营，败象环生，荒凉不堪，负债累累。常惺法师接任之后，力加整顿，不几年，气象一新。他上任后当年夏天，苏北发大水，灾民遍地，他协助政府救灾，在光孝寺设立收容所，救济了成千上百灾民，颇得政府及民众之好评。

1933年春，光孝寺久已不传的千佛三坛大戒法会准时开坛。常惺法师把本来储备各地的人才都召来泰州。所谓"三坛大戒"分别为沙弥戒、比丘戒、菩萨戒，每坛戒大约半个月。佛门中有"紧沙弥、慢比丘、救命的活菩萨"之说，说明各坛戒是紧弛不一的。常惺法师专门请了光孝寺太老和尚谷鸣任传戒法会的得戒和尚。金山观音阁仁山法师担任说戒和尚，即教授类似讲师。镇江超岸寺守培法师担任羯磨，类似学校的教务处负责人。由他们签发戒牒，此戒牒如同大学毕业证书，有了它便有了云游天下、去某寺院任职、做佛事坐正台的权力和资格。常惺法师书写了《光孝寺同戒录序》、仁山法师书写了泰州《光孝寺传戒序》，时任国民政府江苏省省长韩国钧也专门书写了《光孝寺传戒序》。此次传戒弟子262人，现旅美弘法的原常州天宁寺监院佛声、香港鹿野苑创建人之一法宗以及现任光孝寺住持禅耕等皆为这次受戒弟子。此次传戒轰动泰州及周边地区，每天光孝寺内挤得水泄不通。在传沙弥戒时，四乡八镇万人空巷前来观礼。继而市民一时嫉妒佛教、排斥佛教之不正常心理逐渐得到改观。

对常惺法师的弘法门生之功德迄今犹为人们所称道。

此次传戒之后,已担任中国佛教会秘书长的常惺法师传住持职予法子南亭,并连泰州佛教会、佛学研究社悉交南亭掌管。南亭系泰县吉氏庄人,10 岁在海安营溪观音禅寺出家,师事文心、智光二老,13 岁即在泰州光孝寺智光创办的释儒小学读书,后住泰州北山寺,21 岁赴焦山定慧寺受具,25 岁就读安庆迎江寺佛学院,依止常惺法师,1927 年起往来于沪、常、镇、锡各寺院演讲佛经,1949 年后赴台湾弘法,创建华严莲社于台北,与道友合创智光高级商工职校于永和,并被选为董事长,曾三度就任台湾佛教会秘书长。南亭接任后,力振寺务,不负常惺法师所望,光孝寺事务亦步入正轨,直到四十年代初南亭交住持予法弟苇宗,自身则专事教学讲经,京沪线上法筵常开。

泰州光孝寺十年修复大事记

（1986.11.——1996.11.）

1986年11月，尼泊尔王国首府加德满都，世界佛教徒联谊会第十五届大会在此召开。尼泊尔王国国王的弟弟亲王在御花园举行招待茶会，泰州光孝寺第17代法系传人、财团法人台湾华严莲社董事长成一长老，率领台湾佛教代表团参加会议，巧遇全国政协副主席、中国佛教协会会长赵朴初居士，相互寒暄后，成一长老告诉赵会长说：据传当年常惺老法师及南亭老和尚住持过的泰州光孝寺被毁了，要请您老帮忙申请恢复啊！赵朴初居士听后，毫不犹豫地说："好！我知道，我回去要去看看，我会尽力的！"成一长老得到赵朴初会长这一答复，欢喜得几乎掉下眼泪！从这时开始，泰州光孝寺的修复工作拉开了序幕。

1986年11月，陈厚良已从泰州市轻工局副局长之职调至中共泰州市委统战部二科（后改为民族宗教科）任科长，负责全面落实宗教政策。陈厚良同志为光孝寺修复积极落实工作，从扬州旌忠寺请回三尊大佛供奉在光孝寺；将原光孝寺藏经7186卷龙藏，从泰州市图书馆运回，搬运工人披红带花用十部平板车为光孝寺免费运送，镇山之宝回归光孝寺；请肇源（已从工厂退休在东坝口家中,他原为泰州北山寺退居方丈)、松林(已在泰州光明机械厂当工人,原泰州西山寺住持)、古月(已在泰州苏北电机厂门口开一间香烟铺,原光孝寺学僧)三人第一批来寺恢复工作。肇源来寺后即请希尧(已从泰州演化小学教师退休,原系光孝寺佛学院监学、泰州净因寺住持),希尧来寺后又请禅耕到寺(此时禅耕已从泰州市渔行中学退休,曾是光孝寺学僧、泰州北山开化禅寺住持)。

1987 年 1 月,赵朴初居士委派中国佛教协会副秘书长兼办公室主任崇明来泰州了解光孝寺现实状况。光孝寺内的最吉祥殿(大雄宝殿)、天王殿已无踪影,千华戒台殿也只仅存下了石块并移至该市泰山公园垒起露天音乐台。山门殿已改为工厂食堂,依稀可见大门上方"古光孝寺"石匾总算还幸存。其余的碧云丈宝、小休楼、西板堂、法堂等都改为宿舍之用,整个光孝寺内已成为泰州市纺织机械厂所在地。

1987 年 5 月,陈厚良等去北京中国佛教协会拜会副秘书长崇明,因崇明随赵朴初去香港,由朴老的内弟陈邦初接待,陈将光孝寺修复进展情况报告并拟请赵朴初指示。佛学院教务处的领导陪同接待,接待同志都知道泰州情况。

1987 年 6 月,美国佛教联合会会长、纽约东禅寺住持浩霖法师(江苏东台人,幼年出家于本县草堰义阡禅寺),受成一长老的委托来泰州了解光孝寺情况,找到肇源和尚,后带至现存的泰州北山开化禅寺大雄宝殿,误认为光孝寺大殿还在。

1987年7月，美国德州休士顿市佛教会会长、台湾华严莲社第五任住持净海法师（江苏泰州人，幼年出家，曾毕业于上海佛学院），来泰州光孝寺，在寺中仅呆了半日了解情况。

1987年8月，成一长老通过浩霖法师修书给肇源和尚，通报在尼泊尔开会与赵朴初居士晤谈情况，提及南亭老法师生前复兴祖庭光孝律寺之遗愿，成一念兹在兹，特请赵会长协助，言明了此事，并再请浩霖法师汇美金2000元作为中兴祖庭第一步。

1987年9月，世界佛教僧伽会文化委员、菲律宾马尼拉隐秀寺住持自立（乘如）法师，率信徒邓玉霞等人来泰州光孝寺。自立法师，江苏泰州人，曾是光孝佛学院的学僧。

1987年10月，台湾当局宣布开放对大陆探亲，范观澜由泰州市人民医院调任至泰州市人民政府台湾同胞接待站站长，负责对台湾同胞的接待与联络工作。

1987年10月10日，肇源致信成一言明收到由浩霖转来美金2000元整，以及报告静海法师抵泰情况。

1988年4月15日，庆祝肇源老和尚九十大寿，同时举行（临时）藏经楼建楼奠基仪式。中国佛教协会副会长茗山长老、安徽佛教协会会长、九华山方丈仁德法师、上海市佛教协会副会长贾劲松居士等以及地方各级领导近千人出席典礼。

1988 年 4 月 16—26 日，了中回光孝寺探亲。了中系泰州海陵塘湾人氏，幼年出家，早年在光孝佛学院读书。时任台湾中国佛教会秘书长、世界佛教僧伽会秘书长、台北善导寺住持等职。此次回泰州拜祖详细考察光孝寺现状，与泰州市政府领导会谈，代表成一、妙然等光孝寺在海外的法师表态，迁厂由政府安排，修建寺院由他们负责。并捐美金 1000 元，代成一捐美金 2000 元，妙然捐美金 2000 元。

1988 年 7 月 1 日，《泰州光孝寺修复委员会》正式宣告建立，聘请中国佛教协会会长赵朴初任名誉主任、明旸、真禅、明开、雪烦为名誉副主任。肇源任主任委员，成一、妙然、守成、了中、松林、禅耕任副主任委员，委员包括地方各部门有关人士和海内外四众弟子共 152 人。

1988 年 6 月，因泰州崇儒祠修复问题，找寻泰州学派创始人王艮画像，泰州市人大副主任王石琴、政协副主席杨本义、市政府办公室副主任潘忠禄、市文化局局长李一萍等，去北京中央统战部汇报工作并将光孝寺情况向中国佛教协会汇报，因朴老住院治疗，未受接见。

1988 年 9 月 8—12 日，成一与妙然第一次到泰州光孝寺礼佛礼祖。成一系泰州东乡人氏，幼年出家，早年曾在光孝佛学院读书，后曾在光孝寺佛学院任监学，时任世界佛教僧伽会副会长、台北华严莲社董事长等职。妙然，泰州市东乡人氏，早年出家，在光孝佛学院读书，后任光孝寺教师，创办义务小学，并与同学广静、昌言蒙光孝寺住持沛霖和尚授予菩提之记,并任光孝寺监院他时任台北善导寺董事长。1964 年春,南亭(原光孝寺住持)身居海外,心系祖庭,闻说光孝寺被毁后,曾数日不语不食。他决定选其在台光孝学生成一、妙然、守成等人授予记别,成一法名瑞定,妙然法名瑞清,立为光孝寺第 17 代传人。

成一与妙然详细考察光孝寺现状,与泰州市市政府领导会谈修复光孝寺意见。并以光孝寺法系人的身份立一书据,即请肇源在常惺、南亭二公灵位前拜法。完成法系手续后,再由他代表沛霖传法给松林、禅耕。这样尽管肇源、松林、禅耕过去都不是光孝寺法系人,但通过特定手续程序,均确定为光孝寺法系人。

成一捐美金 5000 元,妙然捐美金 5000 元,并请上海静安寺协助,将 1948 年存放于上海中国银行光孝寺祝枝山手迹等一批稀世珍宝,办妥手续,交给祖庭光孝寺珍藏。

1988 年 9 月 20—24 日,了中与慧光、一乘一起到泰州。慧光法师系台北市法藏寺住持、台湾玄奘大学董事、世界佛教僧伽会尼僧执行委员。早年与了中在日本东京立正大学同窗。一乘系了中的徒弟。此次了中为修复光孝寺请慧光襄助,慧光捐美金 2000 元。

1988 年 10 月 9—10 日,全国政协副主席、中国佛教会会长赵朴初视察江苏,专门约见泰州市副市长陆镇余等人,分别在宝华山、栖霞山与中山陵 5 号听取泰州光孝寺修复工作汇报。

1989年1月9日，藏经楼竣工检查验收。参加人员有副市长陆镇余、市统战部副部长李百昌、建委副主任武用宁、陈文海以及文化局、环保局、消防队、规划办、建设银行、常熟古建公司等单位派员参加验收。

该楼建筑面积498平方米。高两层五开间，长20米，宽11米，高7.5米（楼下高4米，楼上檐高3.5米），正中间5米，左右各4米，两边各3.5米，工程造价除水电内部设施外为人民币25.7万元。

该楼牌匾“藏经楼”由赵朴初所书，大厅内楹联系陈厚良所撰，刘汉符润笔书写。联曰：“万卷龙藏永保，朝夕阅读参究释家真谛；千年古刹重光，晨钟暮鼓祈祷国运昌隆。”

1989年1月22日，成一专函光孝寺敦促复建工作进度。修复委员会成立后，政府所承诺迁厂是否落实，通知秋天率团礼祖，一定要打通山门，否则信徒怀疑修复时间会延迟。并寄两本再版的《常惺法师全集》以及常惺照片底片。

1989年2月23日，市政府研究光孝寺复建情况。一、光孝寺山门朝南开问题列为光孝寺修复一期工程。二、文物保管放在光孝寺条件不成熟，建议放置泰州工商银行金库。三、西板堂、小休楼要抓紧时间维修，费用由政府、房产公司、抗震办共同解决。

1989年3月，泰州市人民政府批复光孝寺藏经楼免税人民币5000元。

1989年3月17日,肇源授法升座举行宗教仪式。江苏省佛教协会会长雪烦、南京栖霞山佛学分院副院长圆湛、扬州市佛教协会会长印波、镇江金山江天禅寺首座养廉等参加宗教仪式,其余僧众百余人参加仪式。雪烦代表常惺给肇源授法,肇源得法升座后又代表沛霖给松林、禅耕授法。肇源法名昙空,松林法名瑞如,禅耕法名瑞文。中共泰州市委副书记陈敬毓、市人民政府副市长江正保、市政协主席王庆寿、副主席刘正基以及统战部、政府办负责同志到寺祝贺并会见诸山长老。

1989年4月11日,泰州市海外联谊会假光孝寺召开成立大会,会议代表55人参观光孝寺并就午餐,其中有泰州市委副书记陈敬毓、市人民政府副市长陆镇余、市人大副主任王石琴、市政协副主席杨本义以及各有关部门负责人。台湾同胞郑寿文、陆尊贤、王光铄,港澳同胞陈广厚,北京王竹琴、童辛、王恺模,上海高尧、夏道陵、张照金、张洵,南京郁冠,福建陈木天、施农等参加。肇源致欢迎词,松林作光孝寺介绍。王恺模、陆尊贤为光孝寺赠送书画作品。

1989年4月13日,小休楼抗震加固维修工程结束验收。参加人员:泰州市建委副主任陈文海、市抗震办公室周副主任、统战部副部长李百昌、泰州建行郭同志、常熟古建公司王队长、张工以及陈厚良、仇志强、松林。

小休楼总面积280平方米,用去费用67000元。其中

30000 元为抗震经费。不足部分由政府、宗教部门、抗震办共同承担。

1989 年 4 月 14 日，中华全国总工会书记处二位书记与江苏省总工会副主席袁美芬以及扬州、泰州两市总工会负责人在陈敬毓、陆镇余陪同下一行 20 多人参观光孝寺，参观“大藏经”并签名留念。

1989 年 4 月，了中率台湾高僧团 33 人，大陆朝山观光22 天。历经上海、杭州、普陀山、南京、九华山、少林寺、五台山、大同、北京。该团中，有台北松山寺董事长、《狮子吼》杂志发行人灵根、台北法藏寺住持慧光、台北菩提讲堂住持修观、台北善导寺生华等著名高僧。范观澜等也应邀参加该团陪同朝山观光。

了中率团应赵朴初的邀请在北京饭店会见及共进晚餐。了中为关心家乡光孝寺的修复，也请求赵朴初帮助。

1989 年 5 月 6 日，陆镇余、周风泉、李百昌、陈厚良、松林、禅耕等会见中国佛教协会张泽西，请他帮助光孝寺做三件事：一、争取光孝寺上升为全国重点寺庙；二、邀请赵朴初视察光孝寺；三、多安排海内外宗教代表团来光孝寺参观。

1989 年 5 月 10 日，研究关于建立光孝寺修复班子问题。参加的研究人员有陆镇余、周风泉、李百昌、张寅生、范观澜、陈厚良、仇志强。建立一个领导小组，两个专门委员会。

领导小组为泰州光孝寺修复领导小组，组长由泰州人民政府市长朱爱群担任,成员若干名。委员会有泰州光孝寺修复委员会与泰州纺织机械厂迁厂委员会。

修复委员会组成后下设三个小组:一为财务组,组长王光钺,成员仇志强、云江;二为联络组,组长禅耕,成员张寅生、郜以熙、陈厚良、范观澜;三为规划基建组,组长松林,成员宗正、乘善。

迁厂委员会组长由一副市长担任,副主任有一人大负责人以及纺机厂厂长周凤城担任,成员有市政府各职能部门领导。

1989 年 6 月 9 日,在光孝寺召开光孝寺修复委员会成立大会,出席会议的僧伽、居士、地方党政及有关部门负责人共 30 多人。

陆镇余宣布市政府关于成立光孝寺修复委员会的决定,强调了成立修复委员会的重要性、必要性和紧迫性。主任委员肇源、委员周凤城、顾问陈敬毓、张福来、办公室主任周凤泉等人在会上作了发言,表示要抓紧时间,拿出措施,长计划、短安排,争取各方面支持。六月份收回山门殿,做好山门殿外的两户居民的动迁工作,实现寺门朝南开。

会议休息时,委员们还参观了“大藏经”。

修复委员会人员组成及机构设计如下:

名誉主任:赵朴初

名誉副主任:明旸、真禅、明开、雪烦

顾问:陈敬毓、陆镇余、鲁传礼、张福来

主任委员:肇源

副主任委员:成一、妙然、守成、了中、松林、禅耕

委员(按姓氏笔画为序):了中、王光钺、仁德、印波、成一、守成安上、如浩、妙然、妙生、妙善、明学、真慈、性空、松林、松纯、宗诚、果曙、育枚、茗山、树德、养廉、贾劲松、圆湛、宽静、绪祥、雪嵩、隆贤、禅耕、慈舟、德林、肇源(另外台湾、香港及美国、日本、菲律宾等国家和地区的四众弟子以及地方各部门领导100多人名单另列)

办公室主任:周凤泉　动迁组组长:陈文海

财务组组长:王光钺　联络组组长:禅耕

规划基建组组长:松林

1989年6月17日,光孝寺修复委员会办公室负责人召开第一次会议研究办公室负责分工,明确各组工作要求,如何做好海外来人的接待联系工作、办公室工作制度等问题。

参加会议的有:周凤泉、吉怀林、朱永祥、李百昌、夏龙山、栾道生,各组负责人也列席会议,其中有动迁组陈文海、财务组陈建国、基建规划组袁慰仪、联络组陈厚良。会议议程为:

1、分工情况:周凤泉负责全面工作。吉怀林、栾道生负责规划基建组工作,夏龙山、朱永祥负责动迁组工作,李百昌负责联络组工作。

2、办公室工作制度。一般情况办公室半月召开一次会议,检查各项工作的进度和研究要解决的问题。

3、各组工作。①对修复委员会成立以泰州市人民政府发文件；②印制委员聘请书；③运用各种媒体，宣传报道修复委员会的有关情况，文物要录像宣传，印制光孝寺简介，月底出一期简报；④打印修复委员会委员名单与机构情况；⑤山门外两户住户动迁请陈文海负责；⑥让出山门殿、方丈室等并包括整修；⑦从山门的通道规划；⑧整体修复意见包括规划经费；⑨设立财务账号、镌刻公章及落实办公地址与生活费外联事宜；⑩征地免税报告；(11)拟好接待计划。

会议由周凤泉主持，李百昌作具体布置，参加者作祥尽讨论与补充修定。

1989年6月18日，住持肇源恭请果曙为泰州光孝律寺监院，并举行恭请仪式。果曙为泰州人氏，现为镇江金山江天禅寺监院。

1989年7月7日，赵朴初在自己书斋接见陈厚良。陈专门将原光孝寺住持常惺照片呈奉给朴老。朴老就光孝寺修复问题讲了三点意见：一要抓紧修复；二是海外法师如此重视我们要抓紧机遇；三是光孝寺修复以后对信教或是不信教的人都具有影响。接见时间为40分钟。

1989年8月2日，赴南京向江苏省宗教局请示汇报光孝寺修复问题，李百昌、陈厚良、张寅生、仇志强等人参加。汇报内容为：

1、泰州光孝寺修复委员会的工作进展情况。2、与海外法师联系修复庙宇情况。3、建立修复委员会财务账号问题。4、申请泰州市纺机厂免税问题。5、关于海外捐赠汽车问题。省宗教局张秉泽局长、曹处长、许科长、办公室杨主任等人听取汇报并答复问题。

会上并传达赵朴初在一次全国性文史会上的意见，认为全国重点寺庙第二批要搞，如南京毗卢寺、泰州光孝寺。金陵刻经处管主任讲，赵朴初已交待凡有国外赠送经典的可增加泰州光孝寺。

1989 年 8 月 23 日，香港法宗在江苏省佛教协会副会长雪烦的陪同下来光孝寺会见肇源、松林、禅耕，就光孝寺的修复打算，双方交换了意见，认为关于如何接待成一率团礼祖，一定会接待好，请法宗代为转达。

1989 年 8 月 24 日，中共泰州市委书记朱克昌、泰州市人民政府市长朱爱群就光孝寺山门打开迎接海外来人等问题，专门去泰州纺织机械厂做协调工作。

1989 年 8 月 26 日，光孝寺山门前棚户拆除。

1989 年 8 月 26 日，就光孝寺恢复问题和接待了中与成一两批团体的准备工作，分别向赵朴初和省宗教局作了汇报，同时向果曙以及中佛协张泽西发函，通知他们在海外来人时到达光孝寺协助工作。

1989 年 9 月 6 日，光孝寺山门殿修葺一新，真正恢复山门朝南开。山门殿中供弥勒佛一尊。

1989 年 9 月 7—12 日，了中、慧光、一乘一行三人从台湾至泰州光孝寺此行目的为：1、关心支持光孝寺修复；2、超度了中、慧光的母亲；3、为姜堰观音庵传法祝贺。上海静安寺、龙华寺、玉佛寺、江苏佛协、扬州佛协以及姜堰观音庵均派员参加活动。省宗教局何局长、曹处长、泰州地方领导陈敬毓、陆镇余、周凤泉、李百昌与其会晤，交换修复情况。了中捐助人民币 120000 元并代妙然捐助人民币 120000 元。慧光捐人民币 70000 元（其中有 10000 元为佛事收入）。

1989 年 10 月 2—4 日，成一率朝山礼祖团 29 人来光孝寺参拜祖庭，与陆镇余等人就光孝寺修复问题交换了意见，成一对光孝寺实现山门朝南开表示满意，并敦促加快进度。捐美金 50000 元，随团人员捐美金 15000 元。随成一团体的宏修尼师捐塑佛像人民币 40000 元，另台湾陈允玫捐美金 1000 元。礼祖团在南京期间，江苏省宗教局负责同志在原总统府西花园会客厅会见并宴请台湾客人。

成一提供复建泰州古光孝寺发起赞助人功德芳名：

佛声法师、成一法师、全度法师、通度法师、佛度法师、音度法师、殊度尼师、达度尼师、能度尼师、弘度尼师、福度尼师、妙果尼师、乐果尼师、藏度法师、惠度法师、王开远、钟传伊、李训忠、李清波、李明石、曹仲植、乐崇辉、刘吉成、姜兴民、林素兰、林月娥、姚翠兰、陈金叶、王福智、陈金贵、林铭芳、蔡明西、李湘秀、杨沈客乃、黄绮武、张伯圻、吴长华、李有田、黄玉梅、林蕊、梁昭、吴何阿惜、陈晤、朱访梅、陈淑汾、詹石杏、毕姚爱珍、黄秋蝉、林火炉、林美慧、谢兰英、张玉英、薛淑阑、尹振昌、彭大妹、陈林霜、徐梅林、黄丽华、郭水玉。

1989年10月26—29日，妙然从台湾来泰州，全面了解光孝寺修复情况，吃、住均在光孝寺内。顾洪林（时任中共泰州市委书记）、陆镇余等就光孝寺修复问题与妙然交换意见。大家认为先从山门以西延伸直通传汝楼，先盖天王殿，全面工程分段实施，所需经费逐步筹集。妙然对修复光孝寺提了不少建设性意见。在泰州期间由范观澜陪同参观了东城河风景区、梅史馆、泰山公园、博物馆、北山寺等。妙然在参观泰山公园时看到烈士陵园管理处天井中置放的原钟楼巷内的古铜钟，觉得此钟乃与佛教有关，请求将此钟移至光孝寺。

1989年11月15日，日本华侨蒋凤英来泰州参拜光孝寺，参观藏经楼和阅看大藏经。并接受了光孝寺修复委员会的邀请，聘为修复委员会委员。陈炼百、黄宏官、郜以熙、陆丽华、肇源、松林、禅耕、王光钺等人分别会见客人。

1989年11月17日—12月30日，泰州光孝寺监院果曙应香港菩提学会会长永惺的邀请去香港弘扬佛法。

1989年11月30日，专题研究光孝寺修复的经费使用和工程项目的安排问题，参加人员：朱寿林（泰州市人民政府常务副市长）、陆镇余、陈文海、袁慰仪、朱永祥、李百昌、陈厚良、仇志强、松林、禅耕以及财政局、税务局、纺机厂等单位部门领导。会议研究决定：

1、光孝寺修复进一步统一思想，顺序先从西边开始，盖天王殿先代替大殿。2、纺机厂迁厂今年减免税收约人民币100万元，为加快迁厂速度一次性补助纺机厂200—300万元，在每年税收中扣除，利息由市政府支付；3、税务局就光孝寺本身的建筑税、配套费，表示同意免除。

另外，市财政局为支持修复光孝寺1988年财务大检查时已免纺机厂应上缴款人民币50万元。

1989年12月3日（农历），原放置泰州钟楼巷内钟楼上的古铜钟，从泰山西侧的烈士陵园管理处天井中移至光孝寺。

古铜钟俗称“飞来钟”。青铜铸成，呈青绿色，有光泽。连钟钮高206厘米，上围312厘米，腰围358厘米，下围366厘米，底口直径115厘米，底边厚7厘米，重约2500公斤。钟顶部提梁是环形龙钮，作悬挂之用。龙钮遍身饰鳞纹，昂首睽目，四爪直撑，颇具神态。钟身上端一圆孔，直径15厘米，肩部浇铸一周莲瓣花纹，下为八卦图案，中段铸方格纹。底足呈八个荷叶边形，并铸有莲子图案。

铜钟无铭文，史籍亦无确切记载。清代，始有人谈及此钟，有说是后唐时铸，有说是南唐时铸，有说是明初所铸。据钟楼巷内钟楼为明初建，根据建钟楼时间推论，巨钟乃明钟，非南唐永宁宫遗物，抗战期间，日本飞机轰炸时钟钮被炸去一块，钟肩有被机枪扫射的伤痕。1982年，铜钟被列为江苏省重点保护文物。

1990年1月11日，光孝寺修复委员会召开办公会议，议题为：1、由于原修复委员会办公室主任周风泉调动工作，由陈炼百（泰州市政协副主席兼中共泰州市委统战部长）接任，并补增委员手续；2、汇报接待三批海外法师团体的情况；3、下一阶段工作布置。

1990 年 2 月 1 日，松林、禅耕、能慧三人去上海拜会妙然。妙然率团一行 30 人从台湾至大陆旅游观光途经上海。松林就光孝寺修建进度、经费落实、古铜钟移至光孝寺、赠送汽车事宜以及肇源身体状况一一向妙然报告。妙然讲道，今年八、九月间成一、了中与他可能一齐回泰州，希望修复要有进展。三、四月间了中可先回来看望肇源。建议如肇源圆寂，不要先发丧，可先把住持选出来，以新住持名义对外发布，要及时电告台湾，可能争取回来。新住持人选问题，在台湾的几位法师不可能回来当住持，但修庙经济会全力支持。新人选最好以法系顺序安排，要征求地方政府意见，古铜钟进寺表示感谢，建钟亭的经费由妙然负责。

1990 年 2 月 14 日，凌晨一时二十分，肇源因患脑溢血经抢救治疗无效在泰州示寂，世寿九十二岁，戒腊七十一。生前系泰州市人民代表、江苏省佛教协会理事、扬州市佛教协会副会长、泰州市佛教协会会长、泰州光孝寺住持兼任泰州光孝律寺修复委员会主任委员。肇源治丧委员会由陆镇余、陈炼百、黄宏宫、李百昌、陈厚良、松林、禅耕、成一、妙然、了中、王光钺、雪烦、印波、养廉等 23 人组成，陆镇余任主任委员。

1990年2月17日，松林接任光孝寺住持。上午举行升座仪式。诸山长老以及地方领导、四众弟子参加。雪烦送座。江苏省民族宗教事务局和南京、扬州各大寺院、佛教组织均送了贺礼。

1990年2月18日，为肇源圆寂举行宗教仪式，由雪烦说法接着诵经。然后各界人士在藏经楼下为肇源举行追悼大会，各界人士、诸山长老、僧尼居士及群众有千人之多参加，然后火化。

收到唁电、祭品、礼品有：泰州市人大、市政府、市政协、江苏省民族宗教事务局、扬州市委统战部、扬州市民族宗教事务处、泰州市委统战部、泰兴县委统战部、泰县县委统战部、泰州市政协之友联谊会、民革泰州市委员会、民盟泰州市委员会、农工泰州市委员会、民建泰州市委员会、九三学社泰州市委员会、泰州市工商联、泰州市民族宗教事务处、泰州市对台办、市侨办、市外办、泰州海外联谊会、市地方志办、市工商经济服务公司、市纺织品批发站、前进机械厂、殡仪馆、泰州市基督教三自爱国委员会以及道教的徐源、天主教的李万田。

江苏省佛协、中国佛学院栖霞山分院、上海市佛协、扬州市佛协、南通市佛协、兴化市佛协、东台市佛协、高邮县佛协、泰兴县佛协、泰县佛协、南京栖霞寺、灵谷寺、鸡鸣寺、上海玉佛寺、龙华寺、静安寺、镇江焦山定慧寺、金山江天禅寺、无锡开元寺、苏州灵岩寺、西园寺、南通狼山广教寺、常熟兴福寺、扬州高旻寺、大明寺、旌忠寺、观音山、祇陀林、如皋定慧寺、东台泰山寺、兴化宝严寺、泰兴庆云寺、泰县地藏庵、观音庵。

个人送来礼品的本市有：周凤泉、陆镇余、夏栋臣、吴宝善、陆希奎、范观澜等。

省内外有：雪烦、贾劲松、慈舟、隆贤、德林、真慈、印波、印光、雪嵩、瑞祥、如浩、明开等。

收到台湾成一、妙然、了中、美国浩霖、香港超尘、法宗、悟一、达道以及世界佛教僧伽会、台湾万年青旅行社陈怡静等寄来挽联。

1990年2月15日—3月6日，悼念肇源挽联计23付。主要挽联有：

成一：溯往日亲炙教诲，身蒙法乳，海天叹阻隔，四十年慕仪持修，幸能不忝师恩，长荫祖德；

念今朝再沐慈晖，重温慧泽，家业待振兴，二三度觐省拜谒，那堪遽杳莲驾，顿失慈航。

妙然、了中：主席北山，海陵佛家传佳话；

中兴光孝，维扬锱素仰高风。

浩霖：寿享高龄，律风丕振开后觉；

莲登上品，衣钵能传阐南宗。

了中：海徽忽闻噩耗，最痛心受记未果，此身抱恨。

灵前谨报愚忱，当致力复修遂愿，遗志定承。

果曙：说法动人，忆常承慧洲；

望江挥泪，兹不见慈颜。

陆镇余：爱国爱教爱人，一世虔诚，义尽释家真谛；

修身修行修德，终生勤勉，功成法门正果。

陈厚良：爱国爱教足称典范；亦工亦禅敬仰楷模。

夏栋臣：是佛是心，往身极乐世界；

即空即色，成就无上菩提。

陈怡静：发广大心复兴梵刹，大功未成归净土；

乘般若船直到彼岸，惟愿再来度众生。

陆希奎：弘三宝寿九零，洲东西律宗普照；

肇北山源光孝，海内外佛日增辉。

范观澜：识慧超群，海内外弟子遍布，应称一代高僧；

慈悲厚爱，兴光孝功德殊胜，欣为弘道流芳。

1990 年 3 月 6—27 日，光孝寺启建华严法会。为期 21 天的华严道场，祝愿国运昌隆，人寿年丰，世界和平。法会设在藏经楼下，有 30 人参加诵经，八十一卷《华严经》21 天念完。其余人均在大殿念佛。

1990 年 3 月 30 日，香港邝萍居士捐赠三尊大佛像，计人民币 150,000 元。香港森勤法师捐人民币 20,000 元，香港觉康捐人民币 1000 元。

1990 年 4 月 15 日，香港邝萍居士一行 11 人朝拜光孝寺，寺内为其打一堂延生普佛。

1990 年 4 月 16 日，肇源灵骨送至苏州灵岩山塔院供奉，护送人有松林、能慧、陈厚良。

1990 年 5 月，新加坡自度庵达贤师太捐光孝寺大雄宝殿 人民币 40000 元(由果曙经募)。

1990 年 5 月 10 日，能慧去上海龙华寺求戒。

1990 年 5 月 16 日，研究确定增补松林为泰州市佛教协会会长，禅耕为佛教协会副会长兼秘书长，果曙增补为佛教协会理事兼副秘书长。待确定再由佛教协会另行召开会议按手续办理。

1990 年 6 月 2 日，成一、妙然、了中通过香港佛教协会会长觉光赠送泰州市佛教协会僧尼福利院日产丰田四门五座轿车一辆，港币 109800 元，经过申请免去关税和特种消费税两项税款。由南京新生圩港码头进关，安全抵达光孝寺。

1990 年 7 月 31 日，在泰州市委统战部会议室研究光孝寺天王殿重建问题，参加人员：陆镇余、李强、蔡锦云、李荣章、陈炼百、李百昌、周凤城、夏龙山、陈厚良。

议题：政协提案中提到光孝寺修复，海外僧众来信催促要有交待，研究围绕天王殿谈落实情况。纺机厂非搬不可，要拆房 2434 平方米，需征地 10 亩迁厂。

1990 年 8 月 8 日，松林去上海取成一托陈怡静捐给光孝寺人民币 55000 元。

1990 年 8 月 31 日，江苏省宗教局局长张秉铎、副局长袁普泉来泰州检查工作。主要谈两个问题：一是宗教工作机构问题；二是赵朴初九月下旬来江苏，要泰州光孝寺修复有进展，请朴老来泰州检查工作，希望抓紧修复进度。

参加接待的有顾洪林（中共泰州市委书记）、陆镇余、刘振基、陈炼百、李百昌和松林、禅耕、王光钺、陈厚良等人。

1990 年 9 月 4 日，成一、妙然专函再次敦促加快修复进度。成一、妙然秋后要来泰州希望早日收回山门殿内的房屋。

1990 年 9 月 24 日，泰州市委书记办公会专题研究光孝寺的修复问题，开会地点在书记会议室，参加人员：顾洪林、朱爱群、陈敬毓、陆镇余、吴金、徐鼎圣、李强、叶德明、朱永祥、蔡锦云、李百昌、陈厚良、周凤城、邹庆八、赵正平等。会议决议：光孝寺一定要修复，不管有多大困难，门要朝南开；最高层次会议决定，既定目标要实现。修复光孝寺是文化古城的需要，改变市容市貌的需要，经济发展的需要，落实宗教政策的需要，深层次做好祖国统一的需要。10 月份天王殿奠基要创造条件，组织强有力的班子专门负责并请蔡锦云写会议纪要，工厂减免税收问题请朱琏瑞（常务副市长）解决。

1990 年 10 月 7—8 日，中国佛教协会副会长周绍良居士一行在省宗教局局长张秉铎陪同下来泰州视察光孝寺修复情况。顾鸿林、朱爱群、陈敬毓、陆镇余、陈炼百、李百昌等参加接待，并向周副会长等详细介绍光孝寺修复情况和今后的修复规划。周绍良等对光孝寺修复情况较为满意，并希望加快进度，善始善终做好修复工作。

陪同来泰视察的还有中国佛教协会咨议委员会副主任、安徽省佛教协会会长、九华山住持仁德、上海市佛教协会副会长贾劲松、广州市佛教协会副会长光明、广州光孝寺首座又果等一行20多人。

1990年10月19—21日，成一率团44人回光孝寺礼佛礼祖。20日上午光孝寺两序大众在山门殿前列队欢迎成一一行，陆镇余、李强、陈炼百等会见成一一行。

光孝寺举行欢迎大会，松林致欢迎词，成一致答词，陆镇余讲话。

成一一行参加了光孝寺重建天王殿奠基仪式。松林主持洒净。成一、陆镇余分别讲了话。陆镇余、李强、陈炼百、成一、松林、禅耕为奠基石培土。

成一一行与光孝寺两序大众在山门殿前合影。礼佛礼祖团成员分别观看了《藏经》、《古刹瑰宝》文物录像片，参观了泰山岳庙、梅兰芳史料陈列馆，游览了东城河风景区。

成一通过参加一系列活动，亲眼所见光孝寺修复工作的进展，基本满意。表示为修复光孝要尽自己的努力，答应回台湾后与妙然、了中等人共同商量为天王殿的重建和光孝寺其它项目的修复工作作出具体的措施。

此次成一捐款美金共48460元，同时妙然托成一另外带回美金10000元作为修建南亭纪念塔所用。

1990年11月1日，围绕天王殿重建进一步落实光孝寺修复问题召开专题会议，地址在市委常委会议室，参加人员：陈敬毓、徐鼎圣、陆镇余、李强、叶德明、朱永祥、陈炼百、李百昌、陈厚良、周凤城、邹庆八、滑铭熙等。

会议决定：天王殿重建问题要抓紧，要特事特办，急事急办，难事合办，监督催办，现场督办来处理。最后落实人民币530000元交拆迁办解决天王殿用地的拆迁。

1990年11月10日，日本华侨蒋风英来光孝寺参禅，作佛事放焰口一台。

1990年11月13—20日，徐鼎圣、李强、陈炼百、李百昌、王启亮、松林、花明以及常熟古建公司工程师一行9人去上海玉佛、龙华、静安三大寺及宁波和普陀山参观学习，为光孝寺天王殿选样做准备。

1990年11月23—26日，妙然回光孝寺礼祖，听取松林、禅耕、王光钺等介绍光孝寺近一年的修复进展情况。一年来相继办了几件大事，肇源圆寂、松林升座、举办华严道场、天王殿奠基、接待成一率团来泰以及泰州佛协增补委员等一系列活动，妙然听后表示满意。

妙然视察天王殿奠基的场地，在山门前摄影，观看电视录像资料《天王殿奠基》、《古刹瑰宝》、《肇源和尚圆寂》、《华严道场现场记录》。

24号下午，徐鼎圣、石林（市人大副主任）、陆镇余、李强、陈炼百、李百昌、张寅生、陈厚良和省宗教局局长张秉铎参加会见妙然，就光孝修复相互交换了意见。对当前的进展情况法师表示满意，感谢地方政府的关心和支持，再希望能否加速进度。

通报了中明年要回泰讲经，并赠送一尊玉佛。妙然还带回一批文物交光孝寺保存，希望光孝寺以后要盖一座珍宝楼，才有吸引力。对现有的文物要搞复制品，所有文物要统一保管,必须有三人共同负责钥匙,1949 年以前埋的一些法器要设法找到。关于天王殿,希望尽量大一点、高一点,内部空隙大一点,盖好以后目前天王殿代大雄宝殿,山门殿代天王殿,以后大雄宝殿可以搞个地下室,利用地下空隙。钟楼地址选好后告知经费,由妙然负责。关于盖庙经费,请不要顾虑担心,只要有项目,项目越大越有钱。

1990 年 12 月 14 日,据泰州市人民政府[1990]269 号文,建立泰州市民族宗教事务局,陈厚良任局长。另据泰祖干[1991]5 号文,仇志强任副局长;泰组干[1990]49 号文,花明任秘书。

1990 年 12 月 20 日,果曙去新加坡弘法。

1991 年 1 月 3 日,光孝寺召开会议检查天王殿动迁户有关问题。参加人员:李强、王启亮、朱永祥、陈文海、丁俊民、陈洪(拆迁办)、陈炼百、李百昌、陈厚良、花明、夏龙山、邹庆八、松林、禅耕、王光钺等。决议:1、拆迁户抓紧动员,布告本周上墙,房源问题按指定地址;2、分别拿出两个规划:一是光孝寺全面修复规划,二是纺机厂西部的规划,具体由市建委陈文海负责。

1991 年 1 月 8 日,光孝寺修复委员会召开部分成员与有关人员会议,研究重建天王殿基建工程设计和经费预算。

会议由常熟古建公司和泰州设计院分别报告情况。天王殿设计初步方案,东西长 27.4 米、南北长 17.6 米、高

14.5米，建筑面积352.5平方米，占地面积482.24平方米。为重檐翘角、斗拱、仿宋结构，建筑主要材料以钢筋混凝土与木料相结合。

1991年1月30日，中国佛教协会办公室副主任张泽西来泰州，了解光孝寺修复进度和天王殿基建的有关情况。

1991年2月11日，松林接到了中来函邀请松林、禅耕去台湾参加农历五月十五日台北善导寺迎接斯里兰卡佛舍利三周年纪念活动。

1991年2月25日，中国佛教协会办公室副主任张泽西来电：国务院宗教事务局已约请中国佛教协会领导在近期内研究重点寺庙升格问题，催报光孝寺材料要及早准备，赵朴初在农历正月十五前在京接待泰州光孝寺来员并要光孝寺准备近期修复情况作汇报。

1991年3月4日，陈厚良、花明、松林去南京江苏省宗教局办理松林、禅耕去台湾出境手续。

1991年3月22日，江苏省宗教局局长张秉泽、处长曹正兴、科长许新民来泰州了解光孝寺修复情况。光孝寺就重建天王殿设计、钻探、动迁户的安排和房源资金的落实情况，以及政府对纺机厂税收减免问题及天王殿动工后，着手做打通西边、从山门殿进去等事宜作了汇报。省局领导听汇报后表示满意。

1991年3月25日，光孝寺启建华严法会为期20天，收入人民币25465元。经圣道募广州一佛教徒为泰州光孝寺塑海岛一尊观世音菩萨像捐人民币 20000 元。

1991 年 4 月 22 日，泰州市人民政府在光孝寺召开重建天王殿专题办公会。陆镇余主持会议并阐述重建天王殿意义。会议议题为：

1、重建天王殿工程是市委、市政府的工作目标，是列进市“八五计划”的，并在市人民代表大会通过的。

2、此项工程是承上启下的新起点。

3、做好开工前的各项准备工作，确保按时开工，有关列项审批工作，方方面面要关心开绿灯。

4、基本建设材料要给予支持，价格要照顾，各项费用税收能免则免，能减则减。

5、开工确保安全，要求全优工程，尽量缩短工期。

参加会议的有市政协副主席李强、市人大副主任徐鼎圣以及市计划委员会、建设委员会、公安局、环境保护局、市委统战部、宗教局、城建设计室、佛教协会、纺机厂、常熟古建公司等有关单位领导。

1991 年 5 月 14—16 日，成一率团 37 人来泰州礼祖，了解天王殿修复情况。成一一行听取市设计院陆工程师介绍该殿的设计情况。陆镇余、陈炼百、李百昌、陈厚良、花明、张寅生、张承法、松林、禅耕等人会见了成一一行，并就天王殿重建等有关问题双方交换了意见，成一对天王殿的设计进度均表示满意。

礼祖团成员在泰州期间，观看了大藏经、光孝寺文物录像片，游览泰州市容与梅兰芳史料陈列馆。

成一代表台北华严莲社捐款美金116460元。

1991年6月6—7日，果曙陪同香港秉鸿来光孝寺作2天佛事。

1991年6月13—19日，了中来泰州与陆镇余、李百昌、陈厚良等就天王殿重建问题交换意见。了中对其设计、规模、格式与造价等均无意见，唯一要求抓紧进行施工，对修建天王殿经费缺额问题，表示与妙然二人能够承担。秋后打算赠送缅甸二米高左右玉佛一尊给光孝寺。

1991年7月8日，赵朴初在北京中国佛教协会，会见朱爱群（中共泰州市委书记）、江正保（副市长）、李强（政协副主席）、朱永祥（政府办副主任）、李百昌（统战部副部长）、花明（宗教局秘书）、松林等一行，陪同会见的有中国佛教协会副秘书长肖秉权、佛学院教务处金主任（女）等人。

江正保、松林等人汇报了泰州光孝寺前一阶段的修复情况和今后打算，1991年动工重建天王殿，1992年至1993年恢复西侧各殿宇，1994年以后全面恢复。要求将光孝寺列为全国重点寺庙，并邀请朴老来泰州检查工作。赵朴初对泰州市落实宗教政策，修复光孝寺表示满意。对泰州市党政领导关心宗教工作表示感谢。认为泰州修复光孝寺的步骤和经费来源（迁厂靠免税，修庙靠海内外和尚），考虑得当，方法对头，表示赞赏。同时鼓励泰州抓紧修复光孝寺。因为宗教是文化宝库的一部分，修庙不仅仅是落实宗教政策，而有祖国统一、充实文化宝库的内容。当前泰州光孝寺的形势很好,地方党政领导关心,海外光孝寺的法师资助。关于上升全国重点寺庙问题已报国务院宗教局待批。赵朴初表示如有适当的机会一定要到泰州看看,这个愿望计划早已有了打算。

1991年7月12日,泰州近郊受到百年未遇洪涝灾害。光孝寺专函给市防汛抗灾指挥部,对灾区人民和奋战在第一线的全体军民表示慰问,并捐助人民币10000元。

1991年8月15日,中共江苏省委统战部部长沙人麟、省宗教局局长张秉泽、扬州市一副市长、宗教局局长王余光来泰州光孝寺视察。陈克勤(中共泰州市委副书记)、陆镇余、陈炼百、李百昌等人参加接待,就光孝寺修复和天王殿动工的准备作了汇报。领导视察后要求抓紧有利时机,尽快落实动工。

1991年8月16日,中共泰州市委、泰州市政府在市委常委会议室联合召开光孝寺重建天王殿动工专题会议。参加人员:陈克勤、陆镇余、徐鼎圣、李强、丁俊民、吉怀林、李百昌、蔡锦云、陈厚良、花明、周凤城、邹庆八等人。

陈克勤(市委副书记)就如何落实宗教政策作了讲话,说宗教工作无小事,严肃批评了前一阶段工作中的阻力。并提出可行性实施意见,形成纪要。明确了会后七个星期的工作安排,由蔡锦云(市政府办公室副主任)驻镇指挥,及时向市委、市政府领导汇报工作进度。责成周镇京(政法委副书记)召集法院、检察院、公安局、司法局、城管会、广播电视局负责人会议,做好依法处理可能出现的阻抗强行拆房等的准备工作。

1991年8月22日,光孝寺重建天王殿工程办公室成立。办公室主任由陈厚良担任,下设四个小组:1、基建工程组,由王启亮负责,夏友堂协助;2、财务组,由董士俊负责;3、供应组,由成守祖负责;4、秘书组,由花明负责。

1991年8月24日,根据安排,各部门60多人按时到达光孝寺拆房现场,李强(政协副主席)、胡六宝(市纪律检查委员会副书记),也到现场监督。顺利拆除14户住户房屋,纺机厂拆除原厂劳保仓库和文具用品库。至此天王殿重建工程用地已腾空。

1991年9月4日,上午光孝寺重建天王殿正式破土动工。参加破土的有陆镇余、吉怀林、蔡锦云、李百昌、陈厚良、松林、禅根、王光钺等人。

该殿工程明确工期为310天(包括基础45天、框架60天、屋面75天、上瓦45天、油漆及地面45天、天寒冰冻及春节休假剔除40天)。东西长度为27.4米,南北长17.6米,高15.3米,建筑面积353平方米,占地面积482平方米,五开间。

1991年10月3日,上海市佛教协会副会长贾劲松率九人来光孝寺参拜,其中来自香港的4人。

1991年10月6日,果曙去香港弘法。

1991年10月26—28日,妙然率团7人来光孝寺礼祖。团员由台北善导寺和智光商工学校工作人员组成。在泰州期间参观了天王殿工地。妙然对天王殿工程设计表示满意，希望庙宇的南北贯通在1992年完成，对戒台殿要求迅速恢复，了中赠送的玉佛要利用其价值。妙然捐款美金73378元。

1991年10月29日市领导专题研究光孝寺修复问题，地址在光孝寺西会议室，出席人员：陈克勤、江正保、陆镇余、李强、崔新、蔡锦云、夏龙山、李百昌、陈厚良、花明、松林、禅耕。

李百昌汇报妙然来泰情况以及修复光孝寺下一步打算。陈克勤提出意见，认为光孝寺修复是个大局，市领导原来就有修复意见，纺机厂为什么不执行？应有一个整体打算，拆房不能零打碎敲，应连大雄宝殿统一考虑，应建什么地方，拆到什么地方，厂方是执行问题，纺机厂与政府、厂长与市长的关系应摆正。

与会同志一致认为，全面恢复光孝寺势在必行。修不修的问题已经统一，而是如何修的问题，有些问题具有连续性，本届政府和市委要有一个决定或意见，便于下届领导人或下届纺机厂领导继续贯彻执行。

1992年纺机厂要拆让山门殿周围房屋206平方米，南北贯通拆让房屋1273平方米。

1992年2月25日，市政府召开光孝寺修复问题专题会议，地址在市政府西会议室，参加人员：张厚宝（泰州市市长）、江正保、陆镇余、朱琏瑞、裴靠恩、顾洪林、李强、李百昌、程庆功、华怀林、陈厚良等。会议决议:光孝寺修复是既定方针不能变,陆镇余牵头,朱岫如(副市长)参加搞方案,建委、拆迁办的方案要配套,三月中旬要拿出来。迁厂问题是局部服从修庙的全局问题。组织领导要重新组织,要办实事。各负其职,任务要分解。今年把贯通作为目标,说出来就要算数,意见拿出后,政府再开会形成纪要,查办督办。

1992 年 3 月 10 日,泰州市委、人大、市政府、市政协领导在光孝寺召开光孝寺修复专题会议。

1992 年 3 月 12 日—4 月 2 日,光孝寺举行连续第三年的华严道场,收入人民币 25465 元。

1992 年 4 月 19—26 日,了中率生华(台北善导寺法师)秦汝成(信徒、企业家)来泰州,在光孝寺受到松林、禅耕及寺内两序大众的迎接。捐美金 50000 元,赠送玉佛一尊(价值人民币约 400000 元)。秦汝成在泰州参观春兰制冷设备有限公司,与西郊乡人民政府商谈合资项目。

了中一行在泰期间参观天王殿工地,参加玉佛升座,并与陆镇余、陈炼百、李百昌、陈厚良、松林等会晤,并就光孝寺全面恢复规划与近期工程相互交换意见。了中对政府关心修复光孝寺表示感谢。对正施工的天王殿的质量表示满意,对翻建山门殿、新建玉佛楼、实现南北贯通表示赞同,并表示回台湾后即与成一、妙然二位共同商讨,共尽责任,并再次希望地方政府加快光孝寺的修复进度。

1992 年 4 月 25 日，了中赠光孝寺一尊玉佛，通过上海静安寺转赠。玉佛系羊脂玉，高 1.9 米、重 1.7 吨，从缅甸一泰国一台湾基隆一香港一上海吴淞港运至泰州光孝寺。在上海海关免征税收。港口免征口岸停场费以及运送至泰州的运输费用。

这尊玉佛玉质纯正、雕塑精良，在苏北地区堪称一流。今天玉佛到达光孝寺，寺内香烟缭绕，钟鼓齐鸣，两序大众以及数百人恭迎玉佛。

1992 年 5 月 4 日，泰州市人民政府、泰州市政协召开联席会议，专题研究光孝寺修复问题。会上通报了中回泰情况以及当前所急需解决问题，并作出决议：

1、市规划办公室与宗教局将光孝寺总体修复方案向市政府报告，由政府批准这个方案。

2、纺机厂西迁要有规划，由规划办、政府办督办。

3、资金落实多方筹措，必要时要贷款，免税立专户由市财贸办公室、税务局实施。

4、成立相应的修复光孝寺搬迁纺机厂领导小组及办事机构，抽调有关人员问题，请陆镇余与宗教局提出建议名单，报政府批准。

5、纺机厂转让房屋的评估价格问题由房管处、宗教局负责。

6、纺机厂 300 平方米简易食堂已建好，如何让房问题上下一齐做工作。

1992 年 5 月 16 日，市政府召开市长办公会，研究光孝寺修复规划。参加会议的有:张厚宝、江正保、吴金、陆镇余、朱琏瑞、曹金泰、裴靠恩、朱岫如等。一致通过泰州市光孝寺全面修复的规划,决定以政府行文下发。

1992年5月30日,泰兴县委、靖江县委领导分别组团来光孝寺参观。

1992年6月1日,赵朴初在北京广济寺中国佛教协会办公室接见泰州市副市长陆镇余等一行,听取光孝寺修复工作汇报。

1992年6月2日,江苏省宗教局局长张秉铎率局办公室主任王波、处长曹正兴、科长许新民等一行五人来泰州检查光孝寺修复工作。在泰期间参观了玉佛和天王殿工程。对泰州光孝寺目前的基建进度、工程质量、基建费用、佛事管理等表示满意。认为地方政府非常关心光孝寺的修复,现已进入正常运行轨道,希望天王殿、山门殿能争取在春节前修建好开放。转告9月10日句容宝华山要放戒,希望光孝寺给予支持。

1992年6月15—17日,顾鸿林(泰州市政协主席)、李百昌、李荣章、陈厚良、花明、禅耕等一行八人去镇江、句容、常州,参观金山、焦山、茅山、宝华山、天宁寺等寺庙,受到所到之处地方领导及有关部门的接待。镇江市委书记钱永波专门热情款待顾鸿林、禅耕一行。

1992年6月15日,泰州市人民政府[1992]45号文件关于光孝寺复建规划的批复。

经市政府第30次常务会议决议,原则同意光孝寺复

建规划设计。具体为:

1、关于指导思想。光孝寺是一座具有1500多年历史的古刹,在海内外有着很大的影响,也是泰州文化名城历史渊源的重要见证。因此复建光孝寺是建设历史文化名城增添旅游景点的需要,是进一步整理城市功能布局,改善城市环境和风貌,提高城市综合效益,适应对外开放形势的需要,是进一步加强统战工作,满足海外同胞回泰观光的需要,是一件造福于人民和子孙后代的大事。

2、关于用地规模。同意规划用地总规模控制在2公顷以内,复建规划范围南起五一路北至人民西路,东以纺机厂现有厂内南北大道为界,西接崇儒祠和纺织品站东围墙。

3、关于规划布局。(1)以主轴线上布局的山门殿、天王殿、最吉祥殿(大雄宝殿)、藏经楼为主,东西两侧的偏殿为辅,组成佛事活动区构成全寺的中心。(2)以主轴线平行的东辅轴线上所布置的戒台殿、祖堂殿、玉佛殿和罗汉堂,形成寺庙东部的观光游览活动区。(3)以西侧西辅轴线上的传汝楼、方丈楼及相邻的南亭纪念堂、南亭衣冠塔和上客堂、僧舍等建筑,构成寺庙内部生活和纪念活动区。(4)北部临人民路由迎宾楼、素食馆组成对外生活辅助区。

4、关于规划的实施。同意规划中提出的统一规划、分期实施,根据财力,逐步兴建分三期实施的原则。目前应特别注意:(1)加快天王殿建设工程的完工和山门殿翻建工程的准备工作，确保今年南北贯通目标的实观。(2)积极筹措资金为规划的实施打好物质基础。(3)在光孝寺复建规划批准后，纺机厂要抓紧制定纺机厂搬迁规划和实施方案。

1992年6月18日，妙然回大陆探望胞兄孙一九(居无锡)，并要求约见松林。松林赴无锡会见妙然，报告其修复情况。妙然向松林交待，天王殿工程一要抓质量，二是预算经费不要突破；预算要有严肃性；屋面防潮层一定要搞好，千万不能把雨水淋到佛顶上；殿内大佛主张搞藏相。他又提出如下意见：

山门殿要保持原有风貌，上面不一定用硫璃瓦，新的就是新的，旧的就是旧的，这样人家一看就知道原来庙宇的面貌，非常赞同山门对面用照壁。

关于玉佛楼、上客堂、珍宝室，目前暂时可连在一起，但补充两点意见：一是把戒台拆回来先放在玉佛楼下，周围放文物，这样便于组团回来参观；二是发挥文物的作用。文物不能仅放在保险箱中，这样起不了作用，展览时要加强安全措施，将来还会再充实文物。

关于成一来信要建最吉祥殿(大雄宝殿)一事，我们知道，因他在台湾最近卖掉一所住房有20万美金，是按照南亭老和尚遗嘱精神的。总之，希望基建项目要及时告知，我们就汇款回来。请转告市长，拆房是政府的事，修庙是我们海外几个人的事不变。但要抓紧时间，成一已77岁，我也已70岁了。

妙然捐美金 5580 元用作塑佛像之用。

1992 年 6 月 21 日，陆镇余等在纺机厂会议室召集有关人员开会，研究纺机厂西迁规划。提出光孝寺今年内实现南北贯通，1993 年要建大雄宝殿，1994 年内全面恢复。纺机厂在今年 7 月上旬要让出山门殿。

1992 年 7 月 15 日，据中共泰州市委泰委组[1992] 112 号文关于成立泰州市修复光孝寺动迁纺机厂工作领导小组的通知，由张厚保(市长)任组长、徐鼎圣、陆镇余、朱岫如、陈炼百等同志任副组长。领导小组下设办公室，陈炼百任办公室主任，朱永祥、李百昌、陈厚良、陈文海任办公室副主任。

1992 年 7 月 18 日，陈厚良因到年龄退休，戴熙由泰州宾馆调任泰州市宗教局局长。

1992 年 9 月 29 日，成一率团至南京约见松林、禅耕，敦促光孝寺修复进度，并捐美金 11000 元。亲自率松林、禅耕去北京中国佛教协会拜会赵朴初会长，赵朴初热情接待了成一一行，并表示对光孝寺修复非常关心，要争取来泰州一趟。

1992 年 10 月 12 日，成一委派常度、广度、宗慧三位弟子来光孝寺了解修复工程进展情况。

1992 年 10 月 17 日，成一汇美金 134000 元捐至光孝寺。

1992 年 11 月 20 日，供奉华严三圣像与山门外镇守石狮运抵寺门。

1993年2月6—8日,(元宵节)以87岁高龄,全国政协副主席、中国佛教协会会长、中国著名的大词家、书法大师赵朴初居士冒着春寒,风尘仆仆,偕夫人陈邦织及中佛协办公室副主任张泽西,在省宗教局、扬州市政协领导陪同下,视察泰州光孝寺,下榻乔园。先约见地方政府领导,一见面就直言相告,此番是专为光孝寺修复工作而来。因为光孝寺历史悠久,是苏北平原上首刹丛林,及早恢复,十分需要,希望地方领导大力支持,抓住时机,加快进程,完成大业。

2月7日上午,在光孝寺内向大家介绍说,他与光孝寺常(惺)公共事有年,私交很好,支持光孝寺早日修复,与公与私,义不容辞。泰州市政府几位主要领导人均一再表态:大雄宝殿今秋一定奠基,并完成各项基础工程,明年大殿全部落成。

朴老在藏经楼上翻阅了"龙藏",读了经卷上光孝寺智远和尚偈语,欣赏了寺藏珍贵文物,慧眼识珠,赞叹不已,并捐人民币15000元。

朴老在泰州作调寄《踏莎行》词一首。其中词末两句为:"重光殿宇古招提,放翁大笔今堪用",可见朴老对古光孝寺内涵的深刻揭示。

1993年2月8日,下午约请工程师着手设计大雄宝殿方案草图以供研究。

1993年3月20日,谢柏生接任陆镇余为泰州市副市长,专函成一报告情况,并称接任后,重点工作之一就是抓紧实施全面修复光孝寺宏伟规划，目前市政府为全面修复光孝寺，新建大雄宝殿，已决定九月前让迁纺机厂，决心已定，义无反顾，大殿可望今秋奠基，力争提前。

1993年4月24日，了中率团至光孝寺为玉佛主持开光典礼。慧光、一乘等法师，台湾新东阳财团总裁麦石来、叶莉莉夫妇，台北善导寺的信徒高琳英、洪魁斌等居士随团参加。参加开光典礼的还有泰州市地方政府的各位领导以及各有关单位的负责人，上海市佛教协会副会长贾劲松居士，上海市佛教协会常务理事德悟长老以及光孝寺两序大众和观礼群众达数百人之多。

4月24—25日，了中在光孝寺作佛法讲演，4月24日，晚讲题"从佛法僧三宝谈佛教"，4月25日晚讲题"从念佛参禅谈修行"。此次讲演轰动泰州城，除佛教的四众弟子聆听外，各界人士纷纷前来听讲，影响之广，久远深长。了中为光孝寺捐美金50000元，慧光捐美金20000元，麦石来、叶莉莉夫妇捐美金20000元。

4月26日—5月1日，应新东阳财团总裁麦石来、叶莉莉夫妇之邀请，了中率团赴上海、福州、武夷山朝山观光，范观澜随团参加活动。5月1日了中一行回台北。

1993年5月，由松林、禅耕敬立，范观澜所书玉佛介绍铜牌。其内容为：1991年农历十月二十八日，世界佛教僧伽会秘书长、台北善导寺住持了中大和尚周甲寿庆，自缅甸国恭请羊脂白玉释迦牟尼佛像一尊，高1.9米，重1.7吨，赠祖庭供奉。1993年4月24日开光。

1993年5月2日，成一致函谢柏生，指出：山门、天王二殿得以修复，固属可喜！然念大雄宝殿，一寺中心不加复建，终感不安。表示秋后率善信回寺礼祖，并谋当面请益。

1993年7月23日，成一再汇美金33000元助修光孝寺。

1993年8月14日，成一再汇美金12430元助修光孝寺。

1993年9月，光孝寺大雄宝殿由上海同济大学古建专家陈从周教授主持设计，初稿已完成，派专人送至北京请赵朴初审阅。朴老阅后，十分满意，就此落实定案，再送至陈从周教授对初稿再作进一步修定完善之，做为正式定稿。

1993年9月20日，成一汇美金30000元，捐光孝寺建大雄宝殿用。

1993年10月，泰州著名画家、书画院画师居志毅受泰州市宗教局、光孝寺委托，考察浙江、安徽、江苏三省的诸山名刹，以及光孝寺历史存留资料，绘制成功光孝寺修建全景规划图，并经多方审定确认。

1993年11月6日，泰州光孝寺举行大雄宝殿奠基暨山门天王殿落成典礼，成一率团回光孝寺主持大雄宝殿（最吉祥殿）破土仪式，并捐美金48151元，台币10000元。

1994年1月26日，光孝寺大雄宝殿正式破土动工。

1994年5月，大雄宝殿设计图纸改由古建专家杜仙洲主持制定(杜仙洲是赵朴初至友),施工建造由泰兴市古建公司承建。

1994 年 6 月 23 日,成一再汇美金 20000 元捐光孝寺。

1994 年 11 月 23 日,赵朴初来电光孝寺询问工程进度,再度申言,大殿落成他会来参加庆祝。

松林因患肠癌卧病南京治疗。

1994 年 12 月 23 日,松林在南京圆寂,世寿七十二岁,僧腊六十二,戒腊五十五。

松林生前系政协泰州市委常务委员、中国佛教协会理事、江苏省佛教协会理事、扬州市佛教协会副会长、泰州市佛教协会会长、泰州光孝律寺住持。法师原名隆铭,字松林,以光孝寺法派易名瑞如。10 岁在泰州西山寺出家,17 岁在句容宝华山受具足戒。27 岁任泰州西山寺住持。1983 年以后先后任光孝寺监院、住持等职。

12 月 27 日,在南京石子岗殡仪馆举行向遗体告别仪式,省宗教局、省佛协、扬州市民族宗教事务局、扬州市佛协、泰州市有关各级领导以及法师生前亲朋好友弟子等近百人参加了告别仪式,当日迎骨灰归泰州光孝寺。

12 月 29 日,在光孝寺藏经楼下为松林举行追悼会。中共泰州市委副书记、市政协主席陈敬毓、市人大副主任陆镇余、石林、市政府副市长谢柏生、市政协副主席李强、市政协副主席、统战部部长陈炼百、副部长李百昌、何雨霖、市宗教局局长戴熙等出席追悼会。

参加追悼会的还有省、扬州市宗教部门、佛协领导及省内外诸山长老、市佛协全体理事、光孝寺两序大众和各界人士以及法师生前的皈依弟子等近三百人。

1994 年 12 月 31 日，禅耕升座为光孝寺住持。成一专函祝贺，并有两点建议：一是建议禅耕重披袈裟，放下俗缘，反正已八十高龄，使易服住持更增庄严；二是下次组团回里，要向信徒报告建筑帐目，了解收支实情。

1995 年 1 月 3 日，成一汇美金 20000 元捐至光孝寺。

1995 年 1 月 10 日，成一再汇美金 18934.85 元捐至光孝寺。

1995 年 4 月，光孝寺大雄宝殿举行上梁大典，成一率团参加大典，并捐美金 50000 元整。

1995 年 4 月 12 日，碧云丈室恭请真禅（上海市佛教协会会长、王佛寺、静安寺、开封大相国寺住持）、成一和了中为本寺座元。

1995 年 5 月，禅耕去新加坡弘法。

1995 年 6 月 17 日，禅耕当选为江苏省佛教协会理事。

1995 年 6 月 29 日，光孝寺恭请野亭、能安为本寺监院。

1995 年 8 月 16 日，光孝寺大雄宝殿工程筹款紧张，成一汇美金 80000 元。

1996 年 2 月，春兰公司捐光孝寺人民币 700000 元，信徒颜淑惠捐美金 40000 元。

1996年5月15日,光孝寺统计报告:成一资助(含经手募)美金647976.61元。妙然资助(含经手募)美金160378元,人民币120000元。了中(含经手募)美金148000元,人民币240000元。

1996年11月2日,前一日大雨滂沱,当日阳光灿烂,光孝寺大雄宝殿落成佛像开光,今天举行盛典,泰州城万人空巷争相观看"开光盛典"。茗山(中国佛教协会副会长、江苏省佛教协会会长)、仁德(安徽省佛教协会会长、九华山方丈)、德悟(上海静安寺方丈)、成一主持说法开光,并向大会致词感谢政府及中佛协赵会长大力支持复建功德,并向祖庭赠贺联:光明照世间,有缘众生得遇斯光,必增福慧;孝道化人伦,无分族姓能行真孝,是为圣贤。了中、净良(世界佛教僧伽会副会长、台北市佛教会理事长)、乘如(自立)(菲律宾马尼拉隐秀寺住持、世界佛教僧伽会文化委员)、明乘(能仁家商学校董事长、台北县观音寺住持)、今能(世界佛教僧伽会财务总长、台北市圣灵寺住持)、妙元(世界佛教僧伽会财务委员、释伽功德会会长)、慧光(台北市法藏寺住持、玄奘大学董事)等为盛典念经诵佛,一时钟鸣、鼓响、乐起,盛况空前。

中国佛教协会常务副会长刀述仁、江苏省宗教事务局局长周加才、江苏省民政厅厅长张秉铎、泰州市市长丁解民、副市长朱爱群、张厚宝、海陵区政府领导以及场内场外万余民众参加开光盛典,以示庆贺。

庆典活动由海陵区副区长谢柏生主持,光孝寺住持禅耕以及海外法师成一、净良、自立、了中都发表热情洋溢的讲话。刀述仁也发表讲话,盛赞泰州光孝寺的修复对中国佛教的影响,感谢海外法师的鼎力相助并受全国政协副主席、中国佛教协会会长赵朴初居士的委托向成一、了中等法师赠送墨宝,净良也向光孝寺赠送墨宝。

泰州市政协副主席叶海翔在庆典仪式上说:光孝寺历经风雨、几度兴衰。近年来,这座千年古刹枯木逢春。在政府的关心支持下,亲任光孝寺修复委员会名誉主任的赵朴初多方奔走,广为呼吁并得到海内外佛教僧信大德,尤其是台北市华严莲社、善导寺成一、妙然、了中三位法系人大力提供资金,最为令人钦佩。春兰(集团)公司的鼎力相助,按照规划分布实施,才得以重现今日之规模宏伟、气象巍峨的景象。修复后的光孝寺将成为佛教活动的庄严道场,及海内外人士旅游观光的景点。

大雄宝殿名为“最吉祥殿”,匾额由赵朴初所书,高为18米,长33米,宽28米,庄严大佛高度7米。

大雄宝殿的落成以及佛像开光,标志着这座江淮名刹——泰州光孝律寺修复基本成功,尚余一半待复的殿宇犹望海内外大法师、大居士们继续发心,一千六百年古刹得以早日完全恢复。

赵朴初与成一长老

2000年5月21日(庚辰四月十八)17时整,九十又三的著名社会活动家、全国政协副主席、中国佛教协会会长赵朴初居士带着他那独特慈祥的笑容,留下他那丰厚深邃的智慧驾鹤西去,真正地远行了。消息播出,举世为之震惊,为之痛悼。

赵朴初居士,大家都尊称为赵朴老、朴老。他大慈大悲,盛名鼎鼎是海内外广为尊敬的佛教领袖和德高望重的长者,他的超群才华、人格魅力受到众多人的敬仰。笔者曾有机缘受到朴老的接见与宴请,他的嘉言善行、音容笑貌随着不尽的哀潮常常浮现在脑海之中。一天清晨,海峡那边传来电话,是成一长老询问祖庭泰州光孝寺有没有举行法会悼念赵会长,继而老法师滔滔不绝地给我叙述了他与赵老长达六十年的故事,特别是海峡两岸隔绝时交往的情况,老法师缅怀赵朴老情深谊长,尽管我举话机听筒的手,已从右手到左手,再从左手到右手,轮换了几个来回,从聆听电话的声音中,老法师动情的叙述可见成一长老对朴老的情感是如此之深,而他们共同的事业是使当代佛教能够在中国大地上重新复新,让复新后的佛教走向世界,努力实现这人间净土。

成一长老,当代著名高僧,江苏泰州东乡人氏,生于1914年2月,15岁因病感悟人生多苦而出家,后在泰州光孝寺佛学院求学,继而在律宗第一山南京宝华山受具足戒。后任泰州光孝寺佛学院监学兼讲师,1942年考取上海中医学院,毕业后在上海玉佛寺创办佛教施诊所,悬壶济世,后弘化台岛,业绩斐然,在海外创建了三处道场,主编多种佛学、医学等刊物。创办佛学院、研究所。连任台湾智光商工职校及华严莲社董事长。曾任台湾中国文化大学佛学研究所副所长,多次出席国际佛学、医学、哲学会议,倡立世界宗教徒协会,并任副会长,荣获美国东方大学名誉哲学博士学位,并有10多种佛学医学著作传世。成一长老作为泰州光孝寺第17代传人,多年来为完成先师祖当代名僧南亭和尚的遗愿,将祖庭泰州光孝寺修复,并初具规模。近年又投巨资修复出家之庙海安观音禅寺。

成一长老与赵朴老之间的交往要追溯到20世纪的30年代。赵朴老时任上海佛教会秘书,上海佛教会就设在上海静安寺。静安寺为蜚声中外的上海千年古刹,相传创建于三国吴赤乌(238—251)年间。30年代以后,上海几乎成了当时中国佛教的复兴中心,集聚了一批当代佛教的领袖人物,如太虚、常惺、圆瑛、应慈、南亭以及著名居士高鹤年、赵朴初等。江浙佛教联合会、上海佛教会、中国佛教会以至众多的佛学院都设在此。而佛教界的领袖人物他们都与泰州有着这样或那样的因缘,所以泰州到上海去了一批又一批的学僧。成一长老就是这样来到上海,开始在静安寺佛学院读书,后来考入上海中医学院,那时见识了赵朴初居士。赵朴老当时从苏州东吴大学毕业后,在佛教会任秘书,常惺法师系泰州光孝寺的住持时任中国佛教会秘书长,由于诸多因缘关系,朴老与成一长老在上海期间就有了一些交往,那时朴老风度翩翩,举止高雅,令人敬仰,成一长老的勤奋学习、苦心修行,朴老也历历在目。

20 世纪 40 年代末,成一长老弘法参访去了台湾,哪知从此云山阻隔,两岸隔绝,物换星移,时过境迁,他们多么想再次重逢,多次透过多种渠道想得到对方的一些情况。几十年后,成一长老已成为台湾佛教界的领袖人物,华严宗弘传海外的掌门人。赵朴老已是中国佛教协会会长,声誉远扬、国际敬重的伟人。1986 年 12 月在佛陀的故乡尼泊尔王国的首都加德满都,召开世界佛教徒联谊会第十五届大会,赵朴老与时任全国人大副委员长、中国佛教协会名誉会长、第十世班禅大师共同率团参加会议。而成一长老也率团参加了本届大会。当时,由于台湾还尚未开放探亲,两岸之间还未能沟通,代表团之间也未能联络。正巧会议期间,尼泊尔国王的弟弟亲王在御花园举行招待茶会。在这宽松的氛围中,两岸佛教领袖在隔绝了近四十载后于异国他乡相聚,彼此间心情都非同一般,但成一长老与赵朴老之间毕竟在上海还有一段难忘的旧情。在御花园中两岸佛教领袖几十年间的老友，话题一打开，除相互问候外，成一长老更是牵挂着祖庭泰州光孝寺的情况。因为先师祖南亭老和尚曾嘱托，有可能为修复祖庭要不遗余力，但祖庭到底是什么样子却也心中无数。碰上赵朴老这可是难得的机遇，他与赵会长说：当年常惺老法师及南亭老和尚住持过的泰州光孝寺，据传说被毁了，要请您老帮忙申请恢复啊！赵朴老过去对江淮名刹泰州光孝寺是较为熟悉的，因为他与常惺、南亭等一代高僧之间过从甚密。也知道泰州光孝寺佛学院培养了一批批杰出人才，可是时值1986年，大陆也还在刚刚落实宗教政策，何况他也是刚刚任中国佛教协会会长一职的。偌大的大陆寺庙林林总总，他当时也确实不知道光孝寺的现状。但是赵朴老当即表态，毫不犹豫地说："好！我知道，我回去要去看看，我会尽力的！"成一长老得到赵朴老这一回复，喜欢得几乎掉下眼泪！次日清晨，赵朴老又派秘书来询问成一长老，如联系到泰州光孝寺情况怎样与其联络，因为当时两岸的信件、电话都未能通达。成一长老请求如有情况只好通过美国佛教联合会会长浩霖法师进行中转联络。浩霖法师也是泰州东乡人氏。由于赵朴老的加持，泰州光孝寺就有了新生，成一长老等一批批光孝寺海外弟子与信徒就开始了艰难的"十年祖庭修复之路"。

1987年元旦过后，赵朴老即派中佛协办公室主任、副秘书长崇明来泰州详细了解光孝寺情况，那时的泰州光孝寺确实是大雄宝殿(最吉祥殿)、天王殿都已无影无踪,千华戒台殿也仅存了戒台石,且又移作该市的泰山公园垒作露天音乐台之用。山门殿已改为了工厂的食堂,依稀可见原嵌于大门之上的“古光孝寺”石匾还幸存,其余的碧云丈室、小休楼、西板堂、法堂等都改为宿舍之用。偌大的苏北之唯一律宗丛林,素有“梵宫花雨”之称的泰州光孝寺已成为一所工厂所在地,佛、法、僧尽荡然无存。成一长老曾委托浩霖法师从美国来泰州了解光孝寺情况。几十年的变迁,竟然把浩霖法师在泰州搞湖涂了,他到泰州后坐着黄包车找到了肇源老和尚(肇源老和尚当时住在寺外的民居之中),肇老把他带去看了北山寺现存的大雄宝殿,他还以为是光孝寺的最吉祥殿,这样搞得成一长老们在海外将信将疑,未明就里。

1988 年,两岸开放探亲,这样联络渠道都已开通,伴随着泰州光孝寺的修复历程,两位老人联系得更紧密了,而赵朴老身任国家领导人的要职,对光孝寺对苏北的一个小城市泰州却又是那样特别的关心。他担任了泰州光孝寺修复委员会名誉主任委员,多次接见泰州地方的党政要员以及光孝寺的法师,听取汇报,并多次敦促、鼓励加快修复光孝寺的步伐。他亲手为光孝寺题写了天王殿、最吉祥殿、藏经楼的匾额,在最吉祥殿中还专门为光孝寺书写了楹联:“慈光照三界壮严化导芸芸实相是禅行是道,大孝报四恩深厚护持恳恳虚空无尽愿无穷。”赵朴老关心光孝寺可说是无微不至,在一次全国性的文史会上他讲道:"全国重点寺庙第二批要搞,如南京毗卢寺、泰州光孝寺。"还有赵朴老专门交待金陵刻经处:以后凡有国外赠送佛教经典著作时,可要增加泰州光孝寺一份。可见朴老的用心是多么良苦。

1993年元宵佳节之际,赵朴老已87岁高龄,冒着春寒,风尘仆仆,偕夫人陈邦织及秘书专程到泰州视察,敦促光孝寺修复。朴老来泰州前先与成一长老通报了行程,成一长老获得消息后特向时任光孝寺住持的松林法师打来电话,嘱他代表他表示欢迎和感谢。朴老在泰约见泰州首要时,一见面就直言相告,此番是专为光孝寺修复工作而来。因为光孝寺历史悠久,是苏北平原上第一座律宗丛林,及早恢复,十分需要。希望地方领导大力支持,抓住时机,加快进程,完成大业。朴老还说道,他与光孝寺常(惺)公共事有年私交很好,他又与南(亭)老以及成一长老都非常好,支持光孝寺早日修复,与公与私,义不容辞。朴老在寺中看到了成一长老们历尽沧桑回归的宝物后,慧眼识珠,赞叹不已。对成一长老等海外法师之功德与智慧颇为感佩。朴老又是中国著名的大词家、书法大师。在泰州还专门作调寄《踏莎行》词一首:"州建南唐,文昌北宋,名城名宦交相重。月华如练旧亭台,清词范晏人争诵。朗润明珠,翩仙彩凤,梅郎合受千秋供。重光殿宇古招提,放翁大笔今堪用。"词末后两句,可见朴老对古光孝寺内涵的深刻提示,同时对故人常惺、南亭二老的怀念,以及与成一长老的共同愿望由衷发出的感慨之情。朴老自己并慷慨解囊捐赠人民币 15000 元。朴老的泰州之行,犹如给光孝寺的修复注入了一支兴奋剂,光孝寺的修复工作也步入了快车道。

成一长老在两岸开放探亲以后,就以先师祖南亭老人的嘱托全权肩负祖庭修复中兴的使命。他曾说这也许是南老常寂光中之感应吧! 1988 年 9 月成一长老与妙然法师(曾任光孝寺监院,1964 年春南亭老和尚在台为其与成一授予记别,与成一长老同为光孝寺第 17 代传人),回到了离别将近 40 年的祖庭——泰州光孝寺。并在上海找回当年存放在中国银行保险柜中的光孝寺一批镇山之宝。从此他与朴老之间的联系就更多了。常常鸿雁传书,得知朴老创办了《法音》杂志,他慷慨解囊捐资相助。1991 年底,赵朴老因病住院治疗,成一长老得知消息后,从台湾赶来与松林、禅耕两位法师(松林时任光孝寺住持,禅耕时任光孝寺监院)专程赴京拜望赵朴老。朴老得知成一长老的到来,专门从医院请假至中国佛教协会所在地会见成一长老一行,与其叙旧,交谈泰州光孝寺修复情况,并专门宴请了成一长老一行,赠送了礼品。成一长老诚邀朴老来泰州推动光孝寺修复工作,用成一长老的话说:"我是北奔上京,求赐鼎助啊!"

功夫不负有心人,艰难的泰州光孝寺十年修复之路终于走过来了。藏经楼、天王殿、山门殿、最吉祥殿(大雄宝殿)均修复而成,所有殿宇较之过去更加辉煌,壮丽梵宫再现庄严法相重光。1996 年 11 月 2 日,泰州光孝寺大雄宝殿落成,成一长老率团返乡道贺并主持佛像开光。赵朴老本来就答应等光孝寺大雄宝殿落成时,一定再次来泰州,这话在不同的场合讲了好几次,可是毕竟是耄耋高龄,久卧病榻,身不由己,但赵朴老委托中国佛教协会副会长刀述仁居士代表自己参加光孝寺庆典,并专门写了一幅字由刀副会长在庆典会上赠送给成一长老,所写的是唐代诗人王维的五言绝句:“独坐幽篁里,弹琴复长啸,深林人不知,明月来相照。”朴老书法,雄奇苍劲,笔力遒健,享誉海内外。现在还有人称朴老的书法敢数书史第五家,因为在中国书法史上,有四位伟大的僧侣书法家,他们都是佛教徒。第一位是安道壹,第二位是智永,第三位是怀素,第四位是弘一。四家以后应就是朴老了。成一长老得到惠赐手书,如获至宝。

2000 年 4 月,成一长老又一次率团来大陆。这一次他专门带着他的一批弟子以及信徒,沿着他当年在大陆所走过的路,从故里海安至祖庭光孝寺,行扬州大明、高旻,上镇江金焦二山、南京栖霞、句容宝华,到上海静安、玉佛,一路寻根觅源。最后一站北上京师,答谢赵朴老为修复祖庭光孝寺所作之贡献。成一长老一行去京是 4 月 16 日,而 5 月 21 日朴老则撒手西归了,当时朴老住在医院里,可能病情确实危在旦夕了,否则说什么朴老也一定会会见成一长老的,哪怕是在医院病房里。但是这一次是不可能了,可想而知朴老的病情之重了。就这样,朴老听说成一长老率团到京,还千叮咛万嘱咐委托他身边的使者,代表他去看望成一长老,并给其捎去礼品。成一长老一行本想专程赴京报恩的,此次不能如愿,期盼着下次来京时朴老身体会好一点,或许能够允许再看望他,面谢朴老。但回台湾后没有几天,竟然得到的是“朴老走了”这一噩耗。成一长老在电话中对笔者说到:“为了完成先师祖的遗愿,修复光孝寺,我知朴老的恩,感朴老的恩,但我还没有来得及报恩于朴老,他却离开了我们。所以总觉内心还是不能接受这残酷的现实。心中除了哀思外,并布置了所属的道场为赵会长举行法会,万众同声,万人同念‘南无阿弥陀佛’,祈愿他早日乘愿再来。”笔者我也觉得赵朴老大德也确实会花落还开,水流不断的。赵朴初与成一长老为复兴中国佛教所作的不遗余力的努力,对当代中国佛教乃至世界佛教的建设和发展呕心沥血,作出了巨大的贡献。他们的苦心决没有白费。而成一长老现在处处推崇的“佛教第五大名山的弥勒精神”,正是赵朴老所重视发扬“人间佛教”精神理念的延伸。中国佛教正处在龙象辈出的时代,中国佛教一定会走向世界。

玄奘舍利与了中法师

金秋十月，玄奘顶骨舍利分供台湾玄奘大学，堪称是海峡两岸佛教界相隔半世纪以来最盛大的一次交流活动。连日来，以台湾玄奘大学创办人了中法师率领的二百余人组成的"玄奘三藏舍利恭迎团"，和国务院宗教局副局长杨同祥先生与中国佛教协会副会长茗山长老率领的三十余人组成的"玄奘舍利护送团"在北京、南京、台北、新竹等地举行一系列活动，轰动海内外。

玄奘法师是我国唐代高僧，又称唐僧，唐三藏，俗姓陈，本名祎，玄奘系我国伟大的思想家、翻译家、旅行家，河南洛州缑氏（今河南省偃师县）人。生于隋文帝开皇二十年（600年），少时因为家境困难，跟着他二兄长捷法师住在洛阳净土寺，学习佛经。玄奘13岁即在洛阳度僧，破格入选。玄奘大师是中国最早的留学生之一，也是对中国文化贡献良多的一位大人物。他年轻时，有感于中国佛经的缺乏，而毅然西行求法。在当时东西交通相当不便，尤其西域诸国林立的情况下，玄奘大师以仁厚秉性，高深的学术深得高昌国王的赏识，并协助他通过重重险阻，终于抵达佛陀出生地朝拜。在印度18年间，他有机会亲近了当时的高僧大德。在他们的亲授下，他不畏艰难，学习佛教经文，终得全面通达印度佛学，从而进入了博学多闻的佳境。其后玄奘大师返回唐都长安，跳出世俗名利圈，专心一意地译经弘法。

舍利是梵文，亦作“室利罗”、“设利罗”。译为汉语，则有“遗身”、“遗骨”或“骨身”等义。舍利也可视为人体死后遗身火化后的骨灰。在古代普通人的遗身或骨灰一般是其子孙藏入棺木，或者置于金、石、陶质容器，或建墓埋之，或入塔安放，这就算尽了“葬亡之礼”的孝道。佛、菩萨及祖师遗身或骨灰的处置却不同，一旦存留，便会受到其弟子佛徒的崇敬与供奉。

佛舍利，在一般人的心目中，往往被看作是一件富有神秘色彩的东西。在佛教徒的观念里，它则为一种神圣的物体。佛教徒认为供奉舍利一是报恩尽孝，二是可以从中获得不可思议的灵感，或成就一番不可思议的功德。

玄奘大师圆寂于公元664年，最初下葬于陕西白鹿原。公元998年，玄奘顶骨舍利被迎请金陵天禧寺。后又几经迁徙。1942年，抗日战争时期，日本军人在金陵兵工厂附近兴建神社，发现三藏塔遗址，挖到一个石函，两侧证明三藏塔毁于黄巢之乱，其顶骨由长安移奉南京的经过情形，石函中有顶骨及佛像、珍宝等。当时，日本大使重光葵与南京伪政府外交部长褚民谊数度交涉后，将玄奘大师的顶骨舍利分成六份，分别供奉在南京、北京、广州、天津、成都和日本东京。遗留在南京的玄奘顶骨舍利分做两份，一份埋在玄武湖边的小九华山寺七层宝塔中央三米深以下，另一份供奉于灵谷寺。而目前又以南京灵谷寺珍藏的舍利保存得最为完整。

了中法师，是海内外颇具影响的著名高僧，俗姓周，本名志强，江苏泰州海陵人。他生于1932年10月，幼年在江苏泰州南门外净因寺出家，受戒于南京古林寺，曾参学各大丛林，先后入泰州光孝佛学院、南京栖霞佛学院、上海静安佛学院研习佛学。四十年代末，在台湾汐止弥勒内院亲近一代高僧慈航老法师。继而东渡扶桑，在日本东京立正大学留学八年，获文学硕士学位，并修完博士课程。

多年来，了中法师曾先后出任台湾太虚佛学院教务主任，创办了法藏佛学院并出任院长，又协助创办了智光商工职业学校，并多次传戒造就了不少人才，在台湾省以及东南亚国家、日本、美国都有他的弟子。了中法师的弟子已在各地高树戒幢，兴建道场，有的已成为一方化主。了中法师长期以来曾担任台北华严莲社住持、台北首刹善导寺住持、财团法人董事长、世界佛教僧伽会秘书长以及玄奘大学创校执行人。

近年来，了中法师致力于海峡两岸的佛教交流，多次率团来祖国大陆朝山拜祖。作为泰州光孝寺的学僧，他会同海外著名高僧成一、妙然等法师不遗余力恢复祖庭，使泰州光孝律寺壮丽梵宫再现，庄严法相重光。他将在六十岁生日时弟子们供养他的礼金专门支出一部分，去缅甸恭请了一座重1.7吨、高1.9米的羊脂玉佛供奉在泰州光孝寺而传为佳话。

玄奘大学是由台湾省内外佛教同道捐资筹建的一所综合性大学，坐落在台湾省新竹市的香山区，其风光秀丽，目前已办有企业管理学系、财务管理学系、大众传播系、图书资讯学系、新闻学系、国贸学系、法律系等15个专业学系，以及两个研究所（即中国语文研究所、宗教研究所）。玄奘大学创办人了中法师对玄奘大学的建校有一个独特的建校理念，即玄奘大学是"佛教办大学"而非"办佛教大学"的理念。在培养高级知识分子的同时，更肩负着净化社会人心的使命。在教育目标上认为人是宇宙万物的方向盘，宣扬"以人为本"的教育理念。玄奘大学现已成为台湾佛学重地，是海峡两岸文化交流研究中心之一。

多年来，了中法师以玄奘大师不畏艰难的精神创办玄奘大学，成为佛教办学之楷模。他为玄奘大学的建校工作，披星戴月，栉风沐雨，辛劳备至。在台湾以至东南亚一带佛教界，对了中法师发大心愿筹建玄奘大学都深为感动，大家纷纷扶持，解囊资助，终于推动玄奘大学顺利建校并得以发展到现在的规模。

玄奘大学的创办，用了中法师的话来说，要以实际行动发扬玄奘大师的精神，要建立一个发扬玄奘大师精神的大本营。他还认为，玄奘大师是我国古代最杰出的留学生，历尽千辛万苦到印度求法，把佛法带回中国，他的贡献已为佛教同道同声称颂。现在印度已无佛法可传。希望将来需要求法世人把梵学的研究寄希望到玄奘大学。

玄奘大学以大师名号为校名,旨在让学子能时时效法其苦行而求知不辍,使广大佛教同仁能努力继承玄奘大师译经著述与认真求学的精神。在创办学校初期,了中法师曾萌生过一个梦想,若能迎奉玄奘舍利进入玄奘校园,作为大学的镇校之宝,一则是弘扬玄奘大师的盛德,再则可镶副以"玄奘"为名的创校初衷。此事如能办成,是可谓功德圆满的盛事了。但此举又谈何容易! 十年前,1988 年了中法师做了件轰动佛教界的大事。他曾通过努力,从斯里兰卡迎请了一颗佛陀舍利供奉在台北善导寺。如今这玄奘舍利,被奉为国宝,藏于南京灵谷寺内十三层密檐木塔中真空管内的,迎到台湾实属难比登天。然而有志者事竟成。了中法师深感用玄奘大师的精神,为玄奘大学办事,只要苦心努力就一定能够成功的。两年来,他多次奔波海峡两岸诚恳苦求,终于感动了有关方面,并得到全国政协副主席、中国佛教协会会长赵朴初居士的竭力支持。赵朴老对了中法师不畏艰苦,创办玄奘大学,非常敬佩。他表示:玄奘大师不仅是大唐一代高僧,也是我国千古学人,他西行求法、取经、译经的伟大成就,为中国人树立永垂不朽的学习精神。台湾佛教界兴办大学命名玄奘,从佛教学术来说,意义非常重大。最后终于又获得相关方面的赞许,同意请出一粒玄奘舍利分供在玄奘大学。赵朴老在此事成功后表示:时值新旧世纪之交,又是纪念中国佛教二千年之际,佛教人士理应以玄奘大师不畏艰难险阻的精神,振兴佛教事业,是属阿弥陀佛的善举。此次迎送玄奘大师顶骨舍利赴台供奉的盛举,乃是千载一时之殊胜因缘,愿共同努力增进两岸佛教文化交流。

前不久在南京举行的“玄奘法师顶骨舍利分供法会”上,由中国佛协副会长、江苏省佛协会长茗山长老和南京市佛协代会长真慈法师共同打开内盛玄奘大师顶骨舍利的密封真空玻璃器皿,从中取出 1 粒。经检测,这粒顶骨舍利重 2.8863 克,高 1.42 厘米,宽 1.79 厘米,厚 2.82 厘米。舍利取出后被安置在一红木宝鼎中,然后又放入由了中法师精心制作的 38 厘米高的舍利塔,最后舍利塔被放入锦盒,又当场贴上茗山长老亲笔书写并盖上南京灵谷寺大印和茗山私章的封条。

现这枚舍利已于近日由专机护送赴台。当载有恭迎团与护送团僧众的专机到达桃园机场时,机场上一片欢腾,万人合十。台湾党政要员及玄奘大学护持委员恭迎,台湾著名演员王德志等扮演了《西游记》中的孙悟空、猪八戒、沙悟净,迎接“玄奘大师”的舍利。

1998 年 10 月 3 日上午,在玄奘大学举行盛大奉赠与奉安典礼,场面壮严热烈。是日风和日丽,一大早诸山长老及数千名佛教徒陆续涌入玄奘大学,校园挤满了各地前来恭迎舍利的四众弟子,夹道欢迎恭迎团的归来与护送团的莅临。台湾“行政院”院长萧万长、前“副总统”李元簇与新竹市长蔡仁坚等贵宾也莅校祝贺致词。

上午十时的奉赠大典于礼堂举行，四众弟子在庄严的三宝歌声中虔诚合掌，为大会揭开序幕，首先由护送团长茗山长老代表宣读赠送文，再由灵谷寺真慈法师奉赠舍利，由了中长老代表接受，全场响起热烈的掌声。

了中长老致词时表示，承蒙中国佛教协会会长赵朴初老居士的竭力协助与灵谷寺住持真慈法师的大慈大悲，把世界公认的珍宝——玄奘三藏法师的顶骨舍利分赠玄奘大学，做为镇校之宝，完成全校师生的共同愿望，内心有无以言喻的感激。并向参加此次恭迎团的所有法师、居士致上最高谢意，感谢大家长期以来护持玄奘、爱护玄奘。未来，将以教育宏扬玄奘精神，培养济世人才。

萧院长在致词时表示，去年10月18日参加玄奘大学创校开学典礼，今年再度来校参加三藏法师舍利的奉赠大典，一年之内能参加玄大两次盛会，感到无比的荣幸。玄奘校园比去年更加绿化美化，教学设备更加充实，师资阵容更加坚强，创办人、校长与全体教职员的努力奉献，令人钦佩。三藏法师是中印交流的象征，对中国有很大的贡献，是全体中国人的骄傲，因此迎请舍利供奉在玄奘大学有深远的意义，并对两岸交流有很大的帮助，为双方打开善意的互动大门。

奉赠典礼结束后，舍利自礼堂至三藏法师纪念堂之间的路段，由长老法师一一排列，依序将舍利传递至纪念堂，在戒定真香的梵乐声中，每位法师以无比的虔诚传送舍利，所有的居士也排列在两侧护送。最后，在纪念堂中举行“奉安典礼”。

当天下午3时，在国际会议厅举办两岸佛学交流座谈，由三位教授发表“玄奘学”等论文，论文发表完后，舍利护送团的成员纷纷发言肯定玄奘大学以三藏法师坚毅弘法的精神，创办教育事业的用心，对三位教授发表的论文内容表示肯定。

据一位参加此次赴大陆的恭迎团的法师表示，9月29日上午在南京灵谷寺举行的交接大典，大雄宝殿内正在进行洗净仪式，寺外竟也飘下细雨，有如龙天护法也莅临护持，为大会洗净。当典礼结束时，天气转为一片晴朗，可说是佛光普照，圆满殊胜，令所有参加者法喜充满，真正感受到佛经所云的不可思议。参加此次恭迎舍利的盛会实属百千万劫难遭遇。另在三藏法师纪念堂侧另立了“奉迎三藏法师纪念碑”作永久性纪念标志。

1998年稿

玄奘舍利再牵两岸情

初秋的南京，天高云淡，清风送爽，1998 年国庆前夕，位于南京市东郊崇林深处的灵谷寺一改往常清静庄严之氛围，游人如织，袈裟习习，海峡两岸佛教高僧大德、诸山长老、四众弟子 600 余人云集于此，隆重举行唐代高僧玄奘顶骨舍利迎送法会。海峡两岸佛教界睽违半个世纪以来联手共举此事，得到海内外、佛教内外大众的一致关注和嘉赞。有关玄奘舍利的千古之谜、今欲迎送何方净土以及奔走督成此事者了中法师乃何方僧侣，成为人们津津乐道的话题。

千古之谜终得解

一部《西游记》，使唐僧成为妇孺皆知的人物。小说中的唐僧虔信佛教，立志往西天取经，恪遵佛家“慈悲”之说，迂拘软弱，不明事理，易受愚弄，历经劫难，方完成取经事业。

小说中的唐僧即以唐代一代高僧玄奘法师为原型而创造的，玄奘法师俗姓陈，本名祎。河南洛州缑氏（今河南省偃师县）人。生于隋文帝开皇二十年(600)。少时家寒，随兄住洛阳净土寺，13 岁落发染衣。他聪慧好学，有感于佛教虽已流行，而经多梵语，未尽翻译之美，于是毅然西行万里求师，越 18 年之久，由印度返长安，专事译经，译出经论 75 部，并创立了中国佛教宗派之一的“唯识宗”，对中国的佛教文化有着极其杰出的贡献。

玄奘法师圆寂于公元 664 年，最初下葬于陕西白鹿原。公元 669 年，西安兴教寺专建玄奘法师塔供奉其舍利及所译佛经。

所谓“舍利”是梵文 Sarira 的音译之略，意思是“身骨”、“遗骨”。《法苑珠林》说舍利有三种：一为骨舍利，其色白；一为发（头发）舍利，其色黑；一为肉舍利，其色赤。相传佛祖释迦牟尼大葬后，有八国国王分取其舍利建塔供奉，尔后此风在佛界风行不衰。不管是佛教徒还是世人心目中，舍利都是无比尊贵的佛教圣物，尽善供奉，一则以全“尽孝报恩”之礼，一则假之时日俟其开光，或以祈风调雨顺天下太平；或得其玄机成就大功大德。我国陕西省扶风县法门寺（古称阿育王寺）即以塔中藏有佛祖的手指骨一节而著称于世。我们在丛林寺庙中所见到的佛塔，即是当初为供奉佛、菩萨及祖师舍利、法器或经书所建筑的。

明代，在南京城南大报恩寺内，出现了葬有玄奘骨发的“三藏塔”，让人颇为迷惑，因为玄奘圆寂于长安，舍利何以到了南京，且史无所考，所以留下一段“公案”。直到本世纪 40 年代初，深埋在报恩寺三藏塔下的一方石函出土，石函两侧镌刻的葬志记叙了玄奘遗骨于宋端拱元年(998)迎请到宁的经过，方解开了千古之谜。

然而，围绕石函的出土，曾上演过惊世骇人的一幕。

玄奘舍利今何在

1937年12月南京沦陷，侵华日军高森部队占领了城南的金陵机器制造局(即晨光机器厂的前身)。据该厂退休老工人唐明基回忆，1942年11月初的一天，日本兵领着中国工人去三藏殿后的小山头平整土地，说是造神社。10点钟时，工人们扒开一个洞，内有一个石函，两面刻着字，周围散布着古钱，于是纷纷把这些东西藏起来。几分钟后，一些日本兵赶来，把工人团团围住。大家见势不妙，把到手的东西赶紧往草丛里藏，唐明基也将拾得的一尊小金佛像慌忙扔掉。鬼子把这一带全部封锁起来，对工人进行搜身，又梳篦似地把草皮扒个干干净净，随后拉起铁丝网戒严。

日军连夜发掘，并严密封锁消息，直至三个月后即1943年2月3日才披露于汪伪的《民国日报》。

同年2月23日，日军因舆论所迫，将出土文物移交当时汪伪政府，由时任外交部长褚民谊接收。移交的文物中有顶骨(约二寸宽、四寸长)，金质佛像一座，纳骨小龛及银、锡制箱、石龛，黄铜佛器、磁器，玉饰珠宝古钱等，分装于10个盒子，后陈列在文管会内二楼。日伪文物保管委员会谷田阅次写出“发掘研究报告”。

日军为了掩盖盗窃玄奘顶骨的丑行，并利用玄奘的影响来捞取资本，遂决定将顶骨及石函重新安葬。初定于南门外的普德寺，后改在玄武湖边的九华山，仿西安的兴教寺玄奘塔形式，建五层楼阁式砖塔。日本军国主义分子重光葵与大汉奸褚民谊为此联名“募捐”，招摇惑众。

1944年10月10日，九华山三藏塔竣工之时，日伪还大张旗鼓地进行了玄奘顶骨的“奉安典礼”。原计划将“奉迎”和“落成”分两次进行，因“征集”附葬纪念文物无几，塔基平台未砌铺，遂在“双十节”合并举行。当时仅将顶骨（一小部分）葬于塔底穴中，其他文物至今不知所终。日伪还就玄奘法师顶骨发掘、改葬编了一本“纪念”集。

而实际上，日军在移交前已劫走了其中的重要文物。1943年12月28日汪伪窃分玄奘大师顶骨，只是其中部分。这部分由大汉奸褚民谊打碎后瓜分，分为六份。据查考，解放后留在国内的顶骨除南京九华山塔所葬一份外，还有北京广济寺、天津大悲院、成都静慈寺、南京博物院各一份。西安兴教寺的一份是在中日邦交正常化后日本送还的。保存在天津的一份于1957年由达赖喇嘛代表我国政府赠给印度政府，安放在玄奘当年留学讲经的那烂陀寺的纪念堂中。南京博物馆的一份由市文管会金琦同志发现后，交给毗卢寺，后放于栖霞寺。1973年，灵谷寺修复开放时，移入该寺的玄奘法师纪念堂，存放在由北京佛教协会赠送的十三层密檐木塔中。日军盗走的一份则藏于日本琦玉县慈恩院。

了中不了家乡情

与基督教、伊斯兰教并称为世界三大宗教的佛教创立于古印度。东汉传入中国，时值三国鼎立，晋室南迁，五代迭起，南北分立，三五百年间，干戈不绝，民不聊生，为精神之需求，佛教因之兴盛，并流传至今。

海陵作为江左重郡，亦受此风浸染，历朝历代建寺树塔，寺庙遍及十里方圆，昔有“九大丛林”、“二十四庙”、“三十六庵”之说。

了中法师泰州海陵塘湾人，于 1932 年 10 月出生，俗姓周，本名志强。幼年于泰州南门外的净因寺剃度出家。尔后受戒于南京古林寺。先后参学于泰州光孝佛学院、南京栖霞佛学院、上海静安佛学院，后在台湾汐止弥勒内院亲近一代高僧慈航老法师，博学群经，多所通达。继而东渡扶桑，在东京立正大学兼修文学，获文学硕士学位，并修完博士课程，因其博学多识，励行甚峻，渐在佛学界脱颖而出。先后被荐任为台北华严莲社住持、台北首刹善导寺住持、台湾佛教会秘书长、世界佛教僧伽会秘书长、台湾玄奘大学创办执行人。

由于历史的原因，台湾与大陆分隔已有半个世纪之久，但同根同种的血脉是割不掉的。中国共产党十一届三中全会之后，邓小平同志又灵活性地提出“一国两制”的统一政策，“汪辜会谈”虽时断时续，但毕竟表明了坚冰已化之春意。尤其是两岸经济文化交流日趋频繁，无不牵动着海外人们的向归之心。

了中法师虽是出家之人，但家乡情却是绵绵不断，1988年后，他曾多次专程返乡探亲，参拜礼祖。

历经1600多年烟雨风尘的泰州古光孝寺，是一座遐迩闻名的江淮古刹，素以历史久远、殿宇辉煌、佛塑精工、名僧辈出、文物珍贵而扬名海内外。据了解，大江南北众多寺庙的方丈住持，与光孝寺有因缘的就十有八九。目前居海外的成一、了中、自立与该寺更有着深厚的渊源关系。

民国时期，国家多故，地方不靖，光孝寺渐趋颓败。解放后，该寺主要建筑均被拆除。十一届三中全会以后，党的宗教政策逐步得到落实。光孝寺建筑修葺一一实施到位。了中法师为祖庭的恢复更是不遗余力，会同成一、妙然法师奔走相告于海内外，募集资金以表寸心。又专筹巨款从缅甸请回羊脂白玉雕塑的释迦牟尼佛像一尊。像高1.9米，净重1.7吨，泰州寺庙供奉如此大玉佛，自古以来，此为首尊，可谓给光孝寺增添了光彩与荣耀。此玉佛端坐莲台，慈容慧目，目前供奉在光孝寺藏经楼内。

分供台湾传佳话

了中法师作为一方高僧，多年来不但精进行道，弘扬佛法，更以精诚不舍的精神致力于佛教办大学而有口皆碑。

近年由了中力主创办、台湾省内外佛教同道捐资筹建的一所综合性大学以玄奘命名，明白无疑表示了对玄奘大师的敬慕之心。该大学经几年发展，已拥有企业管理学系、大众传播系、法律系等15个专业学系及中国语文研究所、宗教研究所等，颇具规模。创办学校初期，了中法师就曾萌生迎奉玄奘舍利入校以求名副其实的心愿。1988年他曾苦心周旋，从斯里兰卡迎回了一颗佛陀舍利供奉在台北善导寺。近年来，了中更是频繁往来于北京、南京、台北等地，奔走游说，得到海峡两岸佛教界人士的支持。

全国政协副主席、中国佛教协会会长赵朴初居士对分供舍利之事表示：时值新旧世纪之交，又是纪念中国佛教二千年之际，佛教人士理应以玄奘大师不畏艰难险阻的精神，振兴佛教事业。分供舍利，共同努力增进两岸佛教文化交流，乃属阿弥陀佛的善举。

1998年6月12日，经国家宗教局和中国佛教协会批准，同意从南京灵谷寺珍藏供奉的玄奘顶骨舍利中请出一粒，分供台湾玄奘大学。

8月23日，“玄奘法师顶骨舍利分供法会”在南京举行，由中国佛协副会长、江苏省佛协会长茗山法师和南京市佛协代会长真慈法师共同打开内盛玄奘大师顶骨舍利的密封真空玻璃器皿，从中取出1粒。经检测，这粒顶骨舍利重2.8863克，高1.42厘米，宽1.79厘米，厚2.82厘米。舍利取出后被安置在一红木宝鼎中，然后又放入由了中法师精心制作的38厘米高的舍利塔，最后舍利塔被放入锦盒，又当场贴上茗山法师亲笔书写并盖上南京灵谷寺大印和茗山私章的封条。

现这枚舍利已于近日由专机护送赴台。当载有恭迎团与护送团僧众的专机到达桃园机场时，台湾机场上一片欢腾，万人合十。台湾党政要员、玄奘大学护持委员及由台湾省著名演员王德志等扮演的“西游记”中的孙悟空、猪八戒、沙悟净等角色在机场，迎接了“玄奘大师”的舍利。次日在新竹市玄奘大学校园内又举行了十分隆重的“玄奘顶骨舍利奉赠大典”。这枚舍利最终被安放在台湾玄奘大学的“三藏法师纪念堂”内。另立“奉迎三藏法师纪念碑”作为永久性纪念标志立于堂侧。

《海潮音》与光孝寺

现由台北首刹善导寺财团法人董事长妙然法师担任发行人，世界佛教僧伽会秘书长、善导寺住持了中法师担任杂志社社长的《海潮音》佛教刊物，可算是当今海内外佛教界颇负盛名的佛教刊物。它也是近代我国民间发行较早的杂志之一。笔者最近偶阅资料，加之接触了一些友人，悉知《海潮音》月刊杂志与泰州光孝寺有着一段较深的因缘。

本世纪20年代初，佛教界为弘扬佛法，传播民族文化，率先在当时国民革命运动中心的武昌创办了佛教杂志。起初，被称为近代佛教救星的太虚大师在公元1917年应邀赴台湾弘法，并游历了日本各地考察佛教，在公元1918年与陈元白、章太炎等在上海创设了觉社，并主编《觉社丛刊》（季刊），在出至第五期后改为《海潮音》（月刊），意思是取“人海思潮中的觉者”之意。《海潮音》编发之初，常常为筹集办刊资金而感到为难，是泰州光孝寺常常给以资助，扶持刊物出版发行。

泰州光孝寺是创建于东晋义熙年间的古刹，被尊为“苏北唯一之律宗丛林”，寺内占地四十余亩，古树苍劲参天，松竹梅景别致，建筑雄伟而幽古深厚。还有林园、竹园、土山、凉亭、菜园等围绕其间。虽在城市而有乡村之美，虽处平地而有山林之乐，是观光的最佳胜地。该寺当时住持常惺大法师，亦是国内颇负盛名的学者，曾任闽南佛学院院长、中国佛教会秘书长。在泰州，他主持创办了觉海学院，并请来佛学研究先辈太虚大师来泰州讲学。那时，文风很深的泰州，人们每日踊跃去光孝寺听经，因之，泰州城向来鄙视僧侣、轻蔑佛教的风气渐改。一些名流士绅学人都成为太虚大师的皈依弟子。《海潮音》杂志，于1924年迁来泰州编印，由当时泰州富豪王诚普居士出面牵头解囊相助，编发杂志。由此，《海潮音》与光孝寺因缘更深，影响更大，佛教界人士纷纷来泰州。那时候，光孝寺中礼教甚隆，各界英耆、诸山长老常常一堂宴叙。一些著名法师还争着来光孝寺闭关攻读。《海潮音》杂志在泰州编发了3年有余，共编发了28期，后来又先后移居上海、南京等地编发。至今几十年间，《海潮音》已在海内外颇具影响，虽杂志编发易人多次，但都与泰州光孝寺因缘未断。如今杂志社的发行人妙然法师、杂志社社长了中法师皆是原光孝寺弟子。

1989年稿

肇源和尚与光孝寺

近年来，随着海峡两岸之间的交往，素称江淮名刹的古光孝寺逐日热闹起来，一批接着一批的从台湾、香港、新加坡、菲律宾等国家和地区来的高僧与佛教信徒纷纷到泰州光孝祖庭，发心修复这千年古刹，而这些海外光孝弟子虔诚顶礼、倍加敬崇的是九十一岁高龄的现任光孝寺住持的肇源和尚。在当今佛教界九十多岁的高僧应该说是非常少了。加之年已九秩，而又弘化一方，可能是硕果仅存了。原来这位老和尚还是光孝寺的新住持。其实他出家七、八十年间，总与光孝寺有一番因缘。

肇源和尚号玉奇，俗姓杨，本是安徽无为县人士，他童真入道，并多处求学，于 1919 年在镇江焦山定慧寺受具足戒，正巧与曾三度出任台湾佛教会秘书长的南亭法师为戒兄弟，后来他们又双双在上海华严学院深造。20 年代末曾任当时中国佛教会秘书长的一代高僧常惺大法师被派遣至泰州任光孝寺住持。他在泰州创办了光孝佛学研究社，先后请来了南亭和肇源，从此肇源和尚就在泰州扎下了根。不久南亭法师继常惺任光孝寺住持、泰州佛教会主席。常惺法师推荐肇源和尚至泰州另一大丛林北山开化禅寺任住持。尽管光孝寺是泰州九大丛林之首,但与肇源和尚掌管的北山寺却往来甚密。数年后肇源和尚退居,南亭法师又邀他来光孝佛学研究社任监学。肇源和尚豁达大度,慨然应邀,培养多方才俊。1949 年前后,一批法师纷纷出外,而肇源和尚辗转于泰州光孝寺、北山寺等丛林之间。

光孝寺是建于东晋义熙年间的一代名刹,全寺占地四十余亩,规模宏大,气势雄伟,是苏北的名胜之一,并有“梵宫化雨”之称。光孝寺历史悠久,代出名僧,如始建光孝寺的东晋觉禅、中兴光孝寺祖庭的南宋德范,与深得泰州才子储巏赞誉的明代达本、改光孝禅宗为律宗的清代性慧以及清末民国初年首创泰州佛教团体组织的谷鸣。近代玉成、常惺、南亭等大法师均是一代高僧大德,目前众多的光孝寺弟子遍及大江南北,以及香港、台湾、美国、日本、菲律宾、新加坡等国家和地区,多半成为一方化主。仅在台湾 1949 年以后至目前历任台湾佛教会秘书长的多与泰州光孝寺具有这样和那样的因缘。

光孝寺收藏的珍宝也比较多,如元代宫廷画家王振鹏的《历代贤妃图》、明代董其昌手书的《心经》和《金刚经》;江南四大才子之一的祝枝山的长卷草书竟有八丈之多;清初八大山人墨笔画鸟册页;清乾隆版的 7186 卷的大藏经完整无缺。这些文物都是传世珍品,堪称镇山之宝。

古光孝寺由于诸多原因,大部分殿宇都已陆续被毁,

1983 年庄严道场再又恢复，钟鼓重新齐鸣，肇源和尚又一次来到海陵光孝寺并出任住持。尽管他年事已高，但是他壮心不已，老而弥坚，亲自出任由海内外僧徒一百余人参加的泰州光孝寺修复委员会主任委员，积极与海内外光孝寺弟子联系，为振兴光孝寺而尽心尽力。凡光孝寺的重大佛事活动，他都亲自登场。肇源和尚还担任泰州佛教协会会长、市政协委员、泰州海外联谊会理事，众多的社会活动他都乐意参加。他曾说："这都是为了光孝寺。"他为人朴实纯真，思维敏捷，海外一批批僧侣回寺礼拜他都亲自接待，向他们宣传共产党的宗教政策，并动员海外弟子为修复光孝寺而出力，有时还即兴赋上几句小诗以表心意。一次，现任世界佛教僧伽会秘书长、台北首刹善导寺住持、原光孝寺弟子了中法师回乡拜祖，肇源和尚宴请招待，席中兴致来时与了中法师对起诗来，了中法师吟到："四十余年未返乡，日夜思念未曾忘，今见乡亲诸父老，敬祝肇公法体康。"只见肇源和尚略思片刻随即高声诵到："长空万里日光辉，强颜含泪送君归，一路平安登彼岸，佳音早至慰心扉。"

1989 年稿

怀念妙然法师

2001年6月2日是妙然法师示寂四周年的纪念日。尽管时光已过去四个年头，岁月尽管不停的流转，但不知怎的，在我心目之中，冥冥之间总觉得好像妙然法师未曾西去。不管是看到他老的相片或者浏览到他老的著作以及读到别人写到有关于他老的文章，还总是有那么一股清新的感觉，绝没有那凡夫俗子间一个人不管是何种原因的亡故随着时间的推移而忘却的意味。的确，妙然法师在我的直觉之中，他是一位著名大法师，是中国佛教界的一位栋梁人物。而更觉得他那为人的质朴、坦诚，一种威严的人格力量至今还在感召着我。

我第一次与妙然法师的接触是在1988年的秋天。由于工作的关系，能有机缘亲近到他这位当代高僧。那次他老与成一长老以及台北善导寺的殷啸秋居士夫妇等一行四人，在台湾开放大陆探亲后第一次回到祖庭泰州光孝寺。

听说妙然法师在台湾多年，平时不应酬，不交际，又不愿意上台面，与一些生疏的人不苟言谈。对于此，我心里还在盘算如何工作。哪知，记得刚见到他老人家时，我感觉到还是比较拘谨的时候，他老人家直呼我“观澜先生”、“观澜站长”（按：因当时笔者任泰州市人民政府台胞接待站站长一职），并对我说：“我们在台北就知道你啦！大家都说你很能干的。”老法师的一席话，直把我说得心里头暖乎乎的，也一下子拉近了我与老法师之间的距离。

老法师字悟玄，号妙然，光孝法派名瑞清，笔名华严关主，是江苏泰州人。俗家姓孙，系耕读传家，为地方望族。他的祖父扣山公饱读诗书，为私塾主讲，尊翁明祥德配张氏亦为地方名门。妙然法师的二舅父亦出尘高士，法号大乘。法师十岁，随母至觉海寺，探望其舅父。礼佛后，即善根萌发，不肯回家。其舅父大乘上人，念其佛性显发乃为之剃度。披剃出家后，继续上学，又一面学习课诵经文。后来又随其表兄成一法师就读于泰州光孝寺佛学院，亲炙于智光长老、南亭院长。几年间，慧学大进。

1941 年秋，妙然法师往镇江金山江天禅寺，参究向上一著。年余有省，应上海名刹静安寺聘请任佛学院教务兼副寺，协助同学德悟和尚（现为上海静安寺都监）展开弘法、教育工作。三年间，成绩卓著。抗日战争胜利后应光孝寺佛学院院长南亭老和尚的召回，回母校，任教职。1947 年春与同学广静、昌言二师，俱蒙光孝寺住持沛霖和尚授予菩提之记。当时在泰州奉命发展义务教育，创办了光孝佛化小学，自任校长，嘉惠贫民子弟，村民感德至深。后来应上海再次邀请，出任上海静安寺监院仍兼教务。

1949年以后，妙然法师去了台湾，开始时得到南亭长老的相助受聘为台北新北投居士林住持，并供养了镇江焦山的智光、常州天宁的证莲及镇江金山的太沧三位大陆赴台的德高望重的长老，为宝岛台湾得以脱离日式遗制，重回了祖国传统而作出了杰出贡献。

1955年，妙然法师发心掩关精研华严。将其阅藏心得，以华严关主笔名，向各大报投稿，弘扬正法。曾以《禅史、禅学与参禅》一文，平息《坛经》作者之争议，名震士林。

1958年，妙然法师三年掩关圆满，出关弘法，与广慈、悟一、星云、演培、成一等当代诸位大法师，共同创刊《今日佛教》杂志，为复兴中国佛教而宣传。未几，演培法师接任台北首刹善导寺住持，妙然出任监院。1972年，妙然法师受聘兼任智光商工职校副校长。1976年接办《海潮音》杂志，自任发行人。1986年后智光商工职校由机工、电子及商科，增设电脑、控制、美工、餐饮处理等。由原来之三科，成为八科；学生人数，亦由三千余增至六千余。尤其在聘得张南山先生出任校长后，更扩建校门为九层大楼。增设了多间电脑教室、校史馆、会议室、语言教室、视听教室、老师办公室、实习工场、运动场、中央冷气系统，遍植菩提树等。智光优良校园文化之形成，皆与妙然法师的辛勤督导有关。而全校三百余位教职员工，在其道德感化下，使教学成绩臻于上乘。故每年校际竞技，学生品学，皆名列前茅，嘉誉满学林。1992年智光董事长改选，妙然法师当选为副董事长。

1978年，台北首刹善导寺改选，妙然法师当选为第七届董事长。他兴建慈恩大楼，设图书馆、艺文馆等。收集佛教文物、字画，长期供人欣赏、展览、阅读，使寺院成为宗教学术文物陈列园区，别具风格。更就寺中设置奖助学金，奖励社会青年完成学业报效祖国。不定期举办社会救济慈善工作，使佛陀慈光，照遍社会的一些苦难之处，充分发挥佛教慈悲救世精神。

妙然法师以经学禅修之湛深修养工夫自持，不谋私人生活享受，不争逐于名利场所。只一本学道、修道、弘道之初衷，孜孜于弘法利生、教学济世之志业。其生平著作传世者有：《碧云集》、《民国佛教大事纪年》、《佛教名山名寺名联辑》等。

妙然法师自台湾开放探亲后第一次回到泰州时，我作为全程陪同，只觉得他一切都感到新鲜。他与成一长老在光孝寺祖堂非常虔诚地燃起一柱香，三拜九叩，叩拜诸位祖师，只想早日完成师祖的遗愿，为复兴这祖庭而尽心尽力。当他看到光孝寺的碧云丈室、小休楼还在，欣慰地说到："真没有想到，真没有想到……"

次日，我陪同他老和成一长老来到泰州的人民公园参观。看到露天音乐台的白矾石，那白矾石上雕纹刻镂，颇具匠心。他老对笔者说道这音乐台上的石头倒像是我们光孝寺戒台殿上所用的石料。我随即询问公园陪同的领导。得知，确实如此，此音乐台的石料是在1951年光孝寺拆除千华戒台时留下的，当时还是泰州建筑公司的工匠为使这一块文化遗产不至于失落而建议移至当时的泰山公园改作露天音乐台使用的。只有这样才能保留至今，这一段历史还鲜为人知。的确，笔者早年曾在泰山公园一墙之隔的泰州中学读书，这音乐台也是常常游玩之地。“文化大革命”的动乱中，尽管近在咫尺的岳庙毁于一旦，而这古光孝寺的象征千华戒台却有幸于一免，真谓大幸！大幸！随即妙然法师与成一长老向笔者建议，这样的文物瑰宝应早日完璧归赵，归还给光孝寺。我当即表态，一定向领导汇报，拆除音乐台把戒台归还于光孝寺。后来市领导很快采纳了妙然法师与成一长老的意见，拆除了音乐台。雕塑名家吴广裕摹唐吴道子丹青绘成的戒台石已归还给了光孝寺，为修复戒台殿而备用。

1989 年，夏秋之交的日子，妙然法师只身一人来到泰州。他这一次来，孤身一人就住在光孝寺内。说实话，当时光孝寺能够住宿的条件非常差，没有空调，没有独立的卫生间。但妙然法师却很乐意，他一人在寺内，尽管条件差，却回味着当年在光孝寺的情景。他不时地找光孝寺的僧侣谈天，要他们坚定修复古光孝寺的信心。

在泰州我还陪同他参观北山寺、南山寺以及泰山公园内的岳王庙。从泰山公园的岳王庙下山经过烈士祠，看到烈士陵园管理处办公室内的天井里放着一柱铜钟，他随即掏出老光眼睛仔细端详着眼前这一座南唐古钟，并确认这古钟原来在城中钟楼巷内的钟楼上的，俗称为

“飞来钟”。后来并如数家珍地向笔者介绍了这古铜钟的故事传说，还能准确地介绍了此钟的腰围、高度、重量。我还真佩服妙然法师，离开泰州已四十余年，但是泰州的文物却能了如指掌。这种执著的家乡情感，真是感人。

妙然法师向我介绍古铜钟后，话题突然一转，问笔者，这古铜钟应属于佛教文化的内容，能否将古铜钟移至修复中的古光孝寺，让光孝寺增加一些文化内涵。我立即回答：“老法师提得对，我一定会转达老法师的意见。”后来我把此事向分管的领导进行汇报，很快就得到采纳。时过不多日，这“南唐古飞来钟”就移至光孝寺，妙然法师并布施了一部分钱由着光孝寺盖钟楼所用。多年以来，妙然法师确实如此，对祖国灿烂的文化酷爱至深，特别是对文物情有独钟。他喜爱收藏古董字画，在台北的善导寺和智光商工职校各建了一个文物馆，每有一件新东西就会展示给同仁们观赏，详说来龙去脉。凡是参观过文物馆和艺文馆的人，无不称扬赞叹。

1949 年他去台湾前，曾受南亭老和尚的嘱托把光孝寺的一批镇山之宝存至上海的中国银行的金库。台湾开放探亲以后，他老与成一长老以及了中法师通力合作，将这批国宝完璧归赵交还给祖庭光孝寺，在海峡两岸传为佳话。

与妙然法师交往几年之中，有时陪他在泰州或有时陪他赴外地。在亲近之中，他老也时常教导我们要多学习，还常常向我介绍我所熟悉的大德法师的闪光事迹。

在他老的言谈中，其他人都是好样的，这让我悟出了妙然法师的高尚所在。通过妙然法师讲话中带有嘶哑的声音，知道他患有喉头肿瘤。但作为从医的笔者在与他的接触之中，也根本从未想过，这会因此夺走老法师的生命。但是事与愿违，妙然法师却因此疾患而安详示寂。花开花谢、日升日落、潮来潮去是不容置疑的，妙然法师的确是西去了。

妙然法师圆寂在台湾，奉安竟有千余人参加怀思，可见其影响之深。师父了中大和尚说道："妙然老和尚一生热心教育事业，在教育工作上树立了很多典范，值得后人永垂纪念。"他并代表台北善导寺董事会为纪念妙然一生的办学功德捐赠台币五千万元给玄奘大学建校之用。玄奘大学将以老和尚德号"妙然"命名系馆大楼，并勒石纪念。

智光商工职校的人们都在感念校园中的黄衫人。而妙然法师最在乎的就是智光，为了智光他可以牺牲一切，甚至把退休金也捐出当奖金。学校为了纪念他，决定将标志性建筑"电脑大楼"改名为"妙然法师纪念大楼"，让以后的莘莘学子永远能受到他的庇荫。

海内外四众弟子对妙然法师的无比尊重，对他的无限怀思，可见妙然法师对佛教影响之深。诚如高僧传所言：实行潜光，高而不名。妙然法师真现代高僧也。

泰州光孝律宗寻考

泰州光孝寺是东晋义熙年间所创建的一所名刹。启用“光孝”二字系南宋绍兴八年高宗为徽宗设道场，敕当时国内近百所名刹改名光孝，沿用此名至今的。泰州光孝寺原为禅宗，后改为律宗，缘由唐宋以来，我国佛教受历史环境影响，形成禅宗一家独盛局面，直至清朝年间，佛教各宗派稍有发展，清乾隆九年(1744)泰州光孝寺遂由性慧从句容宝华山隆昌寺“分灯”至泰州光孝寺，改禅宗为律宗。这样性慧称为泰州光孝律寺的开山之祖。

泰州光孝由禅改律，自性慧为一世祖，后经圆能、明慈、定莲三代相继努力，至乾隆四十年前后修建香雨楼、左右长廊、观音殿、地藏殿、韦驮殿、天王殿、山门殿、方丈前后楼、斋堂、祖堂、祝禧厅(专供地方官祝禧用)。又建了千华戒坛，高十级，周长七丈八尺，由白矾石砌成。戒坛壁上绘有观音像，据说为吴塑工摹唐吴道子的丹青绘成。江苏境内此种石戒坛仅宝华山隆昌寺、南京古林寺、扬州万寿寺与泰州光孝寺各有一座，30 年代初，现光孝寺住持禅耕大和尚就在此戒台上受的戒。当时光孝由禅改律后规模极盛，范围达 40 余亩，僧人千人之上，成为泰州九大丛林之首。后来又经过几代人努力，泰州光孝寺又以培养世出世学、兼学并优的杰出人才而高僧辈出，真正成为江淮名刹。据民国初年，杨仁山所著《江苏名山方丈录》云："名山方丈，泰籍者占十之七八。"

应该说，泰州光孝的极盛局面是由改禅为律而来，自然人们对光孝律宗的开山之祖性慧就倍加崇拜，由祖师达摩变为律宗之祖道宣。而宝华山是佛教律宗第一山，泰州光孝与之又有因缘。寻考性慧大师自宝华而来，可惜当今性慧资料难以寻及，但性慧的祖师资料而有一二。

性慧的师父法名福聚，字文海，俗姓骆，是宝华山之七世祖。他曾被雍正皇帝请到北京开过三坛大戒，并被封为"国师"。福聚在京居住在法源寺，故又成了该寺的第一代律祖。

福聚的祖师乃宝华山一世祖寂光和尚。寂光，字三昧，俗姓钱，江苏瓜洲人。他曾云游至南京灵谷寺、杭州灵隐寺及江汉流域的部分大梵传戒阐律，使律宗得到了较大的发展。1638 年，宝华山的僧人无力回天，至使"金殿草深"，不得不再三恳求三昧律师前来重兴。三昧进山后，以其名望和魄力，使宝华山初具了"律宗第一山"的规模。

崇祯皇帝曾封三昧为"国师"，但三昧辞谢未允。他曾在南京报国寺内首开皇坛，宣讲佛法，崇祯专门敕令文武群臣迎他登坛讲经。其时"法筵之盛，古所未有也"。

三昧的师父法名古心，一名如馨。他是溧水人，曾修行于南京栖霞寺，得法后前往五台山云游，寺中僧众闻讯后直至中途来接他，并“礼供上座”。明万历年间，陈太后敕制了2500套僧人的衣钵，并赐古心律师在五台山说戒。古心德高望重，佛教界相传他是西方极乐世界玻璃尊者的化身。古心是律宗的第十代祖，由此推算，泰州光孝律寺的性慧乃律宗的二十一代祖。

大江南北的律寺，追根寻源，多与泰州光孝律寺“沾亲带故”。如常州天宁律寺，其祖师为三昧的徒弟；杭州昭庆寺，其祖师为三昧的徒孙……

1990年稿

记海安观音禅寺

海安观音禅寺，泰州东南乡之古佛刹。寺之历史，始创年代，无从稽考。清末民初间，住持僧某，不善经营，致使殿宇佛像残破不堪。地方绅领仰曲塘宏开寺玉成尊宿德望，礼请之出任住持，玉公感而勉应之。就任后，修葺殿宇，重装金身，寺貌一新，四众欢欣！玉公适任泰州僧正司期间，因平息清廷寺产兴学风潮，维护佛门香火，僧侣生计，培育僧才而公务繁忙，无暇常住，乃交其弟子道如和尚管理。道师秉承师志，悉心经营，弘法利生，寺务日进，并得高徒文心、智光二师，刻意栽培，道学深进。文师应聘任泰城开化禅寺方丈。智师应聘主镇江焦山定慧寺法席。文公得徒霭亭，住镇江竹林寺方丈。智公得徒南亭，住泰城光孝寺方丈。霭公得徒存远，主仪征宝光寺法席，南公得徒善远，主泰城觉正寺法席，存公得徒自一、守一二师，自师住持南京栖霞山及普德二寺，守师住持宜兴澄光寺。善公得徒成一、果一二师，果师曾主泰城雨声寺法席。

成一法师号觉因，生于1914年2月28日，本县人氏，俗姓王，名汝康，字闻虚，号瑞定，别号寿民。15岁因病感悟人生多苦，于本寺随善远和尚出家。三年后入泰州光孝佛学院就学。1940 年受具足戒于律宗第一山的宝华山妙柔和尚。1942 年考取上海中医学院。毕业后，于上海玉佛寺创办佛教施诊所，以医术济世。后弘化台岛，成就杰出，国内外曾创修三处道场，领导宗教徒协会等三个人民团体。创办主编五种佛学、医学等刊物，创办佛学院、研究所，连任智光商工董事长。多次出席国际佛学、医学、哲学会议。倡立世界宗教徒协会。荣获美国东方大学名誉哲学博士学位。有佛学、医学著作 10 多种传世。作为泰州光孝律寺第十七代传人，自 1989 年至 1996 年间为完成先师祖南公遗志，结合台北华严莲社、侨爱佛堂、美国华严莲社之力量将祖庭泰州光孝律寺修复完工。

1990 年，成一和尚荣返故里，为报佛祖恩，思念祖庭。作为观音禅寺玉成老和尚座下六代人中，多数成就不凡，龙象满门，在中国近代佛教史上有其浓浓一笔。成一和尚为纪念先贤，成立奖学金会，创办正兴幼儿园，命名玉成楼，投资船机厂。继而捐资复建祖庭观音禅寺。

观音禅寺于营溪孙庄海王大道旁，占地 15 亩，1995 年 10 月 7 日至 1997 年 10 月 25 日按原有格局复建而成。整体建筑为三进两厢，以山门殿、观音殿、三宝佛殿居中，右侧房为功德堂、客堂、僧寮六间。左侧与三宝殿平行有地藏殿。东厢房则住持室、祖堂、餐厅、厨房，依次排列。其余二期工程拟修建七层双塔、牌楼和山门殿至海王大道旁的图书室、阅览室、康乐室、流通处、餐饮部等，尽方便香客之设施也。观音禅寺的修复,不仅了却成一和尚的心愿,对推动海峡两岸文化交流,弘扬佛法,促进地方旅游事业发展,亦将产生积极影响。

泰州光孝寺与上海静安寺的渊源

前不久，收到上海静安寺妙如法师寄来的慧明大和尚为笔者所著《江淮名刹泰州光孝寺》题词："弘法道场"。慧明是上海静安寺实行十方丛林选贤制以来的第五任方丈，又是上海市佛教协会副会长、上海佛学院副教务长以及上海禅诗书画社社长。凝视着大师端庄秀润而又雄健挺拔的书体，不觉脑际渐渐浮现出泰州光孝寺与静安寺深厚渊源关系的一幕幕往事。

上海静安寺为蜚声中外的上海千年古刹之一，相传创建于三国吴赤乌(238—251)年间。它坐落在繁华的南京西路，寺前车水马龙，寺旁毗邻高楼大厦，现代文明与古老文化在此形成了强烈对照。然而这座名闻遐迩的千年古刹却与江苏腹地的泰州光孝寺有着深远的渊源。笔者曾碰到这么一件事，当我们来到上海静安寺山门前，只要通报一下来自于泰州，守门的几位老先生，根本不要你去购买香火券，就很热情地迎请你进入寺内，真有一种宾至如归的感觉。

据笔者查阅资料泰州光孝寺与上海静安寺渊源，要追溯到上个世纪初持松与常惺两位大德之间的关系。这两位法师在当代中国佛教界都是大师级的人物。持松法师是国际上久负盛名的高僧，为恢复和发展中华“密中坛”呕心沥血，德厚流光。他曾任上海静安寺住持。常惺法师担任中国佛教会秘书长，办理僧伽教育与从事学术研究，被称为近代仅次于太虚大师的人物，曾任泰州光孝寺住持。1914 年，华严学者月霞法师在上海哈同花园创办了华严大学。各省青年学僧闻风云集，纷纷投考这所大学。持松、常惺、智光、霭亭、戒尘、慈舟等都曾在这所学校就读过，后来都成为一方化主的高僧大德。而持松和常惺两位又相处甚契。持松来自于湖北，常惺来自于江苏，二人同一书桌，共用一只墨砚。毕业以后，常惺法师南下厦门创办“闽南佛学院”并办《佛化策进会》年刊。1925 年，持松法师学密后著有《贤密教衡》一稿，常惺借往赴闽南阅读，两年后才将稿奉还。并将此稿在《海潮音》杂志上发表。继而持松又写成《贤密教冲释感》在《海潮音》杂志上发表，两位大师在佛教学术上经常共同切磋，至今还传为美谈。抗日战争爆发后，中国佛教会理事长圆瑛法师，为了募集佛教战地救护队的经费而去南洋化缘，中国佛教会的会务工作，实际上由常惺主持。此时中国佛教会的办公地点就设在上海觉园。为了抗战需要，常惺训练僧侣救护队，办理收容所、佛教医院及佛教僧侣掩埋队，持松与常惺之间的关系自然就更加紧密了。

30 年代，常惺法师在泰州光孝寺创办了觉海学院（即后来的光孝佛学院），同样吸引了后来成为高僧大德的青年学僧前来就读。曾任过上海静安寺住持、现仍任静安寺都监的德悟大和尚就是光孝寺的学僧。他当时与成一、妙然等诸位大法师同窗，感情甚笃，对培育他的母校感恩不尽。1941 年当他主持上海静安寺并创办佛学院的时候，想到的是聘请光孝寺佛学院同窗妙然法师前来任佛学院教务兼副寺。后来他又邀请妙然法师任静安寺的监院。四十年代初，从泰州光孝寺到上海静安寺的僧人特别多，妙然法师曾任静安寺监院掌管寺务，后来成为光孝寺第十七代法系传人的守成长老在静安寺掌管了教务。光孝寺退居方丈南亭长老的侄儿传谛法师也在那儿担任副寺工作，守成法师任过教务。至于静安寺佛学院的学僧来自于泰州光孝寺的就更多了，如了中法师（现任世界佛教僧伽会会长、台北首刹善导寺住持、玄奘大学创办人）、自立法师（现任世界佛教僧伽会副会长、菲律宾隐秀寺住持）、贾劲松居士（曾任上海市佛教协会副会长、静安寺修复委员会主任）等等。

上海静安寺佛教学院创立时，太虚大师为首任院长，而太虚大师与泰州光孝寺的渊源又特别深厚。两位大师的相知以心，这在近代中国佛教史上是独一无二的。早在二十年代，常惺曾盛邀太虚大师来泰州光孝寺讲过《维摩经》，使苏北士女皈佛者极一时之盛。太虚大师创办的《海潮音》月刊杂志遇到经费困难，泰州王诚普、钱诚善二位居士则设法解决且接办持续三年之久。至此，泰州光孝寺与上海静安寺之间已不分彼此了。特别是 40 年代末期，静安寺佛教学院不管是教师还是学僧，使用的语言已是纯正的泰州方言了。

1949 年以后，妙然法师、白圣长老以及一批静安寺的学僧虽然去了台湾，但他们仍不遗余力地复兴祖国佛教，使宝岛台湾得以脱离多年的日本式遗制，让台湾佛教重新回到了祖国传统。他们当中有的后来又不断求学读书，或东渡扶桑或奔走于大洋彼岸，或走动于东南亚一带。在当今海外华人佛教中，他们多半是担当佛教重任和弘宗演教的时贤。

上海静安寺历经“文革”动乱，佛像、法器及其文物损失严重，1972 年大雄宝殿又遭火灾，1984 年，由于党和政府落实宗教政策，这座古刹方始修复开放。而担任上海静安寺修复委员会主任委员的贾劲松居士则是泰州人，他早年就在故乡泰州出家，后在静安寺佛教学院读书。在担任修复委员主任的同时，还担任静安寺寺务管理委员会主任和上海市佛教协会副会长。曾任过上海静安寺住持的德悟老和尚，当年也曾是泰州光孝寺学僧，现为静安寺都监。

1988 年以后，大陆与台湾之间开始开放交流，静安寺、光孝寺的海外弟子纷纷回乡拜祖，两寺之间的往来自然而然就更加密切。海外弟子归来，往往以静安寺为中转站，然后再赴苏北，组团直接来泰州光孝寺朝山的海内外弟子也常常是来泰州后再去静安寺。

光孝寺与静安寺之间，还有一段关于“宝物回家”的故事至今在海峡两岸传为美谈。事情是这样的:1948年,光孝寺退居方丈南亭老和尚将寺中的一批文物交给妙然带至上海。其中有八大山人多幅画页、《历代贤妃图》以及祝枝山草书长卷等。这批文物在光孝寺已珍藏数百年之久,非常珍贵。妙然法师当年将这批宝物以上海静安寺白圣长老的名义存至上海中国银行的金库。这批宝物历经动乱,幸有静安寺的大德们巧妙周旋才将其保存下来。1988年,同为泰州光孝寺第十七代传人的妙然、成一二位法师,遵照师公南亭老和尚的嘱托回到祖庭光孝寺,他们带着当年文物存放上海中国银行的字据以及开启保险箱的钥匙来到上海。按理说,这批文物历经四十年的时局变迁是难以回家的。但是,由于静安寺的大德们多方联系协调,特别是贾劲松居士,提供了第一手资料,终于促成了光孝寺这批价值连城的文物完璧归赵。

随着海峡两岸的开放,泰州光孝寺与上海静安寺之间,几乎成了江苏、上海与台湾、香港以至于有华人礼佛的各个国家联系的纽带和桥梁。并且,由于上海静安寺与泰州光孝寺的渊源关系,改革开放以来,只要泰州光孝寺有重大活动,必定有上海静安寺的同仁们在张罗帮忙,从策划安排到迎请接待以至于素斋的制作等,静安寺都是有一大批人在光孝寺操劳。每当此时,在光孝寺同样能品味到静安寺那选料精细、制作考究、清香适口的素斋。每逢中秋时节,静安寺的素月饼更成为光孝寺招待来客的佳品。

更让人难以忘怀的是前几年上海静安寺方丈真禅大和尚与泰州光孝寺原方丈禅耕大和尚两位法师之间的深情厚谊。真禅大和尚生于东台县安丰镇，安丰原属泰州，故真禅和尚习惯称自己为泰州人。而禅耕大和尚生于泰县大冯，两泰原是一家，故禅耕更是地道的泰州人。1933年，两位法师同时入镇江焦山定慧寺佛学院学习，情同手足。后来又同赴镇江竹林寺佛学院研习三藏，先后达六、七年之久。1939 年至 1942 年，禅耕在上海玉佛寺参禅，而真禅 1942 年入泰州光孝寺佛学院学习，亲近一代名僧南亭、苇宗两位大法师。1942 年以后禅耕回到泰州任北山开化禅寺监院，真禅被泰州籍名僧震华法师召赴上海玉佛寺，任上海佛学院训育主任，然而两位法师之间往来不断。真禅大和尚凡回俗家省亲，泰州必是停留之地，一是窗友聚会，二是回母校光孝寺看望。

随着岁月的流逝，两位法师之间的交往更加紧密。曾为上海静安寺和玉佛寺方丈的真禅大和尚既是全国政协委员、上海市政协常委，又是中国佛教协会副会长，虽身兼数职，工作繁忙，但对光孝寺的修复却关怀备至，还亲自担任光孝寺修复委员会名誉副主任委员。常惺法师忌辰五十周年时，他还专门写了《一代师表——纪念常惺法师忌辰》的纪念文章在海内外发表，表达了他曾亲炙左右的深切怀念之情，并盼望光孝寺能梵宇重光，碧云香雨再展辉煌。

1994 年 12 月 31 日，禅耕大和尚升座为泰州光孝寺方丈，真禅大和尚专程前来祝贺，并题贺联，联曰：“恒以大音宣正法，当念本愿度众生。”不仅充分体现了他同禅耕法师的深厚情谊，更深深表达了他弘扬佛法，服务现实人生的爱国主义精神。

如今，随着改革开放的深入发展，随着道路交通的更加便捷以及党和政府的宗教政策的进一步贯彻落实，泰州光孝寺同上海静安寺这两个千年古刹的联系与交流将更为密切，从而为弘扬和发展传统中国佛教文化谱写新的篇章。

真禅和尚与泰州光孝寺

1989年5月17日,真禅和尚用全国政协委员会专用信笺亲笔给泰州光孝寺已故住持禅耕法师写信,并寄上为笔者题款写的一条幅:“大愿悉成满,百福自庄严。”并请禅耕法师转交给我。我手捧这来之不易却非常珍贵的墨宝,深深地感到真禅大和尚是多么的慈悲。真禅和尚时任全国政协委员、中国佛教协会副会长、上海市政协常委、上海市佛教协会会长、上海佛学院院长、上海市玉佛寺、静安寺以及河南开封大相国寺的方丈住持,这么一位大法师又是这么一位大名人却与泰州与泰州光孝寺有着不解之缘。

真禅和尚,俗家姓王,名鹤树,民国5年(1916),岁次丙辰六月二十八日,出生于江苏省东台县安丰镇(旧时隶属泰州)。真禅的父亲王俊禄,母亲刘永贞,育有三子,鹤树最幼。王俊禄是个赤贫的佃农,家中贫无立锥之地,租赁人家一间破屋,佃种人家几亩田地。王俊禄于耕作之余,靠为人做点木工零活以贴补家用。

幼名王鹤树的真禅和尚,出生后赶上家乡连年灾荒,田里收成不够缴租,他母亲丢下自家的孩子到别人家做奶妈，小鹤树在家中以米汤度命。他二哥鹤才，早几年到寺庙中落发出家，法名心严。鹤树稍长，随着家人以糠菜度日，他六岁那一年，家乡洪水为灾，远近一片汪洋，一家人连糠菜都吃不到了。大水过后，鹤树的二哥心严回家探望，为了不忍心这个小弟弟在家中饿死，把他送到本镇的净土庵，求一位法名净修的老和尚收留下他。净修老和尚慈悲收下了求生的小鹤树，取法名真禅，字昌悟。在小庙里，净修和尚抚养、教育，真禅又苦心学习，一晃就是十年。

民国20年(1931)，真禅16岁，在他二哥心严和尚的安排下，到律宗第一名山南京宝华山隆昌寺受具足戒。受戒后的真禅就开始了他的几十年求学、弘法生涯，而在这几十年中，作为本邑出生的法师又与本邑称为首刹的泰州光孝寺，因缘不断。他与光孝寺近现代以来的高僧过从甚密，如常惺、肇源、南亭、成一、了中、禅耕之间或以师、或同窗、或同修，几十年往来不断。真禅和尚不管走到那儿都一直关注着家乡的首刹泰州光孝寺，都一直牵挂着有关泰州光孝寺的人和事。

真禅和尚在读书参学之旅途中，似乎与故乡泰州就特别有缘。一是亲近有“华严座主”之誉的应慈老法师。应慈法师是近代弘扬华严宗的主要代表人物，曾任中国佛教协会和上海市佛教协会名誉会长、中国佛学院副院长等职。应慈老法师与真禅和尚却又是同乡同里。二是在镇江焦山定慧寺佛学院、镇江竹林寺佛学院读书，这两个佛学院一是由智光老和尚创办,一是由靄亭老和尚创办。而创办的两位和尚又都是泰州人。三是1942年真禅和尚就直接在泰州光孝佛学院读书,亲近了一代名僧南亭、苇宗等大法师。四是真禅和尚早年应召到上海玉佛寺协助办理上海佛学院时遇到了震华法师。震华法师亦称为现代僧中素王,是近现代佛教复兴运动中,发扬中国佛教重史传统而成绩卓著的"史僧"。震华法师是江苏兴化人氏,兴化又属为泰州。笔者记得在1989年秋天间,陪同了中师父在静安寺与真禅和尚共进晚餐时,听真禅和尚这样说道:"我几十年在成长道路上蒙受的恩师指点以及在外弘法,都与家乡泰州有着这样或那样深切的因缘。"

真禅和尚与泰州光孝寺的因缘,还可以从有关他与光孝寺的文章或贺诗、挽幛中看出。1988年,泰州光孝寺为纪念一代名僧常惺法师示寂五十周年,专门向海内外诸山长老大德、十方缁素同仁征集纪念文章。真禅和尚第一位寄来了他所撰写的文章,后来这篇文章在《香港佛教》杂志上发表了,题目为《一代师表——纪念常惺法师忌辰》。文章情真意切,对常惺法师的缅怀,及对现在光孝寺的关注,都溢于言表。文章中这样说道:"当法师高建法幢于海陵,真禅亲炙左右,恭聆法要;其后两度请益于京口,理宜将法师德教轶事,昔时或得之于师友之传述,或为亲目所睹者,恭录于后,俾使后世有所矜式。"文章又说:"法师所卓锡之海陵胜刹光孝律寺,以法师之遗德，渐具中兴征兆；肇源法师年逾九旬，老而弥坚，行化一方，而常住法裔，尤能克承先志，大展宏猷，碧云香雨门庭，其将大乎？请拭目以俟。”真禅和尚在常惺法师圆寂五十周年还作了一首纪念诗，诗曰：“性海无缘起大慈，如来藏里示摩尼。可怜邪外无知识，辛苦吾师作护持。法驾遥临帝释迎，华台宝树甚分明。披衣升座威仪具，妙法难闻未可轻。苦劝诸方师子儿，立身行道在毗尼。如何轻弃如来服，报在泥犁定可知。法门领袖忆高贤，弹指流光五十年。上殿过堂亲作则，柏林遗事众犹传。”

真禅和尚对泰州光孝寺的肇源老和尚不管是升座还是圆寂，都写了对联或表示祝贺或表示哀悼，这在《真禅禅藻集》中还独立一章，可见真禅和尚对泰州光孝寺的情感。1985 年 9 月泰州光孝寺刚刚恢复，肇源老法师原是泰州北山开化禅寺的退居方丈，参加恢复古刹光孝，而真禅和尚则写了贺联：题为肇源老法师住持光孝寺。光属有缘，肇钟五秀；孝名为戒，源自千华。1990 年 2 月肇源老和尚圆寂，真禅专程吊唁，并书挽幛一副：题为悼念肇源老和尚。荒凉古寺，独力重兴，振千载宗风未坠。昔日旧观，指期可复，悲一生辛苦谁知。

泰州光孝寺是为东晋古寺江淮名刹，1989 年成立光孝寺修复委员会，中国佛教协会会长赵朴老担任了修复委员会的名誉主任，而真禅和尚担任了修复委员会的名誉副主任，但他老人家对光孝寺的修复又是特别的关心，从上海方面处处为家乡这座古刹的振兴而倾心尽力。

1995年4月12日他老人家还应邀担任了泰州光孝寺座元。

真禅和尚与泰州光孝寺之间的因缘，其中还应包括原光孝寺已故住持禅耕法师与真禅和尚的关系。两位法师既是同窗又多年同参，曾拜把兄弟结为莫逆之交。1933年，他们同时入镇江焦山定慧寺佛学院学习。两人因互为小同乡而情同手足。后来两人又同时赴镇江竹林寺佛学院研习三藏。时共六、七年之久。后来真禅和尚在泰州光孝寺佛学院学习后去上海玉佛寺。而禅耕法师与真禅和尚分手后先在上海玉佛寺参学，后又回到故乡泰州任北山开化禅寺监院。一晃几十年，尽管岁月沧桑，历经劫难，但两位法师之间却能心心相印，往来不断。真禅和尚后来几十年间基本在江南沪宁线一带活动。而禅耕法师一直在留居在泰州，先在北山寺，后来在光孝寺恢复后，来寺先任监院后任住持。但真禅和尚每次回俗家安丰省亲，泰州城必是停留之地，一是为窗友聚首，二是回母院光孝寺探望，期望碧云香雨而再度辉煌。1994年12月31日，禅耕大和尚升座为泰州光孝寺方丈，作为窗友的真禅大和尚特地专程祝贺，并题贺联，上联为：恒以大音宣正法；下联为：当念本愿度众生。

真禅和尚称为近代以来弘扬华严宗的重要代表人物。因为他是称为“华严座主”应慈的入室弟子。在应慈老身边达16年之久，深究《华严》一经的玄旨，继承了应慈法师“善弘华严”的传统。真禅和应慈一样，虽传承禅宗临济一派法脉，但却以弘扬华严为已任。他受镇江竹林寺震华法师菩提记，为禅宗临济法派第四十七世孙。但在他近年来的弘法活动中，始终以弘扬《华严经》为其主要方面。因此，他老人家可以说是当代弘扬华严宗的一大家。当今在海峡对岸宝岛台湾弘传的华严宗的代表人物，如智光、南亭、成一、了中、净海，则都是清一色的泰州人，而他们都与泰州光孝寺有着直接的关系。其中南亭是泰州光孝寺第十五代法系传人，而成一、了中又都是泰州光孝寺第十七代法系传人。他们创建了以泰州光孝寺为传承的台北华严莲社，作为弘扬华严的专门道场，已历经四十多年，团结了数以千万计的热心于弘传华严的信徒，特别是华严专宗学院，培养出了一批又一批专弘华严的人才，使得华严一宗的教法，在台湾得到发扬光大。目前以光孝寺法系传人成一长老创办的台北华严莲社，又在台湾其他地区以及大洋彼岸的美国，创办了华严莲社的分支机构。

1995 年 12 月 1 日，真禅和尚悄然示寂了，但是他老与泰州光孝寺的因缘却久远地延续下来，他老的传统与现代的圆融，政教关系的圆融，佛法与世法的圆融，僧与俗的圆融的见识已逐步深入人心。2000 年元月，泰州光孝寺住持禅耕圆寂，笔者在禅耕法师追悼会上碰到上海玉佛寺《觉群》杂志社主编慧觉法师，他与笔者追思了真禅和尚与光孝寺的因缘。2000 年 4 月，成一长老从台湾率团来大陆寻根览源，怀德报恩，第一站就到了上海玉佛寺，怀念光孝寺同窗好友真禅和尚，并与真禅和尚的继任觉醒法师进行了交流。2000 年 10 月，上海玉佛寺方丈觉醒法师率团赴台，拜会了光孝寺法系传人了中长老，并参访了了中长老所创办的玄奘大学。2001 年 5 月，泰州光孝寺第十八代法系传人、现任华严莲社副董事长的贤度法师，应上海玉佛寺邀请赴上海讲学。5 月 11 日上午，为该寺佛学院男女众学僧约七十人讲授“华严宗的源流”。下午为佛学院女众学僧约三十人介绍《华严经》的组织结构及经文大意。5 月 12 日下午为上海市玉佛寺佛学班青年会讲授“华严宗思想”。5 月 13 日下午为上海市玉佛寺信徒约七百人讲授“佛陀八相成道的意义”及对佛教应有的认识。

由于真禅和尚与泰州光孝寺之间的因缘深厚，笔者相信随着这传承的继续，他们所传播的宗风必能得到永久传承。

泰州光孝寺玉佛开光记盛

江苏泰州光孝寺，始建于东晋义熙年间，是一座已有一千五百年历史的古刹。原先寺址占地四十余亩，寺内古树参天，寺宇雄伟庄严，是苏北的名刹之一，因此素有“梵宫花雨”之称。

由于光孝寺的历史悠久，所以历代辈出高僧。如始创光孝寺的东晋觉禅，中兴光孝寺的南宋德范，与泰州才子储巏交往深厚的明代达本，后改光孝禅寺为律寺的清代性慧，组织泰州佛教团体的清末民初的谷鸣，曾任中国佛教会秘书长的常惺，弘法海内外的南亭等大师，均为一代高僧，深受僧俗的敬仰。目前光孝寺的法裔以及曾在光孝寺参学过的高僧大德，遍及世界各地，弘化一方。

近年来，随着海峡两岸交流的频繁，光孝寺的门人及光孝佛学院出身的法师们，纷纷组团来泰州，参拜光孝祖庭，并齐心协助修复这座千年古刹。

现任世界佛教僧伽会秘书长、台北善导寺住持的了中大和尚，早年曾毕业于光孝佛学院，因此近几年来，一直为光孝寺的修复尽心尽力。1992 年，了中法师特地从缅甸恭请玉佛释迦牟尼佛的座像一尊赠奉光孝寺供养。

1993年4月24日，了中法师专程从台湾回乡为玉佛主持开光大典。

开光那天一早，泰州地区天气阴沉，天气预报说有雷阵大雨。不过佛像开光的典礼在泰州人来说已多年曾未见过，谁也不愿意错过这个千载难逢的大喜事，因此尽管天气预报有大雷雨，却挡不住观礼的人潮。泰州人好像过新年似的，人人穿上节日的盛装，个个笑逐颜开，往光孝寺内挤，摩肩接踵，挤得院子里水泄不通，人潮鼎沸。玉佛供奉在新建的藏经楼下，香烟缭绕，灯烛辉煌，佛像面容慈祥，玉泽光彩夺目，尤其佛像的眼睛，只要你抬头瞻仰，他就慈悲祥和地注视着你，即使不信仰佛教的人，亦情不自禁地合掌问讯，肃然起敬。

是日，应邀参加观礼的有泰州市地方政府的各位领导，泰州市各有关单位的负责人，有上海市佛教协会的常务理事德悟长老、上海市佛教协会副会长贾劲松居士，有从台湾来的慧光法师、一乘法师、新东阳财团的总裁麦石来、叶莉莉夫妇、善导寺的信徒高琳英、洪魁斌等居士。观礼及拈香的贵宾已经站满了佛堂，因此还有数百人只好挤在庭院里参加典礼。

上午十时整，了中法师在光孝寺的两序大众的迎请下，由住持松林大和尚、监院禅耕法师陪同，步入佛殿。了中法师穿黄色海青、披大红千佛祖衣，法相庄严，站立在佛殿中间拜垫前。典礼开始时，首先唱佛赞，了中法师至佛像前拈香，应邀的贵宾居士们也一一拈香跪拜，佛赞唱完，了中法师说法开光。谨录了中法师的法语如下：

教主本师号能仁，五蜀娑婆度群生，三祇修因成正觉，天上天下独称尊。恭维教主，释迦世尊。三祇修因，成就恒沙功德，百劫度生，化道天边有情。降生人间，示现八相成道；随机设化，演说无量法门。谈经三百余会，说法四十九年，为人天之教主，作三界之道师。照朗万有，衽席群生，巍巍功德，赞莫能穷。

今者泰州光孝律寺，肇始东晋义熙之年，鼎盛南宋绍兴之间，千年古刹，十方道场，江淮名寺，苏北丛林。是故原先殿宇恢宏，雄伟庄严，为泰州之首刹，海陵之名胜也。历代高僧辈出，演教弘法，传戒兴学，深得地方人士敬仰，普为十方信众护持，故寺宇虽历尽人世沧桑而毁于战乱，惟道场终能重光再建而耀于古今。

现任方丈松林大和尚，监院禅耕上座，乃法门耆宿，教界尊长，率全寺大众之同心，蒙上级领导之关怀，进行修复，努力重建，梵宇再造有期，古刹重辉在望。末学弱岁之时，参学光孝常住，为报法乳之恩，恭请缅甸玉佛，释尊圣像，迎奉寺内供养。惟愿瞻仰者福增无量，礼拜者罪灭河沙。伏愿慈光照烛，风调雨顺，国泰民安，社会祥和，地方繁荣，千华戒台再现，最吉祥殿重光。

谨值玉佛圣像开光，取吉日举行安座盛典，缁素云来，大众同庆。然则大千世界，无非真如性海，微尘刹土，尽是如来化身，佛光常遍照，法身尽虚空，又凭磨开光举扬。虽然如是，即今依世悉檀，不免随世缘而成就佛事，故庆赞偈云：

执中云：法身清净绝尘埃，不生不灭无去来。执巾指试尘俗染，毫光重现千华台。

执镜云：大圆镜智照十方，称性功德妙难量。镜中所现真面目，天上人间最吉祥。

执笔云：佛眼具足无量光，何须执笔点身相。惟愿慈悲垂加护，中兴光孝古道场。

开！

法师声音宏亮，清脆，听在每个人的耳中而传入每个人的心中，尤其最后一声“开”字，有如钟声，扣人心弦。说也奇怪，当法师一声“开”字说完，突然云散日出，不但没有雷雨，而阴沉的天空忽然阳光普照，风和日丽，使得所有参加典礼的人深深感觉到“人有诚心，佛有感应”这句话的实际体会，也深深感觉到真是佛法不可思议。了中法师这次回乡除了主持玉佛开光外，还作了两个晚上的佛法讲演，第一天的讲题是“从佛法僧三宝谈佛教”，第二天的讲题是“从念佛参禅谈修行”。法师辩才无碍，除了发挥讲题的内容外，还回答了很多的问题，使得问的人心服口服。尤其难得的是，他讲的内容真是深入浅出，两个小时从头到尾高潮迭起，不管知识分子，还是不识字的老太太们，都听得津津有味。一般人都觉得佛法很深奥，经法师一解说，人人都懂，而且在解说时，妙语联珠，笑声不断。大家觉得听了两个晚上实在不过瘾，希望法师下次回来能多讲几天佛法，使更多的人能够了解佛教不仅不是迷信，而且是提倡正信、教化社会的一种力量。

了中法师这次回乡演讲佛法，可以说是 1924 年以后，近七十年来光孝寺的盛事，也可以说是泰州佛教的盛事。当年中国佛教会秘书长常惺大师担任光孝寺住持，为了振兴泰州的佛教，请来被誉为近代佛教救星的太虚大师讲经，当时泰州的名流很轻视佛教，看不起僧侣，但是听过太虚大师讲经后，一些名流士绅都皈依在太虚大师的门下，成为佛教的大护法。而七十年后的今天，了中法师回泰州作佛学演讲，轰动了泰州城，除了佛教的四众弟子聆听外，各界人士都来听讲，其影响将会久远深长。

1993 年 5 月

壮丽梵宫再现　庄严法相重光

泰州光孝律寺大雄宝殿落成佛像开光

富丽堂皇的大雄宝殿，金碧辉煌的大佛形象，宽阔明艳的净土法场……历经1600多年烟雨风尘的古泰州光孝寺伴随着泰州改革开放的深入，向世人重展了恢宏壮丽的面貌。

1996年11月2日，阴阴雨雨了几天的泰州，突然天空放晴，万人空巷争相观看光孝寺“开光盛典”。中国佛教协会副会长、江苏省佛教协会会长茗山、安徽省佛协会长仁德、上海静安寺都监德悟和专程从台湾来泰的成一法师、了中法师、净良法师、今能法师、明乘法师、慧光法师及菲律宾的自立法师等为盛典念经诵佛，一时钟鸣、鼓响、乐起，盛况空前。

中国佛教协会常务副会长刀述仁、江苏省宗教事务局局长周加才、江苏省民政厅厅长张秉铎、泰州市市长丁解民、副市长朱爱群、张厚宝、海陵区政府领导以及场内场外万余民众参加开光盛典，以示庆贺。

光孝寺始建于东晋义熙年间，距今已近1600年历史，原为万寿寺，南宋高宗敕令为“报恩光孝禅寺”；清乾隆九年改禅宗为律宗。其盛名远播是因为代出高僧，如创建该寺的东晋觉禅和尚，改禅宗为律宗的性慧和尚以及近代杰出的常惺、南亭两位高僧。此次来泰的成一、了中、自立都是与该寺有深远渊源的名僧。据了解,大江南北众多寺庙的方丈住持,与光孝寺有因缘者就十有七八。

光孝寺的收藏也颇为引人注目,如有东晋女书法家卫铄的“汝贴”,南宋宁宗的墨宝“碧云”二字,元代宫廷画师王振鹏所绘的《历代贤妃图》,明董其昌手书的《心经》、《金刚经》,明祝枝山长卷草书真迹,清初八大山人的墨宝花鸟册页,清乾隆版7186卷“龙藏”一部等。此次光孝寺落成的大雄宝殿,名为“最吉祥殿”,匾额由赴朴初居士所书。大雄宝殿高18米、长33米、宽28米,庄严大佛高度为7米。

盛典活动由海陵区副区长谢柏生主持,光孝寺住持禅耕,以及海外法师成一、净良、自立、了中都发表了热情洋溢的讲话。刀述仁居士也发表讲话,盛赞泰州光孝寺的修复对中国佛教的影响,感谢海外法师的鼎力相助,并受全国政协副主席、中国佛教协会会长赵朴初居士的委托向成一、了中等法师赠送墨宝,台北市佛教会会长净良法师向光孝寺赠送墨宝。成一并代表台北市华严莲社为大雄宝殿落成、佛象开光志庆撰写了一副对联:光明照世间,有缘众生得遇斯光,必增福慧;孝道化人伦,无分族姓能行真孝,是为圣贤。

泰州市政协副主席叶海翔在庆典仪式上说,光孝寺历经风雨,几度兴衰。近年来,这座千年古刹枯木逢春。在政府的关心支持下,同亲任光孝寺修复委员会名誉主任赵朴初多方奔走、广为呼吁，并得到海内外及春兰（集团）公司的鼎力相助，按照规划，分步实施，才得以重现今日之规模宏伟、气象巍峨的景象。修复后的光孝寺将成为佛教活动的庄严道场及海内外人士旅游观光的景点。

庆典仪式历时两个小时，但结束以后众多信众却如痴如醉，如沐法雨，深感吉祥幸福。

永恒的怀念

——纪念慧光法师示寂周年

记得去年比这个时间还晚的时候，一天上班途中遇见一位友人问我，知不知道慧光法师圆寂的消息，我说不知道啊！我还紧紧追问是否真的，那位友人实实在在又说了一遍。当时，我一听到这个消息后真不知所措，怎么苍天无眼呢？在大街上伫立了一段时间后才觉得有所知觉。后来曾好几次拿起电话机想给了中师父证实此消息，但又怕勾起师父的哀思，又不忍心挂通这海峡对岸的电话，后来直至收到《海潮音》杂志，才知道是真的，慧光法师往生西归了。往事虽然如烟，但一年来，慧光法师的亲切的音容，睿智的思想，高尚的品格，慈悲的情怀都始终缠绕在我的脑际，恍如昨日而不能忘怀。

慧光法师，俗姓陈，名淑静，1927 年生于台北，十四岁出家，开始就读于慈航大师主办的台湾佛学院，成绩一直名列前茅，并任班长。毕业后又东渡扶桑，在日本东京立正大学，随日本华严泰斗坂本幸男教授，专攻华严大教。时与了中师父同窗，完成文学硕士学位后，回台北荣任法藏寺住持，振兴法藏古刹，普受护法信众拥护。随后与了中师父共同创办法藏佛学院，成绩卓著。近年来全力支持了中师父创办玄奘大学，以及佛教所有的教育、文化、慈善、弘法等事业。我能够有缘亲近慧光法师以及得到她许许多多的恩泽，有些甚至能够在我的人生之旅中产生的作用，是无法用语言来表达的。而这都是由于亲近师父了中而能得到的。

1988年，由于我当时特定的工作关系，能够亲近到当代著名高僧、世界佛教僧伽会会长、台北首刹善导寺住持了中师父。多年以来，能够有好多机缘与了中师父朝夕相处，同舟、同车、同机，有时甚至还能共寝一室，聆听教诲。正由于这样也就能够亲近到慧光法师。

第一次见到慧光法师是在1988年的中秋时节，当时了中师父在两岸开放探亲后再次回家乡泰州，并和慧光法师、一乘法师以及旅行社的陈怡静小姐一起前来，由于接机的差误，慧光法师一行只好租乘了一部条件很差的车子。当时听到省城传来的消息后，我们深感内疚，总觉得由于工作的差误，不能如愿接机，加上慧光法师又是第一次来大陆，真有些负罪的感觉。也不知出租车司机来泰州的路熟悉与否，不管怎的，为了迎接了中师父一行，我便来到当时从南京进泰州城的必经之道，西车站外的路口上站立等候。从傍晚的五点钟，一直等啊等啊！尽管中秋时节，在路口上还是有点凉意的，再加上又不敢离开道口去用餐，那时候不像现在通讯用手机，尽管一饥一寒加之焦急的交织，但这都无所谓，眼睛盯住那一辆辆由西往东的车子，生怕车子开过了，一直到晚上九点多了，一辆破旧的车子，才从省城方向徐徐而来，还是车上的人们发现了我们。顿时，内心的感觉是无法形容的，高兴得叫出声来。还没等了中师父把我介绍，慧光法师就慈祥地对着我说“你是观澜”，一声话语是多么亲切，这心灵的感应真叫人难以形容。我还正准备说由于工作的失误而导致了这一路上的颠簸。哪知道了中师父直说“会面了就好啦！”慧光法师更是给我们开脱，让大家充满了与师父一行会面后的喜悦。

慧光法师来泰州，这也是她第一次来大陆，大陆的山山水水对她来说都是非常新鲜的。按理说应该安排旅游观光，但她随同了中师父绝大部分时间对泰州光孝寺进行考察，对如何修复提出了许多建设性意见，并与许多僧尼进行促膝交谈。从自身的修持谈到如何为大众的服务。当时特别对泰州一带的比丘尼们，带来一股从未感到的新鲜。法师捐助光孝寺修复一掷千金。从 1988 年 9 月至 1995 年 4 月对光孝寺修复工程资助了美金 27000 元，人民币 120000 元，至于对光孝寺捐的物品以及大批相关人员的供养结缘就不计其数了。老法师的慷慨举措，我也常常在想，一个纯真的海外法师为什么如此在异乡的土地上慨然解囊。除掉她与了中师父的关系之外，更主要的是她那修持的境界之高，关爱别人的慈悲之深。听法师海外的弟子讲述慧光法师在台湾也是一样的慈悲喜舍。

1989 年的春夏之交，了中师父、慧光法师组团漫游大陆神州二十二天之旅，我有幸作为该团成员，跟随他们半月之久，上九华、去少林、登五台、到云岗直至北上京师，探迹名山，纵步闹市，可谓享尽山水之乐。慧光法师与我们同车共船，朝夕相处，处处慈悲地关爱我们。生活上总是她在照料我们，关照乘飞机的注意事项，如何用好大宾馆的设施，以及吃了几顿素食后叮咛旅行社要为我们加餐，甚至连小费都帮我们准备好，教我们如何给别人小费施舍等等。旅行之中，一路上的景点尽管她是第一次到的，但她都是如数家珍地向我们介绍这些景点的故事。我喜欢摄影创作，她都是故意给我留下一些美好的瞬间。在南京中山陵，我以她登上高顶的兴奋情形拍摄，取名为《醉》的摄影艺术作品，参加摄影比赛并获了奖。

在后来的几年中，我又有好多机缘多次亲近慧光法师，只要她来大陆，她都念叨着我们，好多次都是我跟随他们，在苏南沪宁一线几乎跑遍了所有的名胜古迹。去福建武夷置身于群峰错列、云雾缥缈、飞瀑如带、山回溪折之中；到河南龙门石窟、华夏第一白马寺以及开封大相国寺，饱赏了灿烂的中华文化。每当跟随他们，总觉得有好长一段时间的回味，颇有些像牛胃反刍，慢慢品尝一样，总觉得心灵有所升华，这些是他人无法感受到的。

慧光法师对我们的关爱真可谓无微不至。记得有一年我供职岗位发生了变动，人生之旅的转折，原来应该走下去的一条路，正由于这样发生了变化。此时正巧慧光法师与了中师父组团去敦煌，她打电话要我去上海新锦江会面，到了新锦江酒店后，她像亲人般的问长问短，勉励我。人间处处不春风，要努力学习，尽心工作，要做人，做好人，做一个有益于民众的人，法师的教诲我常常铭记心中。正由于这样，我很快调整了心态，读书、充电，逼着自己不要懈怠，学习管理，考入新闻传播学研究生院就读，后来又提高了学历。慧光法师每次来大陆都给我带上一大包物品，穿的、用的、吃的，应有尽有，用她的话说，几年下来我们在大陆所用的东西就和她们一样啦！每当台湾有人来大陆，或者大陆有人去台湾，法师总是要给我带来东西，每当看到物品包装袋上有我名字的标签时，心想慧光法师真是多么慈悲啊！

我最后一次见到慧光法师是1996年11月，泰州光孝寺大雄宝殿落成，佛像开光。她与了中师父组团来泰州参加庆典。庆典仪式上，她老人家并亲自剪彩。参加庆典后，后来我就跟随他们奔赴中原之行，从南京飞郑州到开封赴洛阳直至河南省汝南县的南海禅寺。此趟中原之行，更有一番收获，一是经过这些年来的耳濡目染的感受，我对源远流长的中国佛教文化也学到了一点知识，二是河南洛阳城的白马寺，中国佛教由它而发端，中原大地的佛教文化底蕴是如此深厚。这一次我与慧光法师又朝夕相处了一个礼拜。在河南汝南县的南海禅寺，这里兴建了“白圣纪念堂”，由于刚处于兴建之中，各方面条件比不上城市的宾馆，没有暖气再加上天公不作美，雨下个不停。正好我们整天陪伴着慧光法师，聆听着她的教诲，沐浴着她的慈辉。法师虽然已过古稀，但总是给人们带来欢乐，带来吉祥。那一次从郑州分别，慧光法师随团飞香港去台湾，我们从郑州飞南京至泰州，记得在机场法师向我们告别时还说道“说不定很快又要见面啦！”我怎么也不会想到这一次郑州机场的别离，竟成了与慧光法师的永别。

郑州机场别离以后，尽管与法师还通过两次电话，过年还受到过她老人家亲笔书写的贺卡，以及托人带的礼品，但一年前她老人家毕竟是西行了。不知怎么，这残酷的事实，总是让人不能接受，不能相信。但法师确实走了！一年来曾多少次默默地遥望远方，思念慧光法师对我的恩德，祈愿慧光法师乘愿再来。

2000 年稿

中国近代高僧常惺法师

——纪念常惺法师示寂六十周年

记得十年前，一个偶然的机缘，在北京的北京饭店受到全国政协副主席、中国佛教协会会长赵朴初老居士的接见，并同席共进晚餐。席间赵朴老得知我是泰州人，专门谈起光孝寺，又深情地提到光孝寺前任住持常惺法师。赵朴老说："常惺法师是中国佛教界难得的英才，30 年代他任中国佛教会秘书长，我是他的秘书。"听赵朴老一席话，不由得对常惺法师肃然起敬。还有，几年前去福建厦门参加学术活动，作为第一次去厦门的人，当然要去南普陀寺观光。南普陀寺的闽南佛学院素称华南佛教最高学府，加之与厦门大学毗邻，依山靠海，风景优美。游览途中遇见一位法师，聊起我来自泰州后，他似乎对我格外殷勤。他说："我们闽南佛学院开山之祖常惺大法师就是你们泰州光孝寺来的，我们这里的人都非常怀念他。"后来我又向这位法师介绍眼下光孝寺的中兴，以及我所了解的光孝海外弟子的情况。这位法师就硬拉着我去见他们的住持，因住持不在寺里，他硬是留我们一行人在那儿品尝一顿丰盛的素餐。同去游览的人都羡慕不已，称我们泰州人了不起。后来我翻阅有关资料，才知道常惺法师是泰州光孝寺的法派第十四代传人，他与被称为中国佛教救星的太虚大师，以及既是一代高僧又是才华横溢的艺术家弘一大师(李叔同)均过从甚密，在中国佛教史上有他浓浓的一笔。

法师原名寂祥，1923年记别(俗称付法)泰州光孝寺培安和尚，法派名为优祥，但每自署名为雉水沙门。俗家姓朱，江苏如皋人。生于1896年，少时为孤儿，幼年即皈依本地福成寺自诚长老。老和尚禅律兼畅，见其器量渊冲，有意栽培，送其出外读书，以备日后弘法之资。师学习勤奋，极受老师奖励。十八岁毕业于当时的省立如皋师范学校后就读上海华严大学，毕业后至句容称为律宗第一山的宝华山受具足戒，学律三年又赴常州誉为东南第一丛林的天宁寺学禅，继而诣浙江宁波观宗寺专攻天台教观，又随持松法师于上海学习密宗。这样常惺法师便成了广修华严、天台、禅、律、密，各宗兼通之佛学大师。

1919年，师出任常熟兴福寺法界学院教务长，授唯识、三论等课。1921年赴安徽安庆迎江寺创办佛教学校任校长，数年前入灭的光孝寺住持肇源和尚当时即是他的弟子。

20年代初的泰州，城内几大丛林均趋颓废，负债累累，首刹光孝寺更是如此，此时，江苏省佛教会准备派常惺法师接任光孝寺住持，特将常惺法师受光孝寺培安和尚记别，俗称“付法”。1924年他作为省佛会的代表出席被誉为佛教救星的太虚大师于江西庐山召开的世界佛教联合会，这是中国佛教界两位巨星在佛教学术活动方面合作的开始。会上讨论中、日交换教授、学生以及敦促缅甸等国联合推动国际互派留学僧等事宜。会后，他专门邀请太虚大师坐船东下来泰州讲学。顿时，光孝寺每天聚集泰州城内名流士绅以及佛教信徒千百人之众，太虚大师与常惺法师轮流讲学，皈依三宝的士绅善信，多达三五百人，法缘殊胜。讲学后，皈依弟子中的积学之士、泰州钱诚善、王诚甫二位居士（即现任泰州市佛教协会副会长王光钺居士的舅舅和叔叔）发心接编太虚大师主办的佛教月刊《海潮音》杂志达三年之久。常惺法师与太虚大师在泰州的信众中，提倡结社念佛，定名为“泰县念佛社”，此为“泰州佛教居士林”的前身。那一段时间，光孝寺中，地方各界英耆和诸山长老常常一堂宴叙，一些著名法师还争着前来光孝寺闭关攻读。

1925年，常惺法师等到福建厦门南普陀寺，创办了闽南佛学院。闽南佛学院规模宏大，在当时诸佛学院中声名最著，办学也最有成效，与武昌佛学院并称为国内两大佛学最高学府。常惺法师担任院长兼专修科主讲。每逢常惺法师开讲时，除了本院学生之外，厦门大学哲学系教授以及学生们都纷纷前来听课。他们对常惺法师高深的佛学修养与无碍的辩才表示由衷地钦佩！

1927年，常惺法师应云南省邀请去昆明弘法。在云南组织了云南四众佛教会，在该地宣讲“佛学概论”。不久云南发生战争，乃组织救护队，随军出发，救死扶伤，拯救生灵于战火涂炭之中。1929年，常惺法师赴上海受持松法师真言仪轨，学密进修，得以灌顶，并著有《密宗大意》传世。1930 年秋，北京柏林教理学院成立，常惺法师被聘为院长，讲授《因明入正理论》。同时应各大学邀请开讲义理课程，如在中国大学讲《佛学思想的教源及其变迁》，在朝阳大学讲《佛家的忏悔主义》等，对弘扬佛法大有建树。他在北京佛教居士林对青年男女讲述《佛法两性问题》，对大乘教义中有关男女关系的说法作出了新的解释，主张在一般学佛者中以大乘真爱解答这一问题，为佛教近代化拓展了新天地。他在主持北京柏林教理学院时与太虚大师密切合作，兼任太虚筹组的世界佛学苑筹备委员，共同推进世界佛化运动。

1931 年，常惺法师正式就任光孝寺住持。光孝寺原为东晋古刹，殿宇宏伟，为苏北第一律宗丛林，由于前任住持忽于经营，败象环生。常惺法师接任之后力加整顿，不数年间，气象一新。他创办了光孝佛学研究社，主编了《佛教评论》等刊物。1931 年夏，苏北发生水灾，灾民遍地，他于光孝寺成立收容所，救济了成千上百的灾民，颇得社会好评。1933 年春，光孝寺久已不传的千佛三坛大戒法会准时开坛。常惺法师把本来储备各地的人才都召来泰州，并专门授记传法于南亭等弟子。这次传戒轰动泰州及周边地区，每天光孝寺内挤得水泄不通。

1933 年底，常惺法师将光孝寺住持之职交付给南亭和尚，抽身前往北京万寿寺处理寺务，不久，厦门南普陀寺、闽南佛学院多次邀请常惺法师南下，又一次接掌住持以及院长之职务。被佛门称为“重兴南山律宗第十一代祖师”的弘一大师也卓锡厦门，给了常惺法师以大力支持。弘一大师帮助闽南佛学院整顿学风，对青年学僧施以严格的教育，他提出的“青年佛教徒应注意的四项，即惜福、习劳、持戒、自尊”是其教育思想的旧结。他的教学使得常惺法师在任职期间培养了一批优秀弘法人才。

1936年，常惺法师在南普陀住持三年任满，同时辞去方丈和闽南佛学院院长职务。秋天回到泰州，应佛教居士林之请，宣讲《维摩经》全部，和泰州缁素结下了最后的法缘。这时已担任中国佛教会秘书长的常惺法师更是日夜操劳，一是主持安徽黄山的佛教建设，二是作为秘书长，他费尽心血在太虚与圆瑛两位大师之间左右调停。常惺在佛教革新的主要方面都与太虚有共识，但不乏有其独特见解，如认为佛教徒的生活行为要保守、要旧、要道德化；但思想观念要进步、要新、要学术化。他特别善于做青年人的工作。“九·一八”事变发生后，在中国佛教徒护国和平会议上讲演，指出中国佛教徒国家观念薄弱、忽视国家利益之错误，提倡“我人为求身家安宁，法运兴隆，实不能不爱国家，以求佛法有所寄托”的主张。

抗日战争开始以后，时任中国佛教会理事长的圆瑛法师为了募集佛教战地救护队的经费到南洋去，设于上海的中佛会总办事处会务，则全部由常惺法师主持。为了抗战需要，常惺法师训练僧侣救护队，办理收容所、佛教医院以及佛教僧侣掩埋队等。因为工作繁重，积劳成疾，医治无效，1939 年 1 月 14 日（农历十一月二十四日）圆寂于上海宝隆医院，享年四十三岁。同年 3 月，归骨泰州光孝寺。5 月营墓塔于泰州西门外景庄。

常惺法师圆寂后，中国佛教界失去了一位领航人，使太虚大师尤其悲痛的是白发哭青丝，因而悼以挽联云："识面今廿三载，方喜责可君贷；知心亦十八年，那堪游占我先。"可知其期望之殷与哀痛之剧。

常惺法师已圆寂 60 年，法师所卓锡之海陵胜刹光孝律寺，以法师之遗德，已具中兴征兆，赴海外弘法的成一、妙然、了中、自立等一批光孝传人成了一代高僧，他们负起恢复祖庭的责任，配合地方政府重修了山门殿、天王殿、最吉祥殿等主要殿宇，行见碧云香雨门庭可再创辉煌。

1999 年稿

华严宗主　一代名僧

——南亭和尚传略

有人说泰州有“凤凰城”之称又有“佛城”之誉，无论城内城外的寺、庙、庵堂都是林林总总。被尊称为现代僧中素王——震华法师曾在一篇文章中这样写道：“如果有人把全中国和尚，精密地调查一下，画出一个统计表来，我想江苏和浙江，一定是数一数二的了。而江苏的和尚，以江北为多，像泰县、如皋、海安、东台、兴化这几县，差不多已形成了和尚策源地，而这几个县走出去的人又都习惯地称谓自己是泰州人。”的确，泰州一带成了和尚的策源地，同时也诞生了一批高僧大德，他们是泰州佛教文化传承的精英，在这批人中间有一位被人们誉为“华严宗主”、一代名僧的南亭和尚尤其为后人所敬仰，也让当今泰州佛教界人士感到自傲。

南亭，俗家姓吉，名雍旺，别号云水散人，清光绪二十六年(1900)庚子八月初二生于江苏泰州曲塘镇。父亲贻广公，以耕读传家，母亲姓储，育子有四，和尚行三。八岁入私塾就读能够日记数百言。十岁，随父同赴本邑营溪观音禅寺，住持道如长老见而善之，因乞度为徒孙，依文心、智光二师出家，法名满乾。道老则给其授四书、佛经、诗偈，这是南亭入佛因缘之始。

民国2年(1913),南亭时年十三。泰州诸山合资创办儒释初高小学,聘智光为校长,南亭乃插班就读。毕业后住泰州北山开化禅寺,依师父文心和尚学习佛门仪轨,并听讲佛经。二十一岁至镇江焦山定慧寺从德峻和尚受具足戒。翌岁,往常州天宁寺学禅,一年而去。会智光在故乡泰州北山开化禅寺,开讲《大乘起信论》,南亭专门前往,取悟益多。又两年,考入安庆迎江寺佛学院,亲炙常惺法师。毕业后院长常惺法师介绍他去常州清凉佛学院,任时称"华严名僧"的应慈法师座下的助教。后来学院改名为华严学会,应慈主讲《华严经》,师生同听,南亭亦参列讲席,并另授唯识、三论等经论。这样历经三年之久,南亭自认一生中得窥佛书典籍之英华,颇得力于教学相长。

民国16年(1927)起,南亭往来于上海、常州、镇江、无锡等地,宣讲《华严》、《维摩》等经论,凡四历寒暑,声名日著。在镇江应其同门师兄霭亭和尚请,在竹林佛学院任主讲。

民国20年(1931)夏天,苏北遭受罕见的水灾,此时常惺法师因是泰州光孝寺住持,又兼泰州佛教会主席,协助政府做救灾工作,光孝寺责无旁贷,何况常惺又慈悲心切,生人溺已溺之心,指使他无日无夜地为救济灾民而工作。由于待救的灾民实在太多了,常惺感到无法应付,乃想到他有一位心爱的学生南亭法师,何不找他来赞助呢?就这样一决定,南亭应召来到泰州光孝寺,先请他当副寺，后当监院，除参预救灾工作外，还要他负责管理寺务。南亭曾因在其师文心和尚主持的泰州北山寺，当过半年的家，处理寺务已有些经验，常惺乃一介书生，理想多而经验不足，有南亭来协助之后，他轻松多了。于是他在救灾工作结束后，第一想办学，第二想传戒，筹备工作一大堆，全落到南亭一人肩上。由于南亭的协助，创办光孝佛学研究社开学了，传戒法会也能如期举行，而且法缘殊胜，光孝寺顿即呈现兴隆气象！

民国22年(1933)春，光孝寺久已不传的千佛三坛大戒会，准时开坛。到有首二堂戒子一百数十人，男女五戒、菩萨戒戒子也有百多人。坛上三师和尚，分别请到镇江超岸寺守培和尚，担任说戒。羯磨和尚请的是镇江金山仁山法师，教授和尚请的是扬州天宁寺的让之方丈。三月一日开堂，开堂师是请的句容宝华山的监院密澄和尚，他的徒弟苇宗法师也来了。还有一位南亭在镇江竹林佛学院的学生脱烦也来了。后来才知道是常惺储备的人才。常惺安排南亭开二堂，光孝寺已多年未传戒，这一次轰动了整个泰州城。戒会中还启建了一堂水陆法会，四乡八镇带饭来看热闹的民众，日必千百计，尤其在做大斋那天，烧香看热闹的人，挤得水泄不通。戒会圆满日，常惺当众宣布：授南亭、苇宗及脱烦三位学人的记莂。授记典礼完成后，请圆满斋。全堂戒师、诸山长老、政府首要、佛教会、居士林及戒子师长等百数十人，开十四席，常惺率南亭等法子礼谢大家。各界代表亦向常惺恭喜，宾主交欢，盛会圆满。

民国22年(1933)底常惺将光孝寺住持一职交付南亭，南亭便成为泰州光孝律寺的第十五代住持，更易法名昙光。常惺则抽身前往北京处理万寿寺住持职务。同时厦门南普陀闽南佛学院太虚大师第三任任期届满，意愿请常惺南下接掌第四任南普陀寺住持及闽南佛学院院长(按该院第一任住持及佛学院院长即为常公新创办)。常惺云游弘法以后，南亭以寺务、社务并佛教会主席等职具一人兼承，骤应重任，但能应付自如。

民国26年(1937)，抗日战争爆发，南亭为配合国策，以佛教会名义组织泰州佛教僧侣救护队，于暑假中召集全城青壮年僧侣，施以一个月的救护训练。又倡导诸山僧尼启建仁王护国息灾法会，诵讲仁王护国般若尊经，历三年之久。

民国27年(1938)秋，常惺病重于上海。南亭请苇宗法弟赴沪照顾，当时的中国佛教会为应付战争，成立救护队、伤兵医院、疗养院及难民收容所等，人少事繁，至常惺积劳成疾。1939年1月，常惺示寂，南亭至沪为常惺治丧后，奉舍利回光孝，并迎出城郊，痛苦不已。举行公祭后，将常惺舍利，营塔供养，奉其灵位入供祖堂。

民国31年(1942)春，南亭交光孝寺住持职与法弟苇宗。退居后自己则专心教学，有时应地方寺院礼请讲经，主持佛七法会，弘法度众。民国33年(1944)暑假后，应邀至常熟宝岩寺讲仁王护国般若经，讲至第七天，忽接光孝寺电报，苇宗和尚病逝，乃赶返为之办理丧事。南亭于法弟苇宗和尚丧事后，又将住持职务交法子沛霖。同时顾念常住人少事繁，特代沛霖和尚传法予妙然、广静、昌言三人，助理寺务、教务。南亭仍住退居寮，继续为诸生讲课。

民国34年(1945)春，南亭患胃溃疡，缠绵很久，其徒孙成一法师，方就读于上海中医学院，闻讯遂返视疾，劝师公诣镇江省立医院就医。住院三月全愈。应焦山佛学院礼请讲经，后又赴上海南市沉香阁，亲近应慈大师，再往杭州妙香庵、无锡大悲庵等道场驻锡，弘扬法化，法缘殊胜。

民国37年(1948)，迫于局势，南亭专函沛霖将光孝常住文物着妙然等携至上海中国银行保存。次年春间，南亭奉其师智光，应台湾其徒孙成一法师函邀赴台湾，驻锡台北十普寺。顺应诸方邀请，展开讲经、弘法工作。

1950年，南亭应台北首刹善导寺礼请出任导师。是年协助章嘉大师筹建台湾《中国佛教会》并出任秘书长，掌理会务。后来并三度出任此职，并担任佛教会常务理、监事多年。1952年创华严莲社于台北，供养其师智光于社内，由师徒二人轮流讲经。智光为开山导师，南亭为开山住持。1954年于泰国龙华社请得《华严经》一百五十部，自是每月定期诵《华严经》领导信徒共修。智光曾应台南大仙寺、基隆灵泉寺、台中宝觉寺等道场礼聘，主持传授千佛三坛大戒。由是宝岛佛教，方始脱离斋教形式，恢复了祖国佛教的传统规模。

1958年，南亭假台中佛教会馆，创办佛学研究社。1960年，又掩关于该馆，除礼诵《华严经》外，并按时为研究社诸生上课。1963年，智光大师圆寂，南亭结合道友，为纪念智光一生爱国爱教的伟大志愿精神，创建智光高级商工职业学校，现有在校学生近七千名。该校建校三十多年，已培养了数以万计的高级商业、工业人才。

1964年春间，闻说故乡原常住光孝寺被毁，曾数日不语不食，后选其台北光孝学生成一、妙然、守成授予记别，责彼等俟两岸交通后，负责返里修复光孝祖庭。

60—70年代中间，常应文化大学、美国大使馆之中文研究院及各地寺院之请或作佛学讲座演讲，或假民本等各地电台播讲佛法，法筵常开，度人无数。

1972年，南亭将华严莲社住持交其法孙成一法师，自己退居专心写作阅读。其有多部著作传世，都数百万言。而各地信徒皈依南亭座下者，无虑数万人计。1975年，成一住持于莲社改建完成后，南亭鼓励他创办华严专宗学院，自任导师，成一任院长。为培养专弘华严僧才，以《华严》为主课，兼习英语、日文、哲学、史学诸课等。二十多年以来，已培养出一大批专弘华严的僧才。在桃园继又帮助成一创立侨爱佛教讲堂，开办华严侨爱儿童村，收容孤儿。

1982年，南亭和尚八十三岁，以感冒风寒、卧病月余，于当年9月3日安详示寂。10月30日奉安于台北县八里乡观音山左麓之塔。滨淡水河，东挹大屯、七星、阳明诸山，峰峦秀挺，北望沧溟，烟波浩瀚，风景幽胜，其衣钵归泰州光孝寺供奉，日后已规划建塔。

南亭和尚作为近代以来弘传华严宗的主要代表人物，是他创立了台湾唯一专门弘扬华严宗道场的华严莲社，又命他徒孙成一创立了华严专宗学院培养大批弘扬华严的僧才。他一生专究华严，成绩斐然，不愧为华严宗主一代名僧。

泰州近代和尚之祖——玉成尊宿

百年泰州名僧辈出，无论城内城外，寺庙林立，俗称“佛地”。苏中这个古老的地方却成了名闻暇尔的名僧摇蓝。一方水土养育一方人。而哺育出一大批名僧的是曾担任过泰州僧正司亦称为泰州近代和尚之祖的玉成老和尚。有人这样说过，如果没有泰州一带名僧的出现，当今中国佛教的历史乃至于华人佛教的历史就是另一种写法了。

清末民初的五十年间，国家政治体制的转型，佛教历史也发生了推陈出新的转变，从闭门清修变成佛化人间，出现了谛闲法师大弘天台、印光大师力倡净土、月霞法师广演华严、弘一尊宿重振律宗，当时佛教几乎回复到南北朝时期的兴隆景象。为维护这兴盛的局面，佛教界要培养世出世学、兼具并优的杰出人才，方能有济。而民国初年，杨仁山居士、太虚大师及常惺和尚等都是杰出的僧教育功臣之辈。但是在泰州有一位幕后推动佛教教育工作，积极栽培子孙后辈，默默耕耘并且成效卓著的玉成老和尚，也是至今令人们不能忘怀的。

玉成老和尚，俗家姓沈，江苏泰州黄柯庄人，清咸丰四年(1854)岁次甲寅七月二十八日生。他的家庭世代业农,幼年入私塾启蒙,受儒家传统教育。17岁时,随父出门远行,途中渡江,遇暴风复舟,获救得免。他自庆复生,因悟世事无常,而有了出家的心愿,即于是年投入本邑曲塘镇宏开寺,依应怀和尚出家,法名严璞,字玉成,号脱山。

玉成在宏开寺中学经三年,同治末年(1874)年满二十岁,于南京宝华山隆昌寺受具足戒,随后入镇江金山江天禅寺、扬州高旻寺住禅堂。继而行脚参访,朝礼九华、普陀、天台诸大名山,拜谒大德,以为印证,先后数年。后来闻通智法师在焦山定慧寺讲《楞严经》,乃转回焦山,预席听讲。听到“七处征心”一段,恍然有悟,陈偈印证,偈中有“寻心踪迹心无住,究我根源我是谁”之句,得到通智法师的认可。

他本拟追随通智法师继续深造,忽得剃度师应怀老人来信,要他回宏开寺主持寺务。他孝性天成,不忍违背师命,乃负笈而回,在寺中亲承师座,料理一切,寺务条理井然,二十年如一日。在此期间,他翻造了宏开寺的房屋,使寺宇面目一新。那时候,泰州一带的乡村,几乎每一个村庄都有庙宇,而能够像宏开寺这样重新建造,常住众戒律谨严的,实绝无仅有。

玉成和尚还有一项特殊的才能,在南亭法师撰写的《值得学习的一位老人——追念先曾祖玉成和尚》一文中,有如下的叙述:“……老人喜修残破庙宇,特善农村经济，修理残破庙宇，装塑佛像，这是玉公老人的盛德。但是这两种工作，唯一的条件是钱。乡村无缘可化，钱从何来？这就显出老人的经营农产，运用财物的特殊才能了。老人接住宏开寺，寺有农田三、四十亩，后来增至一百多亩，而且阡陌相连，不隔外姓，庙在田之中心……。河岸栽树，不三年即成密林。每遇隆冬，老人戴着风帽，指挥山人剪裁树枝，去取皆有分寸。因此易长、易大，树枝可以作柴火，树干可以作农具、建材出售。边伐边栽，取之不尽，用之无尽。”如南距宏开寺二十里也是本邑范围内的营溪庄，有一座颇具规模的观音寺，历任住持经营不善，败落不堪。地方坤董闻玉成老人名，请他去主持复兴。玉成老人接任住持后，数年惨谈经营，翻修了殿宇，庄严了佛像，寺貌焕然一新。就绪后，将住持交由其徒道如和尚负责。

光绪二十四年(1898)，是清朝朝廷“戊戌变法”，实行新政的一年。在“百日维新”之前，湖广总督张之洞，著《劝学篇》上奏朝廷，主张以“中学(儒学)为体，西学为用”的教育方针，建议以寺庙财产的十分之七用以兴办学堂，十分之三供僧道居处膳食。光绪皇帝御旨：“持平论通达于学术人心，大有裨益。”并以《劝学篇》颁赐各省。自此以后，“庙产兴学”之说，在社会上甚嚣尘上，各地的土豪劣绅，假借兴学之名，而行侵占庙产之实，风潮所及之处，大小寺庙群情惶骇，不知所措。泰州首刹光孝寺方丈谷鸣和尚，联络诸山长老公议，久仰玉成和尚的德望，主张请他出山，担任泰州僧正司以维持大局，保障寺院权益。

佛教传入中国之初，西域沙门来华者，由九卿之一的鸿胪寺兼辖之，并无专司的机构。后以沙门东来者日多，华人出家者日众，至南北朝时代，始有僧官之设。北魏皇始初年，以赵郡沙门法果为道人统，统摄僧侣。此后南北朝各代都有僧官的设置，隋、唐、宋、元因之，而名称屡易。明季于中央设置僧录司，掌管全国佛教，于地方则府设僧纲司，州设僧正司，县设僧会司，管理地方佛教事务。清代因袭此制，至民国肇建后始废止。泰州的僧正司就在泰州光孝寺内设有衙门，还有僧差一类的办事人员。

光绪二十四年(1898)，玉成和尚四十五岁正为春秋壮盛。他为了护持佛教，直下承当，接下了僧正司的重任。当时寺庙与民间的讼案积压如山，玉成和尚视事后，研究案卷，悉心规划。他不辞辛劳，各地奔走，了解实情，或约双方调解，或报官府审讯，而对藉兴学之名霸占庙产者，与讼到底，保存庙产。其中有几件特殊的案子，如慈贞庵、因华庵二处，为地方人士强占兴学，因玉成和尚向州府控诉，甚至于上控到省方臬台、巡抚。另一方面，他对佛教中的劣僧，也予以惩办或驱逐。这样辛劳数年，积案一清，寺庙宁静。

玉成和尚在任泰州僧正司期间，曾上奏章给光绪皇帝，至今还为本邑人士传为佳话。他力陈寺产不可他用。在奏章中陈述的理由是："一、寺产乃十方善信所奉献，作为供佛、弘法、安僧之用，以为施主祈求佛圣庇佑，骈臻福慧,如作他用,有违因果。二、世界各国政府,对宗教寺庙教堂之财物,只有奉献,无占用者,若我政府动用寺产兴学,唯恐贻笑大方。”故在“百日维新”之后,庙产兴学之说亦因朝旨而停止。上项资料,曾刊于当时的上海《申报》,时在常州天宁寺任书记的应慈法师,订阅《申报》,以此文报告给冶开禅师。时常熟十方庵为劣绅霸占,冶开禅师曾据此文之理由助之争回。后来由于泰州和尚玉成的奏章,朝旨令各省设立“僧教育会”,由出家人自办僧侣学堂,这样亦是变相的保护寺院,避免地方人士假藉兴学之名而侵占寺产。泰州的儒释小学、南京的僧师范学堂,即其例也。

玉成和尚任僧正司之职,由光绪二十四年(1898)到宣统三年(1911)前后达十四年之久。民国肇建后,他辞职返乡,回到曲塘镇宏开寺。是年他已五十八岁,尽管他息影家园,但总是为泰州的佛教事业的发展而倾心尽力。作为泰州近代和尚之祖的玉成老法师,一生中的最大贡献就是由于自己的好学而能尊重知识,礼遇读书人,培养了一门子孙读书成就了大的事业。

玉成和尚的幼年虽读书不多,但一生好学不倦。中年以后,能诗善文,书法亦可观。会弹七弦琴,弹得极为精妙。他老人家的子孙——即徒子、徒孙、徒曾孙辈,都受过良好教育,而各有成就。当时有名的佛学院,如扬州的普通僧学校、南京的祇洹精舍及僧师范学堂、杭州的华严大学、安庆的迎江寺佛学院,以及武昌的武昌佛学院、厦门的闽南佛学院、上海中医学院等，都有他的子孙。如智光、霭亭、南亭、望亭、存远、善远、自一、唯一、成一、果一等，均曾在不同的院校受学肄业。当今在华人佛教界颇具影响的世界宗教徒协会副会长的成一长老，不止一次地对笔者说过他如有今天也是当年玉公老和尚的提携所致。原来成一长老早年为沙弥时，在小庙上学经忏，应赴佛事，十八岁那年秋间，宏开寺佛事欠人，与师弟果一应召初次拜见玉成老和尚。事后一月左右，即得泰州光孝寺南亭法师函，嘱其与果一到光孝佛学院念书。可见玉成和尚为培养子孙是多么的煞费苦心啊！

玉成老和尚尽心培育了子孙，而由于他老的栽培，一门子孙都颇具成就。如文心住持泰州北山开化禅寺，智光住持镇江焦山定慧寺，霭亭住持镇江竹林寺，南亭住持泰州光孝寺，存远住持仪征宝光寺，善远住持泰州觉正寺，自一住持南京栖霞山寺、普德寺，守一住持宜兴澄光寺，果一住持泰州雨声寺等。可谓人才辈出，龙象满门。由其子孙辈所创办佛学院，培育僧才的，有：镇江焦山智光大师创办的焦山佛学院、镇江竹林寺霭亭和尚创办的竹林佛学院以及后来在香港创办的东莲觉苑、宝觉女子佛学院、泰州光孝寺南亭和尚续办的光孝佛学院以及后来在台湾倡办的台中佛教会馆的佛学研究社、台北华严莲社、成一长老所办的华严专宗学院及研究所等。另春远法师在岭东佛学院讲学、成一法师在光孝、上海两佛学院讲学，爽亭在金陵佛学院授课，望亭、觉民、本森、自一亦任职各佛学院等。一门子孙，先后兴办七、八所佛学院所者，造就僧才、兴复佛教，殆举世无多，然此皆玉成和尚热心僧教育，栽培子孙，识见宏远，尊重知识使然。可以想像，由于玉成和尚培育的子孙，而创办的佛学院又走出了多少位佛门龙象。难怪人们称呼泰州是名僧的摇篮，也可谓当之无愧的。

民国25年(1936)夏历十月初九日已时，玉成和尚安详而逝。六十多年过去了，这位近代泰州和尚的先祖由于他当年惜重人才，培育众多子孙，今天果然得到了最后的硕果。

“当代僧皇”——智光大师

笔者收藏了一本专门介绍被誉为我国“当代僧皇”的智光老和尚的专著。此书由“智光大师纪念会”编纂、台北华严莲社出版的《智光大师法汇》，厚厚实实达590页。该书收集了智光大师传略、智光大师的《佛法僧宝》、《妇女学佛初步》、《五灯会元节引》等代表著述，和一大批海内外人士所撰写的有关智光大师的纪念文章。读了这本专著后再加上平时曾浏览到的我国近现代佛教的史卷，得知智光大师与我国一些当代高僧，如圆瑛、谛闲、太虚、印光、琰虚、虚云、常惺等皆称为栋梁僧材。中国近现代佛教史记载了清朝宣统年间，智光与仁山、太虚二位大师共同发起了佛教革新运动，拟改镇江金山江天寺为学校，也就是佛教历史上有名的新僧与老参之争，大闹金山的事件；还记载了智光先后创办泰州儒释初高小学、镇江焦山佛学院以及泰州福田工读社等育才机构，以百年的树人之远见，为一生弘法之大纲，成就斐然的业绩。这位“当代僧皇”——智光大师，亦是百年泰州中的佛教英才的杰出代表，是中国佛教新兴运动的领袖之一，是中国新佛教组织的创始人之一。

智光大师,江苏省泰州人,俗氏姓孙,为地方望族,法名弥性,号以心,别号仁先,受焦山记别后,法名文觉,号智光。生于清光绪十五年(1888)五月二十五日。十三岁依亦称为近代泰州和尚之祖的本邑宏开寺玉成尊宿剃染。十七岁,从律宗第一山南京宝华山皓月律师圆具足戒。光绪三十二年(1906)入扬州普通僧师范即扬州天宁寺佛教中学就读。该校文希法师任校长,日人道扬居士任教授,是我国僧学校之始。光绪三十四年(1908),石棣杨仁山居士在金陵刻经处内开设佛教学堂,名"祇洹精舍",智光大师同年进入祇洹精舍深造,与太虚、仁山二位尊宿为同窗。又二年,转读江苏僧师范学堂。时年二十三岁,血气方刚,受时潮影响,与太虚、仁山二师共同发起佛教革新运动,拟改镇江江天禅寺为学校,即佛教历史上有名的"大闹金山事件"。因时机欠成熟,未果所愿。民国2年(1913),大师年二十五应乡人盛邀,回泰州故里,创儒释初高小学,培育僧才,出家青年中有新思想者,翕然从之。得弟子多人,如南亭后亦为当代大德,且随侍在侧,终生没有离开。民国3年(1914),近代弘扬华严宗的第一位代表人物月霞法师在上海哈同花园创办华严大学,各省青年学僧闻风云集。智光亦负笈至沪求学。时同学最相得者为持松、常惺、霭亭、戒尘、慈舟等,后来都各成名为一方化主。当年九月,华严大学正式在哈同花园开学,由月霞亲自讲授华严教义。可惜好景不长,办学不久,即遭破坏。时值哈同六十寿辰,有异教徒提出,要华严大学师生向哈同行三跪九叩礼，理所当然地遭到月霞、应慈及全体师生的严正拒绝，有些学员甚至气愤得连夜离校。华严大学遭到面临夭折的危险。幸有常州天宁寺住持冶开老和尚闻讯后，不忍此弘法大业受到摧残，乃邀集沪上热心办学、弘扬华严的居士，与杭州海潮寺应乾法师共同商议，决定将华严大学迁往杭州海潮寺继续办理。于是，月霞即率领全体师生到海潮寺华严大学新校址，智光对月霞老人拳拳服膺，于华严一宗教义，已有相当的造诣，民国5年(1916)毕业于华严大学。

智光追随月霞，研习华严，深有领悟，曾著有《华业大纲》一书，后毁于兵火。民国6年(1917)，日本与中国订立不平等的《二十一条条约》，要求日僧入华布教。北京为图抵制，请月霞大师赴北京开讲《楞严经》，智光亦随同前往。后因月老不惯北土气候，旋即南返，应安徽九华山东崖寺请讲《楞严经》，他亦随同前往。后月霞赴湖北归元寺讲《楞严经》，东崖寺经会即由智光代座。其后又随月霞大师到武昌讲《大乘起信论》，到江苏宜兴磬山寺讲《法华经》、《华严一乘教义分齐章》等。是年冬天，月霞老人示寂于常熟兴福禅寺，智光痛失所依，顿悟人生梦幻，乃入常州天宁寺，随冶开老和尚学禅。冶开老和尚，禅宗高僧，名满大江南北。智光随冶开入堂参究，历时三年。天宁寺定例六十年举行传戒，民国9年(1920)值戒期，求戒者达三千人，智光任知客，处理繁务，秩序井然。

民国10年(1921)，智光回到故乡为专究华严而掩关于泰州北山开化禅寺。民国 12 年(1923)应镇江焦山定慧寺之聘，受记别，任监院。智光从此服务佛教，累献嘉猷。焦山为中国古刹，住众常三百余人，以研究教理为主，与金山之禅、宝华之律，鼎足而三。智光卓锡讲学，座下常常数百人之多。

民国18 年(1929)和19 年(1930)，智光应香港何东爵士夫人张莲觉居士之请，两度莅港开讲《普贤行愿品》，开香港讲经之先声；出版其所著《妇女学佛初步》，亦为智光弘法工作之开始。民国 18 年(1929)，香港苦旱已久，开讲之日，即大雨滂沱，是谓大师德感所致。以是听众极盛，风行一时。

民国23 年(1934)，智光46 岁，正值年富力强之时，此时焦山定慧寺传授三坛大戒，当时在位方丈者为慧川和尚，戒期中举行交接仪式。智光晋任焦山定慧寺方丈。焦山屹立于江苏镇江市区东北十里的扬子江中，焦山上下有十余处寺庙，其中规模最大的亦为"定慧寺"(取佛家"由戒生定，因定发慧"之意)。定慧寺初名普济庵，始创于东汉献帝兴平元年，至今已有 1800 余年历史，元代改名为焦山寺。清康熙年间改称定慧寺。智光晋任方丈后，逐步实现复兴佛教之大计划首改丛林制度，创办了焦山佛学院，造就弘法人才。智光任佛学院院长，定慧寺监院雪烦为教务主任，招收学僧 120 多名。他还创办发行了《中流》月刊。这个刊物起先是油印本的旬刊，后改为铅印本的月刊。"中流"的含意是：一、佛学院所在地焦山屹立江心，宛如中流砥柱；二、取意佛家“从生死此岸，渡过烦恼之中流，达到涅槃（超脱生死）之彼岸”；三、勉励学僧努力成为佛教界的中流砥柱。

《中流》刊物的主要内容有：佛教经论解释、佛学研究论文、国际佛学动态、外国佛学译著、佛教文物古迹介绍、国内外佛教活动报导以及诗词创作等。此刊曾与日本佛学杂志《大法轮》相互交流赠阅，还与菲律宾、新加坡、马六甲、锡兰、缅甸、香港等佛学界交流。

民国26年（1937），抗日战起，焦山地势险要，寺众皆劝智光住持引避，但他以常住为重，誓共存亡。日寇焚烧定慧寺，他坐镇指挥，挽救得法，未伤一人，而大殿、天王殿、藏经楼犹得保全。其后智光返泰州，移锡泰州光孝律寺，集故乡子弟，教以佛学、国学。鼓吹爱国思想，从事抗日宣传，创立福田工读社，提倡生产报国，他自己还拿钱买棉纱，置木机。当时成一、妙然、守成等法师皆该社的主要干部，每日除必修的课程外，每人必须织布两小时。试办三月后成绩很好。后并至出生地黄柯庄玉莲堂，讲《普贤行愿品》，顾家庄宏开禅寺演扬《法华》，乡人初闻讲经，莫不欢喜称奇。

民国34年（1945），抗战胜利，智光大师重返江南，先回焦山安住，资助中国佛教整理委员会，太虚大师集训全国各省市青年僧两百余人于焦山为整理会务寺产及革新佛教僧制，后又去上海与南亭和尚共住南市沉香阁。民国38年（1949）在成一与妙然联名多次写信劝驾下去了宝岛台湾。

1949年，赴台湾后，初寓十普寺，讲《遗教三经》。1952年，其弟子南亭创立华严莲社，智光已六十四岁，迎请至华严莲社长期供养。他任华严莲社开山导师。历演《法华》、《金刚》等大乘诸经，并于是年应台南大仙寺之聘，主持宝岛首届弘传比丘戒大会，次年更主持基隆月眉山灵泉寺三坛大戒期。又二年，复应台中宝觉寺请，主持弘传出家大戒会，为宝岛佛教僧伽教育建立基础规范。1954年，华严莲社成立华严诵经月会，智光主持共修，并随宜开示经义法要，以是信徒日增，皈依其座下者，无虑数千。

智光大师平日在华严莲社，用每年的正月初九日，特举行华严供会，所得供养，均充奖学基金，对社友中清贫或突遭变故者，亦多有救济。智光大师，其平日自修，显密兼重，禅颂并进，每届冬季，必打个人禅七，七七四十九日，数十年从未间断。大师的一生也贯穿于革新的一生，用他的话说："佛教的革新，是我一向的志愿，我为此志愿，已奋斗了几十年，虽然没有成绩可言，但我并未灰心，仍然继续为此志愿而努力，而且我将永远如此奋斗下去。"他还说过："佛家事不怕无财力，只怕无人力。"

智光大师于1963年3月14日辰时安详示寂。世寿七十五，戒历五十八，法历四十一。在台湾他素有《当代僧皇》的令誉；因其戒历僧资及在教界的功业，堪称是没有超过他的人，可当之无愧。

智光大师剃度弟子霭亭、润亭、南亭、遂亭、雨亭等，徒孙存远、恒远、善远、良远、春远、旨远、定远等，徒曾孙自一、守一、成一、唯一、果一等。霭亭曾住持镇江夹山竹林寺，南亭曾住持泰州光孝寺，存远曾住持仪征宝光寺，善远曾住持泰州觉正寺，自一曾住持南京栖霞、普德二寺，守一曾住持宜兴龙池山澄光寺。果一曾住持泰州雨声寺，其焦山定慧寺传法弟子为镫明、镫朗等，法孙为圆湛、戒证、茗山、介如等。镫朗即台湾新北投中华佛教文化馆东初法师法名也，也是中国第一位博士比丘，国际知名禅师圣严法师的师父。在台北，人们为了永远怀念这一位当代高僧，用智光的名字办了一所“智光商工职校”；在镇江的焦山，已故中国佛教协会副会长、焦山定慧寺第九十八代方丈、智光大师的法孙茗山老法师，专门将智光衣钵建塔于本山塔院永远供奉。

靄亭和尚与香港佛教

笔者曾经听到有人这样说过:“当今香港地区是佛教的天堂。”此话是说明香港佛教的发展状况以及佛教文化在香港地区的深入人心。难怪当今堪称世界之最的天坛大佛是屹立在香港九龙半岛西部的大屿山。然而当代香港佛教的兴起却与笔者故乡泰州有着密切的关系。早在上个世纪的20年代,泰州和尚靄亭法师就踏足香港弘法。据史料记载,当时靄亭和尚的名字传遍香港整个佛教界,凭着靄亭和尚的正气风范,教化了无数的众生。

靄亭和尚生于清光绪十九年(1893)十一月七日,俗家姓吴,江苏泰州东乡曲塘人。父宝生,母郭氏,生而失恃,鞠于父,天资聪颖。其父亲经商,不幸早逝,遂辍学习商,依兄嫂而居,兄继父业,不善经营而几荡祖业。靄亭有感世事无常,奋然脱俗,宣统三年(1911)19岁遂于泰州曲塘镇之南乡宏开寺于玉成老和尚座下落发出家,以文心、以心(即智光)二师为依止。取名满祥,号靄亭。

靄亭刚出家,在文心、智光二位大师的严格教育下,初研功课及经忏。民国2年(1913)受具足戒后即来到泰州城里念儒释道初、高小学。校长为智光。在学校念书时他恬淡、寡言笑，甚至在操场跑步时口还喃喃默诵课本，就是吃饭时也不忘背书，故每次考试都是第一。后肄校，教观兼修，尽得法道。

民国3年(1914)，霭亭和尚21岁，随师智光同入上海华严大学修读，而与智光、妙阔、慈舟、戒尘、了尘、持松、常惺等同学。上海华严大学是近代弘扬华严宗的第一位主要代表人物月霞法师创办的。华严大学"以提倡佛教，研究华严，兼学方等经论，自利利他为宗旨"。校址即设在上海静安寺路(今南京西路)哈同花园内。在上海学习未及三月，因有异教徒从中破坏，月霞法师不得已将华严大学迁往杭州海潮寺，继续三年而圆满毕业。后参常州天宁寺冶开禅师。民国8年(1919)，霞山法师于镇江焦山定慧寺讲《楞严经》，霭亭受聘为副讲，旋任该寺知客，兼衣钵、出纳等要职。

民国16年(1927)，镇江夹山竹林寺妙智老和尚选霭亭为法嗣，遂受记别。法号大观，任监院，妙智引退，继竹林寺主法席。竹林寺位于镇江夹山下，夹山又名竹林山，山上山下，竹林苍翠欲滴，竹海一片，蔚为壮观。寺庙隐掩于竹海之中，故名竹林寺。这里远离尘嚣，清静幽雅，是参禅悟法和攻读佛学的绝佳处。这里位于镇江南郊，为东晋法安禅师所创，初名"夹山禅院"，明崇祯年间更名竹林寺。清康熙三十八年(1699)，康熙皇帝南巡时曾驻跸竹林寺，并亲题寺名匾额。至清雍正年间，殿宇僧舍达259间，建筑规模宏伟，为鼎盛时期。

民国 16 年(1927)霭亭和尚接任竹林寺方丈,数月后就创办了竹林佛学院。首届招收甲、乙各一个班,共招学僧 40 名左右。霭亭和尚出任第一任院长。竹林佛学院专弘华严、毗尼,禅教双修,同时也讲授孔孟之书。自创办以来主要教师有:慈舟、妙阔、栗庵、南亭、林子青、厚宽、震华、窥谛、淦泉、真禅、超尘、慧峰、欣一、悉明、引觉以及在家居士等。竹林佛学院办学实行丛林化,上课、上殿、过堂,要求学修并重。还实行农禅并重的办学方针,发扬百丈禅师"一日不作、一日不食"的优良传统。学生们平日吃菜靠自己栽种。每日下午三时半下课后,学生们便集体到菜园浇水种菜,自产自食。

镇江竹林佛学院在霭亭和尚以及后来几代人的努力下,人才辈出,后来都成为一方龙象的有:震华、雪烦、东初、圆湛、福善、超尘、禅耕、真禅、浩霖、悉明、尹波等。

霭亭和尚在创办"竹林佛学院"中为了提高僧众之水准,办教育不遗余力。用他的话说:"教育者,启迪人民之知识也……"平时非常注意学生学习的状况,又知人善用,把程度好的学生,提拔出来当助教。当时的代表者震华法师,他一面学习,一面教导后学,学以致用,尽量发挥自利利他的精神,后来被称为"现代僧中素王"。

霭亭和尚与香港佛教之间的因缘应追溯到民国 11 年(1922)。那时霭亭年方二十九岁。南京栖霞山住持若舜老和尚,为建设栖霞寺,累年至香港启建水陆法会,每次必请霭亭和尚襄助。霭亭长身玉立,态度雍容,颇得香港名流何东爵士夫人张莲觉女士之尊敬。直至民国18年(1929),靄亭和尚将自己的师父智光老和尚介绍给张居士。张居士专门请智光和尚赴港弘法,香港、澳门先后两次,此为港、澳有佛法可闻之嚆矢。

民国21年(1932)秋,靄亭退席竹林寺,原拟清修,南游香江,应何东夫人之请,议建道场作弘法基础。当时靄亭和尚无论在教育、办学乃至个人修持中都是十分稳固及成熟。张莲觉居士罄累年积蓄,创办“东莲觉苑”,并于院内设图书馆,流通佛经,靄亭和尚努力筹办佛教文化工作,发行《人海灯》杂志,兴建佛学院,教学讲演,次第讲《楞严经》、《法华经》等。又于九龙、旺角及澳门创办义学,以佛化教导贫民,协助地方推行教育,开港澳佛教教学之风气,对香港地区佛教甚至对整个华南佛教之推进亦多有影响的贡献。

据说靄亭和尚当初在香港为了找寻适合的场所弘法,四处打听,合意的嫌价贵,价廉的不合用,很不容易找到东莲觉苑现址。他认为香港佛化方面,有赖于东莲觉苑,在此挑起弘法利生的担子,向四方迈进、流布。后张莲觉居士与其合作推动佛教弘化事业,靄亭和尚被邀请讲经,师父智光也参加讲经。当时在香港由于靄亭和尚的推动成立了女子佛学会,又创办佛教义学。义学中平常念佛、唱赞修持精进,靄亭觉得此只属于一种方便法门,究非根本弘法之道,一心要求改革,希望能达到培育弘法人才为目的。

民国21年(1932)九月二十四日,靄亭和尚三十九岁在香港的青山"海云兰惹",即他在香港的故居,成立了青山宝觉佛学研究社,学生有20人之多。

民国24年(1935)靄亭和尚在香港支持张莲觉居士创办了青山佛学院,实现了他在香港多年的计划。求法的学子,济济一堂,十年内,人才遍布诸方,所谓"材由匠造,道在人宏"。靄亭和尚在海内外一直呼吁,要多办教育,并又在香港的岭南大学增设实验班,造作农工人才。他并感到如果大家都来办学的话,"教育何患不昌明,国家何患不富强"。

靄亭和尚在香港为了兴建东莲觉苑,不论风雨,每日必往几次,购买木料及物品式样,更一手一脚,亲力亲为。直至民国24年(1935)落成为止,之后靄亭和尚又做教师,又担任教授,又做工程师,忙得不亦乐乎,每日讲佛学世学、上殿、过堂都做到圆满,直至把东莲觉苑在香港办得颇具影响。的确,香港东莲觉苑成立以后,对香港地区的佛教影响很大。这所巍峨雄伟、红墙黄瓦、宫殿式的重楼杰阁,宏大而庄严,美丽而朴素,佛像的庄严和设备的完善,处处都显出一种新佛教的精神。他曾游历日本,搜得《华严》注疏多种,著有《华严教义章集解》、《栖云文集》传世。

抗日期间,靄亭和尚一直在香港推动佛教。当时,日寇侵华,战火连连,香港沦陷,靄亭和尚与众同甘苦,日食稀粥以维生,拒绝独受干饭之供。一直到抗战胜利以后,靄亭远离家乡已十年有余。民国36年(1947)秋,回上海,去镇江,拜师父智光老人于焦山,留连多日,返竹林,凭吊劫后余烟,不禁怆然!因抗战期间竹林寺被日本人火烧,再远渡江北至故乡泰州,觐文心老人于北山开化禅寺,辗转匝月而咳嗽作矣!转回上海,欲返回香港调治,寓沉香阁待船,十一月一、二日间忽发高烧,其他人希望留在上海治疗,但靄亭和尚情系香江,坚持返港,遂由其徒孙觉民侍候上船,不意船刚至香港,靄亭和尚则悄然西去!港方弟子为治丧于东莲觉苑,荼毗后,舍利由徒孙觉民奉回竹林建塔供奉。港中弟子则建衣钵塔于青山。

靄亭和尚已圆寂五十多个春秋。他作为一代名僧,在世不停奔命于内地及香港贡献不浅。在当今佛教界还声名远播。泰州光孝寺第十八代传人,如今台北华严莲社住持贤度法师在她所著的《华严学专题研究》一书中特别对靄亭和尚作了高度的评价。书中这样写道:"靄亭师之生活简朴,形同禅和子,居香港十数年,犹如莲花在污泥,而不为污泥所染,只知修德讲学,视名利为浮云。在港九未置一砖一瓦之私有财产,即此一端,实为今日僧徒之所不及者。"香港张莲觉居士在著纪念泰州僧正司玉成老和尚的文章中这样叙述:"靄亭法师,近数年佐余主办宝觉佛学社,造就南中国之佛教女众人才,其功尤伟,将来南中国佛教女众教育发达,胥皆由于老人之赐也!"还有人这样说道:靄亭和尚与香港佛教之间之关系,即如果当日没有靄亭和尚,今日香港佛教也许没有好的开端。

今天香港佛教有此欣欣向荣的气象，靄亭和尚实在功居大半。

总之，今日的香港佛教界，怎么也不会忘记从扬子江畔的泰州来的靄亭大和尚。

泰州创办佛教社团第一人

——光孝寺第十二代法祖谷鸣和尚传略

在清末民初年间，谷鸣和尚在泰州一带应称得上是一位名僧。是他首创了泰州第一个佛教社团——泰县佛教会。是他力举泰州近代和尚之祖——玉成和尚任泰州僧正司，平息了当时庙产兴学之风。是他在振兴光孝寺中葺修“传汝楼”。是他在光孝寺住持间，千华戒台法音远播……

谷鸣振公和尚号东溪，俗家姓王，系江苏泰州曲塘镇人。生有宿慧，天资冲朗。年12岁时即离俗于本邑俞陈庄观音庵依常文和尚出家。后来从本邑马家桥观音庵六祥老人学习佛学经典，一学就是六、七年。谷鸣和尚年19岁时，只身赴律宗第一山的句容宝华山求具足戒。宝华山隆昌寺是律宗首刹道场，是明清以来影响最大的传戒道场，全国有百分之七十的僧尼来此受戒。特别是隆昌寺第七代祖师福聚率僧众赴京参加放皇戒(即授御戒)以后，威望愈来愈高。凡在宝华山受戒，取得隆昌寺戒牒者，走至全国名山、古刹都受到热忱接待。此戒牒如同大学毕业证书，有了它，便有了云游天下，去某寺院任要职，做佛事坐正台等的权力和资本。

谷鸣在宝华山隆昌寺求戒时，正值圣性忠和尚主席宝华山。这位和尚是国内知名的善知识，又特别赏识谷鸣，嘉其聪颖，把谷鸣留在宝华山学习，研习三藏几年后，谷鸣和尚就在这律宗第一山当上了都讲，一待就是六年，在宝华山这个佛门的“最高学府”磨炼多年后，谷鸣和尚俨然是才德双具的大法师了。后来谷鸣和尚回到自己披剃出家的寺庙俞陈庄观音庵，帮助整顿，使观音庵红红火火，一时间远近闻名。

光孝寺是泰州城的首刹，是从律宗第一山南京宝华山分灯而来。时任光孝寺住持的是著名高僧德厚老和尚。他闻知从宝华山回来的谷鸣和尚的情况，大加赏识，并邀请其来光孝寺，越四年后作监院六年。这期间，谷鸣和尚施展才能协助德厚老和尚重振了光孝古刹雄风。光绪二十年(1894)谷鸣协助德厚自京师请回“龙藏”一部7167卷。“龙藏”入寺后，谷鸣协助作经橱，历时近三载，将藏经供奉于香雨楼并改名为“藏经楼”。光绪二十三年(1897)冬德厚老和尚为供奉“龙藏”，谷鸣和尚协助传戒。

光绪二十四年(1893)，德厚老人退休，遂嗣法席给谷鸣和尚，即任光孝寺住持一职，这样谷鸣和尚成了泰州光孝律寺第十二世法祖。光绪二十四年(1898)正是清朝朝廷“戊戌变法”，实行新政的一年，社会上刮起一股“庙产兴学”之风，各地的土豪劣绅，假借兴学之名，而行侵占庙产之实，风潮所及之处，大小寺庙都群情惶骇，不知所措。这时的谷鸣和尚刚出任泰州首刹光孝寺住持，正所谓是受命于危难之时，但是他却镇定自若，住持的光孝寺秩序井然。不但如此，他作为泰州首刹光孝寺的方丈还联络诸山长老公议，主张请德高望重的泰州东乡宏开寺住持玉成老和尚出山，担任泰州僧正司以维持大局，保障寺院权益。众人素仰和尚才能，咸表赞同。正由于这样泰州一带的所谓“庙产兴学”之风才没有能够蔓延开来。佛教界并且自己兴办了泰州儒释小学。这一切在中国近现代佛教史上就有了它浓浓的一笔。

谷鸣和尚于经咒之余并能雅好翰墨，对寺中原有的镇山之宝物，倍感珍惜。特别是寺中原珍藏的“汝帖”他视若如宝，把它奉为泰州光孝寺的精神支柱。“汝帖”是宋朝拓本，上下两册，是北宋大观三年(1109)八月，河南汝州郡守王采集古碑七十余家真草隶手迹刻石拓本为稀世珍本而成。宝华山第七世祖福聚文海和尚在雍正十二年(1734)率宝华山120名执事僧赴京师放皇戒。福聚在京时多次受到皇上接见，并召见于便殿和圆明园。皇上还赐予紫衣、御制佛经等物，特别皇上还赐予皇宫久已珍藏多年的宋朝年间的“汝帖”上下两册。福聚和尚将这一皇上御赐之物又送给了他的徒弟性慧法师，由他带着这宝物从宝华山分灯而来泰州光孝寺。由于性慧的来临，泰州光孝寺由禅宗改为律宗，性慧成为光孝寺律宗第一代祖师。谷鸣和尚接任光孝寺住持后，即把性慧分灯来泰带来的此帖亦随衣钵为纪念历代相传，永为光孝寺镇寺之宝，并修建方丈室中楼，把此镇寺之宝供奉在里面，又将此楼改为“传汝楼”。一直至今，“汝帖”经过近千年的风风雨雨，历经沧桑，终于保存至今，还为光孝寺的镇寺之宝。

宣统二年(1910)，谷鸣和尚为了为本寺老和尚少云祝寿，并专门举行三坛大戒得戒弟子二百多人。民国22年(1933)，此时谷鸣和尚亦为退居方丈，光孝寺住持常惺举行传戒，并专门请了称为太老和尚的谷鸣为海陵光孝律寺千华戒坛本次受戒法会的得戒本师大和尚。这是在传戒法会中举足轻重的地位，也是人们对谷鸣老和尚的尊重。

谷鸣和尚对泰州佛教最杰出的贡献应是他老人家首创了泰州佛教组织，成为创办泰州佛教社团第一人。清末民初，中国的佛教步入了复兴阶段。中国的学术界，对于研究佛学的风气，显见一反常态，特别勇猛精进，犹如雨后春笋，向阳花木，大有竞艳争发，茁壮滋长之势。民国元年(1912)，清帝逊位，民国肇造，袁世凯包藏祸心，阴图帝制，佛教本身，又鉴于外来宗教等有组织、有计划的传教行动，同时受政治思想的影响，由当时享有盛名的诗僧八指头陀发起，召集全国僧界代表，在上海留云寺创立中国佛教总会，议定章程。此时谷鸣和尚在泰州也积极佛教组织的建立。民国元年(1912)谷鸣和尚在泰州创办了泰州地区第一个佛教团体——泰县佛教会。谷鸣和尚同时被推选为会长。从民国元年(1912)至民国38年(1949)间，泰县佛教会共历7届，主要成员先后有玉成、郎仙、文心、常惺、南亭、肇源、沛霖、云开、卢城德、陈志悟、杨浣石等人。

20世纪初在中国佛教复兴运动中，一些知识分子的学者居士们，随着时代潮流转变，温故知新，开启了这个复兴的机运，其代表人物首先应推石埭杨仁山先生和他的学生宜黄欧阳竟无先生。他们在南京创办了研究佛学的祇洹精舍及金陵刻经处，以及后来创办的支那内学院。谷鸣和尚不像一些僧众那样不明世界大势，闭关自守故步自封，而是积极参加到佛教复兴的活动之中。当时江南诸名山大刹在南京组织了僧教育会，谷鸣和尚被推举为该会的评议员，并在泰州设立了分会谋僧教育之发展。在泰州他联合各方的力量积极共同策划让佛教能够得到普及，让人间佛教的精神在泰州能够得到发扬广大。

民国23年(1934)后，谷鸣和尚圆寂归真。他的法孙一代名僧常惺法师专门撰写了《光孝第十二世先法祖谷鸣振公和尚行略》以追忆谷鸣老人弘传戒法，以资造福并扬遗泽于海内的功德。

一代名居士——徐克明

记得前几年笔者的业师，现在客居在宁波从事戒毒研究工作的徐坤主任医师，送了一本他与胞兄徐均先生编著的《荷花诗集》。这本书是他俩为纪念父亲、有诗人法师称谓的徐克明诞生一百周年（1893—1993）而编著的。书中收集了徐克明的大量遗著，其中有好几篇都与泰州光孝寺与泰州佛教的重大事件有关。这对于我来说如获至宝。我反复阅读与其他资料进行甄别，后来又向徐坤兄弟探询有关他父亲的一些情况，深深地感觉到徐克明老先生作为一代名居士，是本邑的先贤大德。很显然他与当代名僧大德的过从甚密，以及他对泰州佛教乃至于更大范围内的影响是能够永远让人记取的。至少说在泰州居士佛教史上，会有他浓浓的一笔。

徐克明先生世居泰州已六百余年。名钟峻，字克明，号儒修，法号为如修。他的舅父袁康侯系本邑最早革命的烈士之一。先生性好儒术，乐孔颜之道。从小学毕业而升入师范毕业，再升高等师范；由普通文官考试及格，而又高等文官考试及格。曾任过崇明县督学、江苏省教育厅科员。当过小学校长、中学师范教员、大学讲师，还任过私塾塾师。著有《国语学讲义》、《国音手语法》(商务印书馆出版)、《国语文选》、《汉字解诂》等著作。擅长中国南北方言,兼通英日文字,对代数、几何、三角函数等研究颇有兴趣,且醉心佛理及马、恩、列、斯的学说。

克明先生应该说在20世纪中国居士史上也是一位有影响的人物。他与中国佛学界高层人士往来密切,并在南京支那内学院的金陵刻经处多年。金陵刻经处的刻经和教学是近代居士佛教的一个典型范例。展示了高层次居士佛教的典型形态。在金陵刻经处他亲近了被称为"近代中国佛教复兴之父"的杨仁山居士。杨仁山居士"奋起末法苍茫,宗风歇绝之会,以身任道,论师、法将、藏主、经坊,四事勇兼,毕生不倦,精诚磅礴"。他以"起晚清中国佛教之衰,肇现代中国佛教之兴"的精神感召了克明先生。克明先生同时还亲近当时的佛学大师欧阳渐(字竟无)先生。这两位大师对克明先生的影响是极大的。在金陵刻经处他攻读佛经禅理,参与佛经的编辑校对,为学生授课。当时同期在金陵刻经处的有泰州同乡景幼南(字昌极)先生,是一位教哲学的大学教授。还有吕秋逸居士是江苏丹阳人,是著名画家吕凤子的弟弟,后来是中国科学院社科部学部委员。

克明先生的长子徐均至今还能回忆起他当年多次到金陵刻经处的情况。有一年欧阳竟无大师还送了一本《中庸》给他,并给他起了个号为"应均"。另外过去克明先生家客厅内悬挂的就是欧阳大师所撰并书的对联。另克明先生40岁的时候(1933),欧阳竟无在他的肖像照片后面题字为:"物达心空地自偏,双塘(按:指金陵)学道有前缘;而今重聚资深室,回首苍茫十七年。"由此可见克明先生与当时著名佛学大师之间的关系。

上个世纪三、四十年代泰州光孝寺创办的佛学院办得有声有色,各地一批学僧都来到光孝寺求学。而光孝寺佛学院亦请来了欧阳竟无大师以及克明居士等一批非常有造诣的各学科教师前来讲课。光孝寺几代法师都成了徐克明居士的学生,如南亭、成一、妙然、了中、自立当时都听他讲过学。同样作为一代名居士的克明先生与泰州的法师之间往来特别密切。光孝寺有重大事件他都到场。公元1946年春,光孝寺住持沛霖和尚为妙然、广静、昌言三位法师授予菩提记,克明居士还专门写了贺词为:"香雨传经,高风第一;碧云受记,新月初三。"

徐克明居士与当代著名高僧智光老法师之间也是情深谊重。智光老法师是我国佛教革新之祖,早年曾与仁山、太虚二位大师发起佛教革新运动,首拟改金山江天禅寺为学校,后来任镇江焦山定慧寺住持,并创办了焦山佛学院。智光曾在家乡泰州创办过儒释初高小学,并在泰州北山开化禅寺掩关三年专究华严。抗日战争中他在泰州集故乡子弟,教以佛学及爱国思想,从事抗日宣传,创福田工读社,提倡生产报国。这件事在中国近代佛教史上还是有其地位的。而克明居士与智光长老之间往来特别密切。据克明居士的长子徐均回忆,公元1934年他在苏州读书，克明居士在镇江省教育厅工作。有一次他们父子俩专门去焦山看望智光老法师。此时智光老法师任焦山定慧寺方丈，接待他们非常热情。智光老法师还专门将定慧寺的镇寺之宝南宋名将岳飞的书法拿出来给他们欣赏。

公元1941年，智光的族兄病故，克明居士代光孝寺专门为其写了挽幛：

现居士身，示维摩疾；

作伽蓝护，供伊蒲斋。

又作挽联：

卅载前得识贤兄，一在家，一出家，羡均是丈夫豪杰；

半年内忽婴奇疾，或中药，或西药，问谁为扁鹊仓公？

另外，克明居士还代智光老法师写了挽幛：

生平绝少知音，与弟情感逾恒，痛痒直同亲手足！

疾病愿为扶助，恨我药石无效，悲哀浑欲断肝肠！

克明居士与光孝寺住持南亭老法师往来也是很密切的，尽管南亭老法师听过克明居士的课亦称克明居士为良师，但相互彼此间都能敬重如宾。还是克明居士的长子徐均回忆道："当年父亲任菩提小学校长的时候，常常带我去光孝寺，一到光孝寺都是在方丈室入上座。每次去的时候都会留在光孝寺品尝素斋。逢年过节的时候南亭和尚还专门送些素菜瓜果像卤花生一类的给我们家。"公元1946年以后徐均先生在上海申新九厂工作，克明居士还专程写信要他去上海南市沉香阁探望南亭和尚，南亭老和尚对他非常和气可亲。

翻阅克明居士的遗著，有一部分是克翁所书的对联，特别有好多是为一些名法师名居士题写的挽联。现摘录几则如下：

公元1947年5月，挽太虚大师联：

太上无情，不憖一老；

虚空界尽，垂悯众生。

同年挽镇江竹林寺退院靄亭和尚（也是泰州人氏，系近代香港佛教的复兴人之一）联：

忆曾过竹林，我恨缘悭，未得浮生闲半日；

闻近归香岛，仁竟先去，因何苦海失斯人！

挽宽海比丘尼：

现妇女身，准提社中闻百法；

作比丘尼，仁王会上悟无生。

为泰州佛教会挽王诚勇居士联

其一：

国难方殷，他年乘愿再来，定效仁王能护法；

教务待理，今日安详示寂，忍看释子共兴悲。

其二：

廿年维护佛团，任理事，任监事，缁素允称融洽；

一刹往生乐国，光无量，寿无量，圣凡永得同居。

代准提庵挽吴倩芗女居士：

避乱莅吴陵，殷勤说法度人，示现优婆夷本相；

修持皈净土，临终异香呈瑞，定见无量寿如来。

徐克明居士一生之中以“人生当做大事，勿做大官”，“斯言也先得其心”为之座右铭。作为一代居士的他弘法不断，直到公元1949年以后他还在本邑中的大林桥西大街开坛讲经，佛门弟子听者甚众。在他的遗著中专门有一册荷花诗集。而笔者的业师徐坤先生系克明居士的次子，他专门用《佛教与莲花》取名为其写了序。序中这样写道：因为佛教与莲花关系密切，源远流长，故佛教的传说，比喻多以莲花为象征，为标志……。其实佛教以莲花作标志的缘由是因莲花有独具一格的自然特征与佛教修行持戒的精神高度吻合。而一代名居士如修偕其同道以荷花为题材，唱和了许多意境高尚的诗篇，充分表达了诗人们当时的超凡脱俗、遗世独立的宗教信仰和精神依托，使人读后也许有所启发，有所裨益。

一代名居士徐克明已西去五十多年，但他所开创的泰州居士佛教以及佛教文化的研究，随着新的佛教文化的提升，肯定能够得到传承。

韩国钧为光孝寺题写传戒录序

泰州一带的文化圈子里的人常常以在省城任文联主席的李进(夏阳)而感到自豪。早在上个世纪80年代初,李进老为《泰州金石书画选》第二辑题序时这样说道:就书画而言,在泰州一直渊源不断,有些人的成就不差。在现代,有影响的书法家可算是曾做过国民政府江苏省省长的韩国钧,即韩紫石,又称止叟。笔者珍藏了韩国钧在民国22年(1933)三月为江淮名刹题写的《光孝寺传戒录序》的影印件。此件堪称紫老的书法上品,在所撰书的内容上能够表现出这位老人的忧国忧民的一身正气。笔者觉得这幅题序,对研究泰州光孝寺的历史传承,以及如今光孝寺在当今华人佛教界的影响是极为珍贵的了。

韩国钧(1857—1942),出生在江苏泰州海安镇(过去海安隶属于泰州)的一个贫民家庭。从小双亲早逝,由姑父刘氏抚养成人,才华横溢,18岁应试诗赋取扬属第一、第八名。23岁应江南乡试中举,33岁应大比得一等。先后任河南镇平、祥符、武陟、永城等五县知事及河南铸钱局总办。

光绪二十八年(1902)至二十九年(1903)任河北矿物

局总办、交涉局会办。光绪三十一年(1905)赴日本考察农工商矿凡三个月,并仔细参观了日本帝国大学、工业大学、农业大学等高等学校,还参观了朝海、鹤枝小学、女子师范专科学校及聋哑学校等,对如何创办好紫石中学得益匪浅。光绪三十二年(1906)于河南奉委陆军参谋处兼矿政调查局总办。次年任奉天交涉局局长、农工商局副局长及广东省督练公所参议兼兵备所总办。八国联军侵华时,韩国钧的爱国行动和为官清廉的名声,为朝廷所闻。光绪三十四年(1908)慈禧太后召见于颐和园仁寿殿。因此一见,声威大振,名扬四海。

韩国钧在清末政治腐败之时,两袖清风,一身正气。他严格执法,秉公办事,不畏强权,深得民心。民国2年(1913)五月六日,江苏各界以"桑梓义务"为由,一致请求清正廉洁的韩国钧出山。当月二十四日他出任江苏民政长,民众欣喜万分。后调任安徽巡按使。他勤于政务,业绩甚丰。他与著名实业家、清末状元张謇先生志同道合,兴办水利为民除患,并开办泰源盐垦公司。张謇,字秀直,号啬庵,江苏南通人,光绪二十年(1894)中甲午状元而大魁于天下,久负盛名。韩国钧曾两次出任江苏省省长,任内办事认真,一丝不苟,取信于民,为民所爱。

在抗日战争期间,韩国钧一腔热血,对日寇侵华荼毒生灵,恨之入骨。他为支持抗日募捐献款,为组成抗日统一战线推波助澜,与陈毅、刘少奇、粟裕等老一辈子革命家甚为友善而传为佳话。陈毅同志率新四军东进苏北时，韩国钧以84岁在野之身，奔走呼号，出面组织苏北抗日联盟，主张“团结对外，扫荡敌氛”。陈毅同志移师海安后，韩国钧以诗词相唱和，以对联相题赠。每当酌酒论事，大有相见恨晚之慨。

泰州光孝寺谓之东晋古寺江淮名刹，是泰州九大丛林之首刹。上个世纪二、三十年代是古光孝寺的复兴时期，一代名僧常惺、南亭此时正在光孝寺创办佛学院，一批后来成为高僧大德的法师都云集在泰州光孝寺传法放戒。光孝寺作为苏北唯一的律宗道场，千华戒台已有好多年未开戒。这一次放戒，传戒本师大和尚由本寺太老和尚谷鸣担任。说戒本师大和尚由镇江金山观音阁仁山大法师担任。羯磨阿黎由镇江超岸寺守培大法师担任。这传戒录序由时任省长的又是大书法家的韩国钧亲自撰书，这倒也是泰州光孝寺的殊荣。

韩国钧在《光孝寺传戒录序》中这样写道：“吾邑光孝寺自宋高宗改晋时天宁万寿寺为徽宗祝福，遂赐斯名，迄今未替，则光孝寺为宣梵之道场，又即祝福之圣地也。其时宋南渡后，河北沦陷，朝廷怵于危亡欲仗佛力以奠邦家……常惺和尚特于今春敬设戒坛，宣传佛化，敦请海内名法师为诸戒子讲授，及此国难之际，四郊多垒，河北震惊，兵燹之祸恐将攫与南宋危时几无以异。今设戒坛以之宣梵而祝福，冀仗佛力以奠邦家，则是录也，不特为祖德之光，抑之救众生之苦，诸戒子其信心奉持可耳。”

1931年9月18日晚，日本关东军南满铁路守备队奉命炸毁沈阳北郊柳条湖的铁路，反诬中国军队破坏，突然袭击沈阳北大营，轰炸沈阳城，震惊中外的“九·一八”事变爆发。1932 年 1 月日军占领锦州，攫取辽西，后又北进占领哈尔滨。1932 年 1 月 28 日，日军突然袭击上海闸北中国驻军，制造了震惊中外的“一·二八”事变。国民党第十九路军将领蔡廷锴、蒋光鼎、戴戟率领三万官兵奋起抵抗。1933 年元旦夜，日军进犯山海关，炮轰临榆县城。1933 年中华民族确实到了最危险的时候，这时省长韩国钧应邀为光孝寺写传戒录序，把忧国忧民的情感都溶入了该序中。

再从韩国钧题序的书法作品的艺术性来看，真可谓是美的享受。他是一位在书法艺术上极有造诣的人，观赏《题序》作品就知道，其博学多见，广采众长，字里行间亦渗透着书卷灵秀之气。

韩国钧老先生为光孝寺书写的《光孝寺传戒录序》，用笔流畅，势如破竹，奔放雄健，挺劲瑰丽，随心流转；端楷兼带隶书，苍老秀劲，外柔内刚，神韵盎然。

1933 年春，常惺大法师在光孝寺放戒传法，省长韩国钧的题序使之增色不少。那一年的传戒，泰州城内是万人空巷，纷纷目睹传戒之盛况。常惺敦请仁山大师说戒，且行分卫乞食古仪。常惺亲自率领诸戒子，手托钵盂，鱼贯而入，前往本邑居士林应供，路人皆叹为稀有。

正如韩老的题序所说，国难当头，人们似乎都期盼着利用佛力来祈求国泰民安。而光孝寺确实在那段时期内开设难民收养所，创办僧众救护训练班，支援李明扬部军需。以至于后来光孝寺竟成了苏北抗日统一战线中陈毅、粟裕、韩国钧以及李明扬、李长江谋商一致抗日交流的场所。1939年新四军挺进苏北。陈毅第二次来泰州与鲁苏皖边区游击总指挥李明扬等商洽团结抗日大计时，就曾在光孝寺藏经楼下，对该部军官、教导总队官佐作了阐述团结抗日救国道理，宣传抗日统一战线政策的讲话。

光孝寺自1933年春那一次传法放戒后，后来就再没有放戒。1951年千华戒台由于历史的原因被拆除，纯正的戒台矾石本系清代本邑雕塑名家吴广裕摹唐吴道子丹青绘成，也只好改作当时泰山公园的露天音乐台之用。但是那一年所传法的法子以及授戒的戒子们多半成了一方化主。而在当今华人佛教界中，好多领袖级的大法师都与泰州光孝寺的千华戒台的传承有着密切的关系。

1942年1月23日，韩国钧老先生以身殉国，此事震惊中外。泰州海安一带的民众更是悲痛万分，家家秉烛，户户焚香，人人参拜，哀声遍及江海平原。韩国钧早年在河南任官时，因其政绩显赫，又能秉公执法如明镜高悬，百姓呼之"韩青天"，美名广为流传，沿衍不断。其高风亮节，为国为民的精神，为后人敬仰！

据光孝寺第十七代传人、现任台北华严莲社董事长的成一长老所说，当年韩国钧抱憾谢世后，先师公南亭老和尚还带着他们去吊唁，后来在光孝寺还专门举行佛事来缅怀韩国钧的无量功德，缅怀当年韩老曾为光孝寺亲笔题书的《光孝寺传戒录序》。因为那一年传戒法会间，南亭老和尚恭受了常惺法师的光孝寺法记，成了泰州光孝律寺第十五代法系传人。

少小离家老大回

——记了中法师返泰探亲

仲春时节，海内外著名佛学大师、世界佛教僧伽会秘书长、原光孝寺弟子了中，专程返乡，一住就是十天，寻访故地，拜会师友，情真真，意切切。

一

了中法师自沪一下飞机，就驱车回泰州。车速已达六、七十码，可游子的归心呵，还觉得慢。他风趣地说："如遇警察让罚款，我认了，只要能早早回到家。"

他听说车子已到斜桥，便如数家珍地点到东山寺、觉正寺、北山寺……突然，他提出径直去光孝寺。但夜已很深，一行乘车已七、八个小时，饥肠辘辘，同行者劝他暂且休息。法师失眠了，只好苦等天亮。

次日清晨，光孝寺内，了中法师见到现任光孝寺住持、九十高龄的肇源法师，赶忙跪拜老师公。"终于把你盼回来啦!"肇老和尚拉着了中的手道。了中法师对在场的僧侣们说，若到其它寺庙，我算作上宾；我曾在这儿求学，曾是这里的小和尚，而今到此，我是探家，是探光孝寺这个家。

二

了中法师今年57岁，他一生几乎是在不停地学习。他八岁因家贫到净因寺当和尚，后至当时佛学高等学府之一的光孝寺就读，又被送往栖霞、静安攻读，四十年前，去台湾佛学院学习。而立之年的了中已在佛学界稍有名气，但他仍不辞艰辛只身东渡扶桑，一气攻读了八年，获得文学硕士衔后，又完成了博士课程的学习，再飞渡重洋，赴美国苦读了三年。他深怀感激之情地说："没有当年师父为我奠定基础，就没有我的今天。"

了中来到师父故居，见到一座民宅依旧，师父的遗像高挂，他大哭跪地，三拜九叩，呜咽着说："今天我是来报师恩的，弟子没有尽到孝心啊!"又恭恭敬敬地给师父奉上一柱香，献上声声诵祷。

三

了中法师下榻的乔园宾馆房内，清晨，常传出浑厚的男中音苏北民歌声，吐词是道地的泰州方言。他解释说："为常思故乡山河，常怀亲友情深，我自唱自录了几段家乡小调，以慰飘泊思乡之苦。"

岳王庙、梅史馆、崇儒祠等处，都留下法师的足迹。参观博物馆后，他说，考察了泰州两千一百年的发展史，使我更加热爱自己的家乡。我常用泰州话在电视上讲经。泰州人在海内外佛教界是颇具影响的，现任许多国家大寺庙的住持。我为此感到光荣。前几年，世界佛协在尼泊尔开会，成一法师与赵朴初老居士会晤关心光孝寺的修复。我一定尽最大的努力，因为这里毕竟是我的家。”

1988 年稿

随了中法师大陆朝山观光记

1989年阳春四月，世界佛教僧伽会秘书长、台北首刹善导寺住持、著名高僧了中大师率团作了漫游大陆22天之旅。我虽有缘作为该团成员，但在其前一段的上海、杭州、普陀之行，因一时忙于其他事情未能参加该团的活动。从南京开始我才随团，随大师上九华、去少林、登五台、到云岗直至北上京师，可谓享尽山水之乐。沿途无论是探迹名山，还是纵步闹市，多半是走向那黄底红字的圣墙禅宇。在那香烟缭绕、钟钹鼓鸣之中，我深深觉得佛教传入华夏，几经盛衰，渐与民族文化相融，成为中国文化之重要组成部分。今随着海峡两岸佛教界的长时间不断交流，流传于中华民族文化中的佛文化一定能得到弘扬。

此番随团，一路上，与大师同车共船、朝夕相处，即席承教，如沐春风，深感庆幸，使我得到前所未有的丰富知识，又耳闻目睹所发生的一切，有意留心记上点滴，以作为随大师一路朝山观光的收获。

朝山观光，不惊动别人

这次了中大师率领的大陆朝山观光团的成员有30

多人，成员当中有的是来自台湾佛教大丛林的高僧，如台北松山寺董事长、《狮子吼》杂志发行人灵根老法师，法藏寺住持慧光法师，菩提讲堂住持修观法师；有的是受过高深教育又笃信三宝，在佛理研究颇有造诣的中青年尼僧；有的是在家的善男信女（这些虔诚的信徒在旅游团中虽都是普通一员，但他们当中却有财团阔老、某个领域中有显赫地位的要人）。大师所率团体的整个活动日程都是委托国际旅行社安排的。在安排之前，他反复叮嘱："这次大陆之行，我们纯属萌发心愿，朝山观光，不可以去惊动别人。"可是，大师率领的团体毕竟是一个拥有众多高僧的团体，大师又算得上是世界级的佛教领袖之一。在大陆他有好多的老朋友，这次当他来到大陆后，沿途各地，他到来的消息不胫而走，轰动域中，人们总想要向他们表示一下心愿。但大师生怕惊动别人，主动避开了几乎所有的应酬。南京，是大师故乡的省城，家乡的父母官恳请大师返里，他婉然谢绝，只说留时间让团员们多领略锦绣河山的壮丽风光。在九华山，他意外碰上自己的师叔、现任九华山佛教协会会长的仁德法师，叔侄相会，九华山要宴请，大师却反劝师叔，把钱省下来，建好寺庙。听说九华山下年度要举行传戒，他号召团员捐款，资助九华山。五台山听说了中大师到来，集中全山僧民、喇嘛相迎，准备在山前红毯铺地，钟鼓齐鸣，举行盛大仪式欢迎大师一行，可是未等山中僧众集中，大师已向文殊菩萨燃香礼佛而归。在大同，这儿是云岗石窟的所在地，古刹华严寺和善化寺在文革中幸免遭受破坏，当地的市长听说大师到来，欲想安排欢迎仪式，与大师商洽，大师则说“不可以，不可以”，推却再三。在太原、北京两个火车站，下车时有当地的佛教人士组织欢迎队，大师局促不安地对负责日程安排的人略带责怪地连说：“这样安排不妥当，我们不能去惊动别人。”

跟随大师一路上十多天，仅随同他参加了一次应酬，也可算是他此次大陆 22 天之旅唯一的一次吧。这就是在北京，中国佛教协会会长赵朴初老居士宴请大师一行，但大师要求场面越小越好，形式越简单越好。正由于这样，赵朴老居士宴请安排在北京饭店，宴请前大师与灵根法师、慧光法师、修观法师、生华法师一起与赵朴老举行了短时间会晤。会谈也非常简单，大家互相问候后，大致谈了三个方面的问题：一是大家都希望加强海峡两岸佛教的联系和交流；二是关于台湾高僧白圣长老圆寂，邀请大陆同道去台奔丧的事情；三是大师为关心家乡光孝寺的修复，请赵朴老帮帮忙。会谈后，大师一行与赵朴老等一起共进晚餐，毕竟是佛门一家，大家兴致颇浓。我听到一个团员这样谈及：我们随大师朝山观光，深知师父的脾气，他不要迎来送往，生怕惊动别人，赵朴老宴请，也是大陆之旅的唯一一次，但这总是我们佛门内的事啦！

他是历史活字典、地理活地图

了中大师率领的这个团体的成员，绝大部分都是台湾本地人，又都是第一次来大陆。他们对大陆的一切都感到新鲜,总要提出这样那样的问题需要解答,有些问题,当导游卡壳时,化解的却是了中大师。他深入浅出,讲得头头是道,有时,他反客为主,干脆拿起了导游手中的话筒,讲出一些典故,使团员们豁然开朗。起初我还有些疑惑,心想了中大师十六七岁就离开大陆去了台湾,为什么又对大陆如此了解。慧光法师为我解开了这个迷,说大师在东京立正大学读书的时候,我与修观法师都与他同窗,他是专攻历史的博士研究生,班上的同学有难题都是向他讨教呢! 大家还称他是“历史活字典”、“地理活地图”呢! 噢! 原来如此,怪不得呢! 了中大师也告诉我,在台湾电视节目中,他每放必看的节目就是大陆“锦绣河山”,这是我们中华民族的,我们弘扬佛法也是在弘扬民族文化。这是大师了解锦绣河山的精神所在,有些地方他从来就没有去过,但他却了如指掌。例如,车快行到北岳恒山悬空寺的时候,他就向我们介绍了这是恒山十八景之冠,建在翠屏峰一道绝壁的腰间,共有大小殿阁四十余处,结构巧妙,造型奇特,似悬挂半空,惊险万状,登临其上有微微欲坠之感,是中国罕见的高空古建筑,大旅游家徐霞客誉之为“天下巨观”。当我们亲临其境,果然如此。

我们一行来到中岳嵩山少林寺,接待我们的是一位年轻的和尚。只见他西装笔挺,大谈少林武术。他介绍后,大师主动与这接待和尚谈到这少林是禅宗的祖庭,那知这和尚却不知所措。大师反过来又向这位和尚介绍了少林与禅宗的关系,希望他以后介绍少林寺,首先要介绍这是佛教禅宗的祖庭,其次才是少林武术,不可本末倒置,只见那年轻和尚连连点头。在南京,观光的景点较多,讲解时,导游小姐干脆拱手请大师介绍。中华门古城堡,大师介绍了该城堡经历了大几百年的历程,对城堡的高度乃至于城中的藏兵洞有多少个,数字一一报出。如在中山陵,大师介绍了伟大的革命先驱者孙中山逝世后如何选址,如何修建陵基的事情。灵谷寺,他向团员们介绍了玄奘头骨舍利的来历。离开南京时,导游小姐对大师说,陪同该团体活动中,是大师给她上了课,让她丰富了有关南京旅游点的知识。北京卢沟桥上,大师向大家介绍了"七七事变"的过程,又见他指着桥上当年留下的一些弹孔,又深情地抚摸着桥上的小石狮,说:"我们中国再不能遭受别的国家侵略啦! 真诚地希望海峡两岸的统一,中华民族的强盛。"

他是劝我们行善啊

了中大师率团在大陆的22天之旅,佛教的四大名山,他们去了三座,普陀、九华、五台。沿途大师与大家讲道,佛教的四大名山集中代表了传统佛教的四种精神,而学习这种精神是我们朝山敬佛的意义所在。更重要的还要身体力行。在九华山的百岁宫看到这么一个镜头:大师刚到百岁宫,老远只见一个小法师顶礼叩拜了中大师,上去一问是百岁宫的知客意彻法师,上来答谢大师的开示之恩。原来,这小法师去年刚从南京栖霞山佛学院毕业，在毕业前本不愿意再出家。正巧了中大师去年回乡探亲，去栖霞时给他们上了一课，才使他毕业后坚定了意向，回九华，当上了百岁宫的知客。他连声感谢了中大师。而大师则又专门给这小法师讲，希望他发长愿，发大愿，在九华山扎下根。大师对出家人是这样谆谆善导，对在家人也是一样。从铜陵坐火车去南京，途经芜湖，车厢里上来五个大约十七八岁的小伙子，个个嘴角叼着香烟，哼着小调，一股油里油气的样子。大师看到几个小伙子这样子，意欲上去搭讪，我在旁拉住大师，说到这几个小伙子看样子不像是个正经人，不要与他噜苏，但是大师却执意要接近他们，我也无奈。见大师先是送他们每人一串玛瑙念珠，然后与他们交流。原来这五个小青年是合肥人，没有正当职业想出来走走，见见世面的。大师希望他们年纪轻轻，要守本份，要多学习，不能游手好闲，更不能做不利于社会的事情，一席话，语重心长，几个小伙子，脸上红一阵白一阵，到南京站，我们下车时，其中一个小伙子悄悄地拉住我的手对我说："请转告大师，我们听大师的话，他劝我们行善，我们绝不会干坏事，请大师放心。"

了中大师十分懂得掌握讲话对象的心理。对一般人绝不故作高深，总是讲些生动的故事和浅显的譬喻，对一些同行深入浅出谈佛经教义，讲心、讲法情、讲人生哲学，讲如何净化人心、美化人生，讲对人类要有所作为。总之，其谈论的内容充分考虑到对象的接受能力。一路上，他多次与团员讲海峡两岸佛教交流的意义，希望大家把钱用来资助大陆的寺庙。

弘扬佛教精神　希望祖国富强

了中大师率领的团体，成员虽各异，但是不管老还是小，不管僧尼还是信徒，莫不奉了中法师若神。旅途的安排日程几乎天天要搬家，但一切生活环节，都安排和准备得周周到到、井井有条。一路上尤其令我惊奇的是，他（她）们竟然个个都能唱歌，每当乘坐的大巴士行进时，自然成了小型联欢会。他（她）们从不扭扭捏捏，拿起话筒就大大方方地施展歌喉，唱的内容，几乎包括古今中外的歌曲，一位女法师能引吭高歌《王昭君》、黄梅戏《天仙配》。了中大师尽管由于着凉嗓子有点嘶哑，但还唱上一段《绿岛小夜曲》，唱了一曲又再来一曲，还即兴填词，表示自己的心声："四月里来菜花黄，两岸组团来观光，祝愿祖国早统一，中华一定能富强。"当车子经过燕子矶看到浩瀚的长江水面时，全车人几乎同时发出惊叹声：长江啊长江，我们终于看到了您。这不是在电视屏幕，这是现实，这是他们发自肺腑之言。记得在大同，参观云岗石窟时，这儿宝藏着古代石刻，解说员指着一些佛像石窟说，有的在战争年代被外人盗走，感到很痛心。大师说道：在外，我们只要发现是国宝，就不惜重金，高价收购，万不可将这些国宝散落外国人手中，爱祖国是我们的本份。

在北京，游览长城的时候，他们专门选择一些难登的地带去攀登，一些年长者，请求人架，也要爬上长城的险峰。他们说道：爬长城，不仅是“不到长城非好汉”，而且因为这长城是我们祖国中华民族的象征，我们都是炎黄子孙，民族的强盛、祖国的伟大，是我们天天日日所祈愿的。

1989 年稿

寻根觅源　怀德报恩

——随成一长老寻根礼祖记

2000年阳春四月，世界宗教徒协会副会长、财团法人台北华严莲社董事长、美国东方大学名誉哲学博士成一长老亲自率团赴大陆朝山礼祖。一路上风尘仆仆，从台北飞上海去玉佛、静安，找寻当年足迹；回故里海安谒拜观音禅寺已故祖师上人；赴泰州祖庭光孝礼祖；访扬州大明、高旻，与能修、德林两位高僧会晤，悟禅讲道；在镇江金、焦二山为其曾师祖智光祖塔上供，希冀祖庭后继有人；上南京栖霞登句容宝华，六十年弹指一挥间，故地拜祖，不忘师恩；然后北上京师，专程会见赵朴初会长，感谢朴老为祖庭恢复所作的不遗余力的努力！我有缘跟随该团几天，与长老同车共船，朝夕相处，即席承教，如沐春风，深感庆幸，获得了我前所未有的知识。耳闻目睹所发生的一切，意在留心记上点滴。

一、继遗志，中兴光孝建祖庭，以争朝夕

这次成一长老率领的大陆朝山礼祖的成员有二十多人，其中有光孝寺的法系传人守成老法师，有与光孝寺同根同宗的成一长老在海外的弟子，他们现都是一方化主。美国华严莲社住持弘度法师、在佛教唯识研究中颇有造

诣的台北光泉寺住持全度法师，以及净缘讲堂的藏度法师等都参加了该团。寻根礼祖团中还有的是受过高深教育但又笃信三宝，在佛理研究方面颇有造诣的中青年尼僧，如广度法师、弘道法师、天悦法师。有的则是在家的善男信女，但他们又多半是成一长老的皈依弟子，甚至原来就是南亭老和尚的皈依弟子，而且他们又大都是中兴修复光孝寺的功德主。

泰州光孝寺原是东晋义熙年间建造的古刹，素称为江淮名刹，苏北唯一之律宗丛林，有“梵宫化雨”之称。寺庙历史悠久，规模宏大，代出名僧，成一长老的师公南亭和尚曾是古光孝寺的一代住持。20 世纪 40 年代末，由于众所皆知的原因赴台后，得知祖庭被毁，食不甘味，夜不能寐，念念不忘恢复祖庭，并要求弟子一有机会即要为修复祖庭而努力。而成一长老当年曾在光孝寺佛学院读书，后又当监学。他禀承其法曾祖南公遗愿，联系力量，通过在 80 年代末的一次机缘，即在尼泊尔出席世佛友谊大会，碰到其故友中国佛教协会会长赴朴初老居士，托他帮忙修复祖庭，从此踏上了修复祖庭的崎岖之路。拆迁工厂，开通山门，镇山之宝的失而复得，建天王殿，修山门殿，重建最吉祥殿（即大雄宝殿和全堂），佛像开光，每一步的进展，成一长老都是呕心沥血，不遗余力。光孝寺已中兴在即，壮丽梵宫再现，庄严法相重光。此次成一长老率团至祖庭光孝寺，情真意切。长老带着他的弟子们在光孝寺祭祖礼佛上供，一礼一拜是那样的虔诚。他对弟子们说道:“没有先祖就没有我们,也就没有我们现在的一切。”要完成先师祖南公的使命,还觉得有好长的一段路要走,藏经楼、戒台殿、法堂、祖堂等还尚未恢复。成一长老一直牵挂着祖庭的复建,用他的话说:“如不能按原样复建祖庭光孝寺,我们怎么能对得起中佛协赵会长他老人家?将来又怎么向我们的后人交待呢?”

没能完成先师祖南公老人付嘱的使命,恐要遗憾终生了!将来又怎样去佛国向他老人家复命呢?成师等在离开光孝寺后,当晚宿扬州京华大酒店,次日清晨又见长老一早就伏案描记光孝寺原样图记,要笔者转至泰州佛教会副会长王光钺老居士,请他按图修复。可想而知,长老为恢复祖庭是如此迫切。

二、弘扬弥勒精神,贵在自觉修行

来到扬州大明寺,寺内的天王殿,面阔三间,殿门上嵌有“大明寺”金字石额。踏进山门,迎面就见到弥勒佛面南而坐,眉笑颜开,坦胸裸腹。佛座前楹联云:“大腹能容容天下难容之事;开口常笑笑世间可笑之人。”成一长老是弥勒精神的倡导者,几年前笔者拜读过他所编纂的《佛说弥勒三经》一书。书中他竭力推崇当代佛教救星太虚大师要把奉化溪口雪窦寺的弥勒道场改为弥勒山,使原有的佛教四大名山(普陀山、五台山、峨眉山、九华山)成为五大名山。1996 年他曾率弟子在朝普陀山后顺道溪口,上登雪窦寺,朝礼弥勒慈尊,赫然发现寺前竖立一石碑，上书“弥勒山”三个大字，见之不胜喜悦。

弥勒佛被称为“未来佛”，那大肚能容、笑口常开的形象在中国人的心目中象征着智慧、豁达与平和。在众多的寺庙中都供奉着笑口常开的大肚弥勒像，尽管笑脸相迎众多的来寺朝拜者，但更让人们从中悟出贵在自觉修行的根本观念。成一长老如是讲述了上面的一番道理。在他率领的朝山礼祖团上早课、晚课以后，大家都情不自禁地跟在成一长老后，称念“弥勒尊佛”，可见长老所倡导的弥勒精神是多么的深入人心。

在大明寺听到该寺方丈能修法师介绍如何顺利修复“栖灵塔”时，成一长老兴致勃勃地随能修方丈登上这新建的九层方形楼阁式栖灵塔。“直上造云端，凭虚纳天籁”，俯瞰古刹新貌，饱览蜀岗佳景，远眺名城风姿。当年唐代一些大诗人，如李白、高适、白居易、刘禹锡等都登临过此塔，吟诵赞叹，留下了多少脍炙人口的佳句。如今这修复后的栖灵塔，从外形到内部构造，全部为仿唐风格。平座、腰檐、梭柱、大斗拱，线条粗犷，圆浑而飞动；规模宏大，构筑坚固，形制古朴，堂皇而庄重。在平山堂又看了关于苏东坡、欧阳修的名胜古迹时，以及观赏盛开的琼花时，直夸奖能修法师功德无量，亦为当代弥勒！

在高旻寺又是一番景象。高旻寺位于扬子江北岸，在古运河与仪扬河的交汇处，北通扬州，南接瓜洲，西靠仪征，地理位置十分优越，被称为“九龙朝佛地”，“一轮红日照乾坤，万道霞光进佛门”。高旻寺名列“扬州八大名刹”之一，与镇江金山寺、宁波天童寺、常州天宁寺合称为禅宗四大丛林。又有“上有文殊、宝光，下有金山、高旻”之说，并为长江流域禅宗四大丛林。历任住持僧人多有高行大德，颇具诗文才华。现任住持德林和尚的师父来果禅师亦被称为一代名僧。当今中国佛教协会会长赵朴初居士，曾皈依来果为弟子。成一长老率团到高旻寺后，正巧住持德林和尚刚从外地归来，欣然接待成一长老一行，先与长老交谈，如数家珍的道出高旻寺修复的情况，并饶有兴趣充满禅味地说，“文革”破坏得好呀！没有那时的破坏就没有今天的复兴等等。高旻寺属于禅宗道场，它以自主、创新、崇实的精神为根本，主张结伽趺坐，心专注一，讲究心境如一的禅定。这是佛家禅宗修习的全部功夫，强调以“无念为宗”和“即心即佛”、“见性成佛”。德林和尚陪着团员们参观了高旻寺，那气势轩然的大禅堂，可容纳五百人同时坐禅。用德林和尚的话说：高旻寺可以没有大殿，但不可以没有禅堂。可谓是宗风严谨。成一长老的一位弟子对笔者说：“论修行，我们的师父成公上人可谓是典范，他为了修行已经六年多不参加外面的世务活动，一心一意贵在坚持自觉修行。”的确，从笔者能有机缘亲近成一长老以来的十多年中，也同样耳闻目睹了长老的修行功夫，生活上是如此简朴，方门与圆门是可谓泾渭分明。在故里海安他可以一掷百万金，修复观音禅寺，捐资兴建幼稚园，为乡亲出钱兴办船机厂，鼓励故乡子弟读书成立奖学金。而对于他那生活并不宽裕的俗家亲戚，总是勉励他们靠自身劳动致富。

三、金焦栖露寻根礼祖　期盼光孝后继来人

焦山位于镇江东北四公里，屹立于扬子江中，素有“中流砥柱”之称，由于山松苍翠，地穴幽静，曾是名僧隐士修禅炼丹的幽景胜境。这山上的定慧寺，至今已历一千八百年。成一长老的曾师祖智光老法师曾在这儿担任方丈。他毕业于月霞法师主办的南京华严大学，并与著名的太虚大师是同窗好友，专功华严造诣很深。为绍隆佛种，读佛慧命，他创办了焦山佛学院并兼第一任院长，造就了一大批僧才，真可谓桃李满天下，在海内外知名者甚多，在当今世界佛教起到了非常重要的作用。

如今焦山定慧寺第九十八代方丈茗山法师已耄耋之年，他作为焦山佛学院首届毕业的高才生，现为中国佛教协会副会长、江苏省佛教协会会长，并兼任无锡祥符寺住持。他的持戒、念佛、慈悲及放生布施等修持亦甚为认真严谨，深得其信徒的信仰和尊敬。10 年前我曾随成一长老的团队上过一趟焦山，拜会过这位德高望重的长老。那年，海峡两岸刚刚开放，成一长老率团，带着智光老和尚的衣钵以及建塔的资金交给茗山法师，我当时记录了这难得的瞬间。10 年后我又随成一长老的团体又一次拜会茗山法师。成一长老来到定慧寺，我看他们个个似乎都有种“到家的感觉”。长老拉着他的弟子一一膜拜茗山长老，只见他们纷纷献上一份供养的红包，然后与茗山法

师合影留念,茗山法师又是那样的慈悲,“一家人一家人,不要如此大礼……”说个不停。与茗山法师小叙后,成一长老即率团上山到焦山塔林为曾师祖智光老和尚上供。

这焦山又名狮子山、浮玉山,虽不算高,倒也有71米。由于满山苍翠,宛若碧玉漂浮在烟波浩渺的江心,故有“浮玉”的雅称。又由于寺亭楼阁掩映在山荫云林之中,也有“山裹寺”之谚。所以从定慧寺的方丈室玉塔林的山路倒颇有点崎岖。而成一长老也是耄耋老人了,但他却走在队伍的最前面、身披海青袈裟,从海云堂至塔林间过确林,登至壮观亭,江上帆船点点,一派怡人风光,但见长老无心赏景飘然前行,我真为他那瘦弱身躯里矢志礼祖拜佛的这般慈心毅力感慨不已。至塔林小院内,定慧寺的法师们已为长老一行做了给智光老和尚上供的一切准备。成一长老迈步至塔林,凝看着由茗山方丈书写的塔文。顿时塔林小院内钟鼓齐鸣,香烟缭绕,大家高声吟唱着“上供”的梵曲。此景此情,只见成一长老带领大家在智光老和尚塔前,顶礼膜拜,拈香上供,是那样的虔诚。用成一长老的话说:“礼祖要饮水思源,不忘师恩啊!”

焦山“上供”后,成一长老一行从焦山来到了金山。金山座落于镇江市区西北,在古时也是矗立于扬子江中的一个岛屿,曾被赞誉为“江心一朵芙蓉”。唐代杜光庭的《洞天记》上曾描述:“金山,万川东注,一岛中立,丹辉碧映,揽数州之奇于俯仰间。”金山上“江天禅寺”迄今已历一千六百多年，亦为“东晋古刹”。其梵宇辉煌，楼台殿阁，星罗棋布，长廊蜿蜒，宝塔耸峙，远眺庄严华丽，金碧辉煌，近观环境幽静，古木参天。江天禅寺又被称为我国禅宗首刹。上金山，成一长老主要是拜会老道友慈舟法师。

现任金山江天禅寺八十一代方丈的慈舟老法师与成一长老都是苏北同乡，他们之间交往历史悠久，友情笃厚。慈舟法师，他擅长寺庙管理，他住持金山江天禅寺以来，大兴土木，恢复寺院旧观，使得香火兴旺，佛事昌盛。他被称为“当今隐儒法师”和“当今金山寺中兴之祖”。前几年，他只用人民币五万元资金垫底，就成功地重建了耗资近五百万元的大雄宝殿等殿堂，以此振兴祖德宗风，使佛日重辉。

慈舟法师是1936年在律宗第一山宝华山受具足戒，日前又兼任宝华山隆昌寺住持，正如隆昌寺客堂内一对联赞慈舟法师：“为宣扬戒法在这时候谈何容易，住持律宗有此和尚慨任巨艰。”泰州光孝寺是宝华山分灯而来，而慈舟法师又作为宝华山的方丈，就更是关心现在光孝寺的情况。特别是光孝寺住持禅耕和尚圆寂后，用他徒弟的话说，参加禅耕和尚追悼会后，慈舟法师彻夜难眠，心里总是惦记着这座苏北律宗唯一丛林总得后继有人，看到成一长老率团而来，最重要的话题就是泰州光孝寺的振兴问题，及重视僧教育、重视人才的问题。两位高僧推心置腹，讨论得十分热烈。

告别金山后，成一长老率团马不停蹄又来到南京栖霞山。这栖霞山离南京城东北约五十华里，当时被清朝乾隆皇帝称为“金陵第一明秀山”。南朝时建“栖霞精舍”（即栖霞寺），又称栖霞山。唐朝杜牧诗云：“千里莺啼绿映红，水村山廓酒旗风。南朝四百八十寺，多少楼台烟雨中。”栖霞寺楼阁崇宏，殿宇庄严。在唐代，栖霞寺和山东临清灵谷寺、湖北荆州玉泉寺、浙江天台国清寺并称为我国佛教“四大丛林”，也是我国著名的佛教圣地。

到栖霞山正值黄昏将临之际，该寺又在大兴土木，修筑山门前大道，团队只好步行而上，接待成一长老团体的是栖霞寺座元养真和尚。成一长老与其问候通报，大家都是同龄、同乡，更加亲热，确实不知因何有如此的巧合，一天之中从扬州到镇江至南京，拜会的高旻寺德林和尚、镇江焦山长老茗山、金山长老慈舟以及栖霞寺的养真，包括成一长老在内五位法师，大家都是同龄人，我似乎感觉他们正是海峡两岸佛教界的中流砥柱。这种年龄的人还壮心不已，我们这些人还有什么理由可以懈怠。在栖霞山有一位叫云悦的小法师给成一长老顶礼，说是自己从泰州光孝寺而来在这儿读书，成一长老高兴不已，有种他乡遇故知的感觉，拉着云悦这小和尚问长问短，关心备至。他又勉励小和尚好好学习，将来再回到光孝寺去，为振兴光孝寺而努力。

四、宝华山忆当年足迹，六十年弹指一挥间

成一长老的朝山团下榻在南京希尔顿酒店，在南京

只停留一天,日程上准备安排团员们在南京城观光。可是成一长老清晨拜佛以后,总觉得此次寻根礼祖,似乎有一事心愿未了。早餐后,团员们去南京城观光,而他自己决定赴宝华山故地寻根。成一长老与守成长老以及成一长老的弟子全度法师,还有笔者也随其踏上寻访故地之路。在颠簸的崎岖山路上,长老们精神抖擞,原来成一长老、守成长老六十年前(1940 年)都曾在宝华山隆昌寺受具足戒。前几年宝华山恢复传戒,还是成一长老建议悟性当家、茗山方丈向江苏省佛协申请恢复的。那一次,他曾带团上山祝贺,并捐出约百万台币的香金。他也曾专程把他的弟子广度、常度法师送来受大戒。

宝华山为宁镇山脉之名峰,周围群山环抱,争雄斗奇,景色秀丽。而隆昌寺座落在宝华山中,是国内唯一保留下来的一座律宗道场,是明清以来影响最大的传戒道场,全国有百分之七十以上的僧尼来此受戒。特别是隆昌寺第七代祖师福聚律师,率僧众赴京参加皇戒(即授御戒)以后,声誉愈来愈高。

隆昌寺原有殿宇号称九百九十九间半。寺貌雄壮,风格独特,四合方形宛若一座法坛,大山门原来朝南,因皇上临幸此山乃由北而至,故改山门面北,鉴于此,民间流传着"林竹翠柏抱寺庵,隆昌寺院玉中藏;燕窝宝地佛中奇,山门朝北迎圣上"的诗句,还有"围着庙宇转,不见有山门;听得念经声,不见僧人影"的诗文,说明这隆昌寺的奇特。

汽车从南京至宝华山，尽管山路崎岖不平，成一长老与守成法师却兴致盎然，给我讲了一段又一段在宝华山受戒的故事。寥寥六十年，弹指一挥间，从南京经汤山至宝华山，不知不觉车至隆昌寺后门，老法师们下车后，隆昌寺监院林祥法师和两位知客师已在恭候，并欲介绍这律宗第一名山的情况。而两位老法师却如数家珍，反客为主回味六十年前发生的一幕又一幕景象。先进大殿拜佛，大殿上现供的一尊大佛，是香港大屿山宝莲寺天坛大佛铜像的模型，大佛高5.24米，慈祥庄严，面示微笑，莲眼低垂，眉如新月，螺发覆顶，神韵非凡，具有强烈的东方艺术魅力。赵朴初老居士曾借用苏东坡的诗为大佛题词："稽首天中天，毫光遍大千；八风吹不动，端坐紫金莲。"拜佛过后，至旁边祖堂参拜。祖堂中供奉着隆昌寺历代律师的牌位。成一长老、守成法师两位倍感亲切，尽管他们六十年前曾在这里受戒，但他们的祖庭泰州光孝寺从禅宗改为律宗后，是由宝华山分灯而来。泰州光孝寺的开山始祖性慧法师的师父文海律师，则是宝华山第七代住持。

礼祖后，隆昌寺监院林祥法师，邀请成一长老一行共进午餐，用宝华山自产的新鲜蔬菜款待，更有一番风味。成一长老深情地说到："世界各地我走了好多地方，宝华山是我六十年前受具足戒的道场，这里的一切我总是永难忘怀的。"午餐过后，成一长老一行总觉得有一些记忆中的故地还要一一去重游，再行回味。戒台殿尽管正在装修改造，长老还是进去领略一番，戒台殿高四丈，深三丈六尺，前设照壁，两翼有走廊，上有"佛制戒坛"额。长老看了戒台后深情地说到："过去我们光孝寺的戒台也是这样子。"

出戒台殿沿左侧拾级而上，经过"圆通示现"即达汉白玉平台，过道两侧墙基，都是石雕流云，人们好似脚踏彩云，飘赴铜殿。这铜殿高有二丈三尺，宽一丈五尺，深一丈三尺五寸。梁、栋、榱、桷、窗、瓦、屏、楹，皆以范（用竹做铸器物的模型叫"范"）铜为之，故名铜殿。其形为楼阁式，结构精巧，雕刻细腻。供观音菩萨于殿中，四壁雕如来、诸菩萨及帝释天、信士等。殿前丹墀石栏围护，有石阶梯可供进出。铜殿的两侧为无梁殿。建筑风格古朴精致的无梁殿，为单檐歇山式的瓦顶，重檐九脊，装饰的图案均用砖雕制成，观后感觉其形式，倒与北京北海无梁殿近似，总感觉这艺术造型更佳，砖雕工艺特别精湛。

看到铜殿、无梁殿，成一长老一行在隆昌寺内，越走兴致越浓。来到寺前，在赴朴老书写的"律宗第一名山"六个遒劲有力的大字的匾额下，一定要留影做纪念。出了山门又在戒公池旁深情地观望了一番，传说这戒公池水无盈蚀，也确实池水大旱不蚀，久雨不盈，水位始终保持在一个尺度。多少年来这一方水土养育了一方僧宝。

依依不舍地要离开这六十年弹指一挥间的故地时，成一长老重复了一遍隆昌寺内墙上的碑文说："饮水者宜思其源，显业者宜培其本。"其内心充满了怀古感恩之幽情。

离开“律宗第一名山”宝华山后，成一长老似乎了却了一份心愿，饮水思源，怀德报恩。走过这礼祖寻根之路，再看看泰州光孝寺近年的复兴过程，无不与当年先贤们重视教育有关。一代又一代从泰州四乡八镇集聚于光孝佛学院读书，又从光孝寺起步奔赴江南各大丛林读书、创业、办学，然后发展于海外，直至大洋彼岸。翻开中国佛教近现代的历史书卷，有许多重大事件都是与泰州光孝寺有种种因缘关系，而泰州光孝寺的高僧大德从近代至现代，对中国佛教乃至于世界佛教，都有其不可磨灭的影响和贡献。

风度威仪宣法音　情系光孝兴古刹

——访果曙法师

为撰写《江淮名刹泰州光孝寺》一书，早就有计划采访果曙法师。特别是禅耕法师圆寂后这么长的时间里，果老实际上是在主持古刹光孝寺的工作，他里外忙碌，我好几次发心访问都未能如愿。前几日焦山茗山长老西去，我有幸随他与宗教局克俭局长一同赴镇江参加祭奠活动。此时的镇江云集了海内外诸山长老、名刹大德。我便随着果老犹如沾上了佛气，受到的礼遇如此之高，特别是各地英耆，特别敬重果老的情形令人难以忘怀。佛教四大名山之一的安徽九华山百岁宫住持敬称果老为我国难得的"水陆大师"，并多次把果老隆重介绍给其他同道。盐城永宁寺曾是茗山长老驻锡的道场，该寺当家法师在我们下榻的宾馆找到果老，说为超度老和尚往生拟在三七、六七时各放焰口一台，我排来排去在沪宁线上名山大德中能有资格坐正台的就只有您果老了。看到这一幕幕情景，听到了这些情真意切的声音，不仅使我对果曙法师油然起敬，更促使我要采访果曙法师。天赐良缘，此次来镇江又有幸与果老一起下榻在东吴宾馆，有缘能够亲近到了这位德高望重的大法师。

一、入道潜修　丛林取正果

果曙法师，泰州姜堰蔡官人，俗名陈斌。12 岁在本邑叶甸横庄法华庵披剃出家，出家后从事僧侣生涯，几十年却都是在佛教大丛林中度过的，可谓是见过大世面的。出家后，师父就把他送到溱潼的寿圣寺学习，在当时这寿圣寺也亦为大丛林。该寺建于南宋咸淳年间（1265－1274）。清乾隆三十三年（1768），名列泰州所属的“十四大丛林”之一。其为传贤式住持，殿宇恢弘，佛像高大。前后四进大殿规模比诸今扬州的“大明寺”而不相上下。称为泰州才子的明吏部侍郎储巏，青少年时期曾在最后面的一进殿子即“水云楼”上读过书。果曙法师一开始就受到了大丛林的教育。用他的话说：“一开始就给我上规矩，有规矩才能成方圆，佛门也是一样。”在这里他持续学习了六年，由于苦心学习而打下了坚实的基础。

1939 年法师年刚 18 岁，师父送他到句容宝华山受戒，这宝华山亦称为“律宗第一山”，是近代全国律宗的根本道场。如你能持宝华山隆昌寺的“戒牒”，在全国各寺院都能受到较高的礼遇。而宝华山对于来求戒的僧人来说，要求是极为严格的，有的也会出现半途逃兵的。这种严格制度对果曙法师来说却如鱼得水，他是严格惯了的。由于他出色的表现，戒期以后他作为优秀人才留在宝华山一住就是六个年头。

1945 年，法师 24 岁，他接受了南京毗卢寺的记莂。同时受记的连他共有三名法兄弟。毗卢寺地处当时总统府旁，抗日战争胜利后，中国佛教整理委员会以及后来的中国佛教会就曾设在毗卢寺。著名佛教领袖太虚大师当时也驻锡在该寺。一度时间南京毗卢寺几乎成了中国佛教的中心。中国佛教界许多重大事件都发生在毗卢寺。这对果曙大师来说是在僧侣生涯中的一个重要时期。毗卢寺中有一幅楹联法师常常念叨："有心念佛，佛非佛，云何为佛，佛本非佛是；灭境求空，空不空，怎样说空，空在不空中。"法师在毗卢寺几年间先任维那师后任知客师直至监院。由于毗卢寺相邻总统府，国民党的首要人物常至寺中，法师亦参加了接待。1949 年 4 月 23 日以后，人民解放军占领南京后，解放军一些首要也常常至毗卢寺，作为监院的果曙法师，也常常与他们交往。

那几年间，毗卢寺发生的大事也较多，1947 年 3 月 17 日，太虚大师圆寂。4 月 6 日，中国佛教整理委员会、中国佛教会暨南京市佛教会在毗卢寺举行全国性的追悼法会。4 月 26 日在毗卢寺召开了抗日战争胜利后中国佛教会第一届全国会员代表大会，以及举办的多种法会。法师都参加其列。用果曙法师的话说，这段时期，为今后的弘法活动奠定了基础。

二、佛法弘扬　四海布道场

80 年代初的中国，动乱创伤以后整个社会似乎都在复苏，佛教也一样。三、四十年代上海曾是中国佛教的中心。改革开放后的上海同样在佛教复兴中也走在全国的前列，古今名刹集上海，一些寺院佛塔急待修复，同样需要弘道僧侣。1981年,果曙就被迎请到上海。他先驻锡玉佛寺。玉佛寺位于上海的普陀区内,为近代所建的名刹,至今不过七十多年的历史。光绪八年(1882)普陀山和尚慧根赴印度朝礼佛迹,经缅甸请得五尊玉佛途经上海,将其中最大的两尊留在江湾玉佛寺中,因原址狭小,即于1918年在现址重建了玉佛寺,至1928年寺内殿宇方建成,整个建筑都是仿宋建筑。在那"浩劫难逃"的灾难岁月中,上海所有的寺庙、教堂都被砸烂,而独有这玉佛寺苦海余生,发生了和尚大战红卫兵的故事。果曙法师来到玉佛寺,凭他在大丛林参学的经验,真是轻车熟路,不久就得到当时任中国佛教协会副会长、上海市佛教协会会长、龙华寺方丈明旸法师的赏识,聘请他至上海地区规模最大且历史最悠久的寺院龙华寺任监院。

龙华寺为江南名刹,坐落在上海徐汇区龙华镇。相传在三国东吴赤乌五年(242)东吴孙权为孝敬母亲而建的,距今已有一千七百年余年的历史。唐末黄巢起义时毁于战火。宋太平兴国二年(977)吴越王钱歜重建。唐代文学家皮日休有"龙华夜泊"诗一首,描述了当时龙华凄凉情景:"今市犹存古刹名,草桥霜滑有人行。尚嫌残月清光少,不见波心塔影横。"

龙华寺地域宏敞,规模宽大,殿宇辉煌,结构宏伟,层楼耸霄。"龙华晚钟"曾是沪城八景之一。龙华还素以桃花驰名,有"柳绕江村,桃红千里"之誉。古刹、宝塔、桃花亦为龙华三绝,为历代文人所诵吟。寺内香烟缭绕,蜡炬长明，鼓钹齐鸣，善男信女络绎不绝，好一个佛林胜地！而复兴中的龙华寺正百废待兴，是多么需要一位干实事的法师。果曙法师就是这样来到龙华寺，他任监院主要负责法务工作。

为了满足海外信众的需要。果曙法师在龙华创办了自龙华开山以来从未举办过的水陆法会。水陆法会又称水陆道场，是中国佛教法事中最隆重的一种。其内容主要是诵经设斋礼佛拜忏和追荐亡灵。过去在一般人心目中，"水陆"就是佛教的代名词，很多关于佛教的仪式、经文等知识都是首先从这里传播的。明旸长老勉励和督促果曙法师创办水陆道场，又谈何容易呢！沉寂了几十年的佛事活动，懂的人也少了，又没有现成的照搬的仪式，靠的是自己回忆、记录、反复吟诵，再经对照、排练。龙华寺的水陆道场终于在果曙法师实际操作下打响了，一年间能打八场水陆，这一打真震惊了海内外，海内外纷纷邀请他们去作水陆道场。新加坡、马来西亚、加拿大、香港、台湾以及北京、天津、五台山、九华山、厦门等地都请他去打过水陆。

1987 年，美国加利福尼亚州佛教界邀请龙华寺僧侣一行七十余人赴加州万佛城举行水陆大法会。由明旸和真禅（时任中国佛教协会副会长、全国政协委员、上海佛教协会会长，玉佛寺、静安寺、河南开封大相国寺方丈）两位长老率领。果曙法师实际操持整个法务，忙里忙外，法会设坛七座，所用法器佛像、道具均由他一手操办，共五百多件，九十七箱，重三点六吨。其隆重庄严的仪式，在美国佛教界引起巨大的轰动。这一次出访美国，也是改革开放后，佛教团体第一次走出国门。法师回忆出访前时任上海市市长汪道涵曾为他们送行，勉励他们出国以后多宣传国内宗教政策落实情况。确实，他们弘法在美国，以无声胜有声的方法，宣传了我国的对外政策。果曙法师还向美国人介绍了中国宗教信仰自由，中国不是没有和尚，而是高僧辈出。

镇江金山是水陆法会的发源地，据佛教史籍记载，南北朝时的梁武帝于天监四年(505)亲自在镇江金山寺依仪修设水陆法会。北宋时又驰名于金山寺，在全国朝野曾盛行数百年，产生很大影响。金山江天禅寺始于东晋，为中外著名历史久远的佛教禅林古刹。梵宇辉煌，楼殿棋布，长廊蜿蜒，宝塔耸峙。远眺庄严华丽，金碧辉煌，近观环境幽静，古木参天。历代骚人墨客留下多少赞赏题咏。而历经沧桑后的金山寺，要恢复失传已久的水陆道场，自然而然想到了江苏老乡果曙法师。而果曙法师眼下已成了远近闻名的“水陆大师”了。金山要恢复水陆，法师则责无旁贷，所以他又应邀至镇江成了金山江天禅寺的监院。没多久，金山的“水陆道场”开始打响，他的海内外弟子也日益增多，他在寺庙里接待过国内外多少重要人物，在弘扬佛法的同时宣传了我国改革开放的大好形势。在上海龙华时，他接待过美国前总统尼克松夫人；接待过柬埔寨王国西哈努克亲王，并与他谈经说法，甚为相得；接待过尼泊尔国王；接待过第十世班禅和他切磋过佛法；在金山接待过李鹏和他的夫人朱琳，领导同志还与法师合影留念。

三、情系光孝　重振古道场

1988 年，果曙法师应邀至家乡泰州亦称为江淮名刹的光孝寺任监院。他与这里倒颇有一番因缘。1988 年，古刹光孝刚刚开始恢复，海外弟子纷纷回祖国为复兴这千年古刹而出力，这是一个千载难逢的机遇。而此时任光孝寺方丈的肇源老和尚与果曙法师的曾太师祖光文和尚同是戒兄弟。另外当时实际操持光孝寺的松林法师亦与果曙法师当年在律宗第一山的宝华山曾同窗五年，情同手足，彼此间相互了解。肇源老和尚与松林法师便决意聘请果曙加盟光孝寺，为家乡的古刹振兴奉献上一份力量。

果曙法师在光孝寺是全身心投入的，海外法师的每一次回寺礼祖拜佛，他都是全程陪同。因为他具有丰富的接待经验，以身说法，消除海外法师的疑虑，宣传大陆宗教信仰自由的政策，动员海外法师为恢复祖庭而尽心尽力。他并且动员他的皈依弟子来光孝寺做功德。他的台湾弟子颜淑惠居士，一个人为最吉祥殿中的十八罗汉塑像所需款项，捐了 4 万美金。1989 年，法师去香港弘法还又专门为光孝寺募集修复款港币 20 万元。

在光孝寺，果曙法师训练了一批年轻僧侣，他教育小和尚要多学知识，学会弘法的本领，并且要持戒受戒。在庙里,平时哪怕是盛夏酷暑,果曙法师僧装纹丝不动,见到人后都非常谦和,双手合十,含笑迎迓。他以他的身教去影响他的弟子们。他严格要求他的弟子在参学上下工夫,要全靠自己,事在人为;平时对师长要经常注意拿眼睛看,用耳朵听,千万不能碌碌无为。平时碰到果曙法师的徒弟们,他们都不约而同地称果曙师父的慈悲和严格训教,使他们受益匪浅。

果曙法师还把"水陆大斋"在光孝寺进行恢复,他邀请了他的新加坡、香港、台湾的弟子来光孝寺参观。近年来已连续举办了好几场"水陆大斋"。在每场七天七夜的"水陆大斋"中,果曙法师不但组织百余名和尚在华严坛、法华坛、净土坛、诸经坛、大坛、内坛和大悲坛七个坛口分别同时念诵各自经文,而且领唱瑜伽焰口经,规模宏大,仪轨严格,不仅感召了远近善男信女,也令一般观众为中国佛教这一最大的佛事活动形式在其千年古刹的重放异彩而大开眼界。

果曙法师虽已年近耄耋之年,但壮心不已。他情系光孝,总觉得光孝寺有好多事情需要做;千年古刹的振兴也不是靠一代人、两代人能够振兴的,而是要薪火不断,代代相传。他也恳请十方大德来扶持光孝寺,让碧云香雨能够重现,焚宫化雨再度辉煌。为了这一切,他的弘法日程表已排得满满的,不日他又率领弟子赴香江演度法音,广结善缘了。

走近贤度

新春刚过，海峡对岸的成一长老来电话。他告诉我说贤度法师拟在农历三月初一至初八到海安观音禅寺讲经。老法师非常高兴，说到他培养的徒弟能回到祖庭弘法、讲经，并叫我如有空去海安看看。我当即表述，一定要去海安看望贤度法师的。

贤度法师，内号了行，别号思齐，江西省会昌县人，一直跟随成一长老，曾受过佛学院研究所专业教育，现担任台北市佛教会常务理事、智光高级商工职校董事、财团法人华严莲社住持、华严专宗学院副院长、万行杂志总编辑。前几年她曾随成一长老来过泰州光孝寺，我也相见过。后来还经常在杂志上读到她所撰写的文章以及在因特网上的海外报刊上看到介绍她的情况。特别是成一长老以及海外法师们常常嘉许贤度法师，说贤度法师多年追随成一长老，操持台北华严莲社一直深获社会各界好评。而华严莲社由于她踏实认真的工作，发展很快。华严莲社是家乡泰州人智光老和尚与南亭老和尚在海外创办的道场，常听到海外人回来讲，到了华严莲社犹如到了泰州光孝寺。贤度法师作为华严莲社的第六任住持，而前五任都是清一色的泰州老乡。但是由于贤度法师以无我的出世精神，做入世济众的事业，成绩斐然，殊荣多多。“热心公益”、“弘教济世”、“昭德扬善”、“德风义行”一幅幅匾额代表了社会各界对她工作的肯定。

我还曾经将贤度法师的著作中有关字句作为警句做成卡片，常常翻开阅读之，甚感受益良多。在贤度法师所著的《华严学专题研究》中摘录了这么几句话：“不管整个宇宙如何千变万化，人的生命短短几十年中，又是如此瞬息无常，朝夕难料，但重要的是修行人是否能在生活中，在心灵上随时做好准备，不管面对各种处境，不用担心得到的结果是否完美，只要把握每一个当下，生活在现在，开始在现在，一切修、一切行，当下修行，就是最好、最美的永恒。”每当读到这些警句就更加敬重这位与我们家乡泰州有着因缘的法师。

三月初四，我与司机小罗结伴前往海安观音禅寺。从泰州过姜堰经胡集转弯去营溪孙庄，这里原来称为泰州东南乡，现在属于海安县境了。观音禅寺原系成一长老披剃出家的寺庙，这里的祖师玉成长老为一代名僧。他刻意栽培了一批佛门龙象，从文心、智光到南亭、霭亭至存远、善远，再到自一、守一、成一、果一。这批佛门英才从观音禅寺到泰州，过长江遍布大江南北，赴香江、台岛直至大洋彼岸，在百年中国佛教乃至于当今华人佛教界都有它的一席之地。但是原来的观音禅寺已毁于战火，荡然无存了。成一长老不忘师公南亭老和尚的嘱托，在修复泰州光孝寺后即着手于营溪乡孙庄镇东南海王公路北侧,征得土地十五亩,凭观音禅寺原有格局,修复祖庙。

到达观音禅寺后,只见山门外悬挂着“热烈欢迎贤度法师率团来寺讲经弘法”的横幅。寺内人头攒动,好一番热闹景象。各地的居士、法师都云集在这座刚刚复建的古刹内。据打听有的还是从江西、福建而来,有的是从上海赶来,更多的是从邻近四乡八镇集中而来聆听贤度法师讲经的。

来到观音禅寺,亦受到成一长老的俗家侄儿兴存居士的盛情接待。兴存居士实际上是在操持着观音禅寺的寺务工作。他一看时间后,说到贤度法师下午两时就要开始讲经,这时还剩 20 分钟,叫我即去看望贤度法师。因为时间一到,她就要开始讲经的,贤度法师时间观点是特别讲究的,什么时间该办什么事,她安排得井井有条,时间一到她就是要办的。就这样我随兴存居士去看望贤度法师。贤度法师此次在观音禅寺讲经一周,食宿均在庙内。地处海安乡下的庙宇,条件是可想而知了,但用贤度法师的话说:“我是来讲华严五祖的,我就要用先贤精神来要求自己,因为我是以奉行华严行者为终身职志的,是专修华严经教及普贤行的。”还未到达贤度法师下榻的方丈室,就见到方丈室东侧的祖堂内,贤度法师已身披袈裟,乘登坛讲经前的间隙给她的弟子一手指着祖堂上的华严师祖像。正在讲述着华严祖师的故事,兴存居士把我介绍给贤度法师,说:“这是泰州来的范观澜。”贤度法师非常热情地向我合十说:“范观澜！观澜！你的名字在我们那儿好响亮啊，经常看到你的文章。文章写得越来越好，老和尚经常夸奖你，并把你的文章让我们研究所的学生要求必读呢。”听了这些话后我感到一下子走近了眼前的这位大法师。

听贤度法师讲，此次来观音禅寺讲经后，由于诸多方面邀请，后面几个月的弘法讲经日程表都已排得满满的。不日要去上海玉佛寺和沉香阁为那儿佛学院的学生讲课，然后还要赴安徽九华山、江西女众佛学院讲课。她说效法菩萨慈悲胸怀从事弘扬佛法是她的终身职志。她还更多的与我交谈了老和尚成一长老的恩惠，并讲泰州是名僧摇篮，从泰州一带走出去的高僧大德是多么的了不起！作为家乡人，我也深深觉得有一种自豪感。

讲经的时间到了，观音禅寺的弥勒殿上已座无虚席，法师和居士们都已虔诚地入席恭候着贤度法师，她的弟子已调整好了多媒体电脑做好讲经前的准备。贤度法师并要我在她讲经后再叙。后来我也坐进弥勒殿，聆听了贤度法师的讲经说法。

贤度法师讲述的是华严五祖的内容。一种全新的讲经形式跃现在眼前。我感觉到讲经时，有时她就像一位大学者，风度翩翩在讲述一个又一个鲜明的论点；有时她竟像一位长者在娓娓叙述那动人的故事；有时她竟以心交心地与受众们进行着交流。多媒体出现的画面与她讲经的内容配合得是那么的和谐，把人们带向那一个又一个想象的空间。

不知不觉贤度法师讲经持续了近两个小时，她讲得是那么的投入，下面的人是听得那么的认真。我也是听她讲述，竟然不觉得时间过得如此之快了。讲完经后，她又在大雄宝殿的佛像前为纷纷要求皈依她的上海居士开示，讲述皈依佛、法、僧三宝的意义。

后来贤度法师又与我继续交谈。我并且邀请如有可能的话请她来泰州讲经。她说这一定会有因缘的。她说道："因为我可算是泰州光孝律寺第十八代传人。1993 年 10 月 16 日，老和尚成一长老曾把光孝寺的法系传给我与藏度、弘度等十五位法兄弟。现在我又以光孝寺的法系传给了我的弟子，这应该是第十九代啦。这些传承我已有记载，回去以后我会把书寄给你。"法师的一席话，使我觉得她对光孝寺的情感是如此的深厚。光孝寺因有这些薪火不断的传人也应该肯定能够兴旺的。

贤度法师把她新近录制的"华严字母歌"的光盘送我一份，还与我摄影留念。走近了这位贤度法师，我感到她竭力推行的弘法、教育、文化、慈善等工作一定能卓有成效。从海外归来回报祖庭再至大陆各地，久而久之也许能刮起一阵贤度风。她也会与她的前辈大德们一样，在祖国广袤大地上让人们永远记取。

几天以后成一长老来电说，为彰显贤度回祖庭弘法成功，长老还专门举行盛大的欢迎会。希望所有弟子都要向贤度法师学习，用弥勒精神，推行我们终身的事业。

根系光孝　弘扬佛法后来人

——访一虚法师

笔者由于与泰州光孝寺的因缘，十几年来常常流连于古刹光孝。亲朋至友来泰州，保留节目就是陪同去光孝寺，美其名曰：领略一下古城的传统文化。这么多年以来与光孝寺的老老少少的出家人，正由于这样就特别亲近。尤其每次去都喜欢与寺中的小法师们进行交流，他们也都乐意并深感特别有缘。光孝寺自从上个世纪80年代中期，庄严道场恢复以来，吸引了好多年轻人在这儿出家，他们多半是从异地他乡背井离乡而来出家修行的。一段时间以后，他们当中有的从泰州又走了出去，出外求学，或云游到其它寺庙并获得更大的发展，他们当中现在有的已成了寺中的中流砥柱。每次与他们交流，总感到他们的悟性一天天在提升。由于了中师父的关系，笔者对其中一虚法师的印象特别深刻。他最近在中国佛教的最高学府中国佛学院念书，已读大二，听说暑假回祖庭光孝寺度假，我决意要访问一下。

七月流火的一个星期天的上午，笔者带着相机来到光孝寺。尽管外面骄阳似火，烤得甚至让人难以忍受，但是进入寺中，似乎就有丝丝菩提清凉。熟悉的法师知道我的来意后即告诉我，一虚法师正在藏经楼下读书呢。

我径直来到藏经楼，推开门一看，只见眼前的一虚法师已不像前些日子见到的样子。他一身僧装，正在读《新概念英语》。顿时就觉得士别三日当刮目相看，眼前的一虚俨然是一位学者型的现代僧人，仿佛觉得光孝寺的龙象家族中将来应该有一虚这位法师了，笔者拍了几张照片以后，因为彼此间熟悉，也就列了有关出家、求学、拜师、今后打算几个方面的题目，然后就与他交谈起来。

一虚俗名嵇文生，是江苏涟水时码乡人，1978 年 8 月出生。他出家倒是由于一个意外的因缘，让他成了一位佛弟子。那是在 1995 年，光孝寺重新修建大雄宝殿，一虚的舅舅当时在泰兴古建筑队做木工，工作的现场就在光孝寺。也就是这个原因，那年一虚正在读高中，趁暑假从苏北涟水来到苏中泰州看望舅舅，自然而然也就住在庙中。他与光孝寺的一批小法师颇有缘分，并一见如故，来泰州是看望舅舅的，但到了光孝寺后，成天跟能安、能慧、能摩这批小法师们形影不离，似乎他对这黄墙梵宇间的生活一见钟情，与小法师们倒反难舍难分了。暑假很快就要过去了，家中催促他回去准备开学，此时的一虚却决意要出家啦！舅舅托人说情。当时光孝寺住持禅耕和尚是受过高深教育，对佛理颇有研究的大法师，听说这位长得眉清目秀又敦厚壮实的小书生一心要出家就欣然同意，收为弟子。

1995 年 10 月下旬的一天，禅耕和尚亲手为一虚剃度，并为其取法名慈云，字印波。从此一虚正式披剃出家,成了光孝寺里的一名小沙弥。禅耕为了亲自培养他,专门把他放在身边。一虚成了与禅耕和尚形影不离的小侍者。禅耕和尚自从收了一虚为徒弟,打心眼里喜欢他,并手把手的教他学佛修行,恨不得小一虚很快就成为大材。而一虚在禅耕和尚的身边又是那么的努力。由于一虚天生有那么点悟性,凡是教的总是一学就会,禅耕和尚生怕自己年事已高,而力不从心,不能教好这位徒弟。1996 年初,禅耕和尚去宝岛台湾化缘光孝寺大雄宝殿修建款项。在台北他非常诚恳地向时任世界佛教僧伽会秘书长的了中法师提出,把自己的这位徒弟推荐给了中法师。了中法师听禅耕的介绍也非常喜欢一虚,但又对禅耕说道:“您老的徒弟,我不能夺人所爱啊!”

时间到了 1996 年的年底,了中法师率团来泰州参加光孝寺大雄宝殿落成和佛像开光大典。禅耕和尚带着心爱的弟子去宾馆看望了中法师。了中法师第一次看到眼前这位小沙弥,上次在台湾就听到禅耕和尚的推荐,果然不错,也暗暗地打心眼里喜欢这个小沙弥了。他当时并语重心长地与小一虚说了一席话:“刚出家不要每天沉湎于做佛事赶经忏,而是要抓紧时间上学读书。”了中法师的一席话在小一虚的心中产生了一番涟猗,他立志发心要上学读书。

1997 年,一虚如愿考取了南京栖霞山佛学院。栖霞山佛学院在学历上仅仅相当于中专的水准,但是一虚却从难从严地要求自己,别人会的自己要会,别人不会的自己也要会。在栖霞山，他的成绩又都是冒尖的。人们都在夸奖："光孝寺来的和尚素质高。"一虚在栖霞山佛学院还随学校参加了两次大的弘法活动，受益匪浅。一次参加了无锡灵山大佛的开光仪式；一次参加南京灵谷寺了中法师迎请玄奘舍利的法会，他如沐法雨，亲眼目睹了众多大德的一招一式，暗暗地发心，将来也要成为一位修行有素的大法师。

1999年，一虚从栖霞山佛学院毕业，同年又报考中国佛学院，而且在全国众多的考生中脱颖而出，以总分第17名的好成绩被录取。中国佛学院设在首都北京的唐代名刹法源寺，是中国佛教最高学府。校园古树高耸，松柏荫郁，翠竹丁香，清幽静谧，是一个读书修行的好地方。在这儿上学是学修一体的。进校时赵朴老还担任这个学院的院长，并为他们书写了"多闻多思"的条幅。同时，赵朴老还亲手抄录了著名教育家陶行知的"每天四问"的语录要求佛学院的同学们。一虚也就是每天捧着这四问的语录不断检点自己。此"四问"为：第一问，我的身体有没有进步；第二问，我的学问有没有进步；第三问，我的工作有没有进步；第四问，我的道德有没有进步。一虚在佛学院读书是一天比一天进步，同时也一天比一天趋向成熟。

2000年元旦，一虚在中国佛学院读书还仅有一学期，不幸的事来了，他的剃度恩师禅耕和尚撒手西去。他奔丧回泰州光孝寺，处理好师父的丧事后，总觉得自己还很年轻，今后修行的路程很长，不能没有师父指引。这时他又想到了了中法师,坚决拜了中法师为师父。他写了一封言辞恳切的信寄到海峡对岸。了中法师亦为世僧之尊,是当代佛教领袖。他收到一虚的信后想,自己祖庭光孝寺出了个这么好学习的小和尚,他是非常高兴的,加之禅耕和尚在世时就曾提及过此事。很快了中法师就欣然同意把一虚收为自己的弟子,并按自己法名的排序给他起了个号为一虚,名为悟深的法名。从此一虚在学佛的路上有慧炬引领,倍感幸运充实了。

2000 年 5 月,中国佛学院规定学员未受戒的都要补上受戒这一课。根据学院的安排,一虚来到河北赵县的柏林禅寺受三坛大戒。赵县柏林禅寺创建于东汉末年,古称观音院,曾为唐代赵州真际禅师从谂(788—897)驻锡传禅之地。赵州禅师是禅宗六祖慧能的四传弟子,得法于南泉普愿禅师。年已八十高龄的从谂行脚至燕赵古城,众请驻锡于观音院,弘法传禅达 40 年,道行大化,僧俗共仰,为一方宗主,住世 120 岁,人称"赵州古佛"。赵州圆寂后寺内建塔供奉衣钵和舍利,谥号曰"真际禅师",塔曰"光祖之塔"。柏林禅寺宝塔耸立,柏树成林,建筑古朴,清净庄严。一虚步入这座祖庭名刹,闻觉了焕发的庄严道场的法味。他穿过郁郁葱葱的古柏通道,远望普光明殿,心中油然产生"回家了"的感觉。在尽责中求满足,在义务中求心安,在奉献中求幸福,在无我中求进取,在生活中透禅机,在保任中证解脱。在这里他体会了"觉悟人生,奉献人生"的主旨。

为一虚授戒的德戒师本焕老法师是当代禅宗泰斗，时年已九十五岁了。他是当代两位大禅师来果禅师和虚云老和尚的嫡传弟子，是国内外十多个寺院的住持，其中包括广州光孝寺、深圳弘法寺、韶关别传寺、湖北报恩寺等。羯磨师为弘川律师，他是河北省佛教协会副会长、河北省南宫市普彤寺住持。对其威仪作法的教授师则是净慧法师，他是中国佛教协会副会长、《法音》杂志主编、北京房山云居寺住持、河北赵县柏林寺住持。由于德戒师本焕长老年事已高而说戒和尚则是由一虚的老师担任，他系中国佛学院副院长传印法师。在授戒的二十多天日子里，一虚对参加传戒法会的经验丰富、规仪娴熟的大德高僧崇拜至极，并利用戒期用功修持，认真学习律仪。他每天恭敬地拜柏林古寺特有的汉白玉佛。那高 3 米，重达 30 吨的汉白玉雕刻佛陀像端坐在大殿基座上，无限慈祥地微笑，使人心清血涌。

早殿、晚课、持咒、诵经、称号、唱赞，一虚在这座古寺中不断学习，并习禅、坐禅、悟禅，不断地提升自己。他感到自觉自在便是禅；梵呗、禅曲但须声声自心底流出；听开示讲演时放弃先见，腾空思虑就是禅；提问题写纸上如实道出自己久参不解的疑虑就是禅。在这里，他用生活禅来点化生活、提升生活，让生活化为源头活水，在生活上活心悟妙道。

受戒以后，一虚获得了三师七证签字的度牒，即合格僧人的证书。从此一虚从沙弥迈入了比丘的行列。

笔者与一虚又谈及了光孝寺的情况。一虚说道:"光孝寺毕竟是我的祖庭,没有光孝寺就没有我一虚的今天,我虽然在京城读书,不管走到哪儿,我的根还是在光孝寺。"他并且还给我谈及了今年年初他已受了当代禅宗泰斗本焕老法师临济宗的法记,成了临济正宗第四十五世传人。他并把本焕老法师亲手所书的法卷展示给笔者一阅。法卷上本焕乘妙大师书曰:一虚为临济正宗第四十五世弘法堂上第二代常浩一虚禅人。这弘法堂即深圳的弘法堂。并有偈语为:

常持诸佛无上戒,浩瀚妙理勤学研;

一心明性弘圣教,虚空智广普度生。

与一虚交流时,他还谈及了他只要有机会,大学毕业以后还是要努力学习的,趁年轻的时候多读点书。我也鼓励了他要像师父了中法师那样,而立之年以后还东渡扶桑攻读研究生。他还拿了把折扇给我,上书:"春有百花冬有雪,夏有凉风秋有月;若无闲事挂心头,便是人生好时节。"多好的绝妙佳句,没看印章时我还真以为是哪一位书法家所书,刚劲有力且潇洒的字迹,让我更敬佩眼前这位光孝寺的弘法后来人。临行前他还把本焕老法师所著的《禅堂开示》一书送我留念。

离开光孝寺时,我默默地念叨:常浩一虚禅人,常浩一虚禅人,常……。怎么有如此的巧合! 光孝寺历史上曾以有常惺优祥法师为自傲的。常惺乃是近代僧教育史上仅次于太虚大师的人物。而现在又出现了常浩一虚,怎么都有一个“常”字？这种历史性的巧合为什么在今天发生？不管如何，光孝寺有了常浩一虚法师等一批年轻的僧人，古刹定会重光，那碧云香雨也许再度能够辉煌。

少年了中

引　言

最近，我总在想，是什么因缘促使我撰写起这部了中法师少年传记的呢？如果说是为使读者从本书简略的记叙和浅显的评述中可以寻找到佛教教义，思考出信仰的真谛的话，那就错了。我只是搜集了一些事件，如实地介绍着一位当代佛教界的领袖而已。

在这部传记里，我首先注重的只是具体事实，不掺进个人的主观臆断。甚至最先注意的，是了中法师怎么说的。同时，我也不想把它写成了中法师的履历表，而是从实录精神出发，适当地调度，剪裁，力求让人们了解一代高僧的成长足迹，按照了中法师的说法，是“一个平凡和尚的足迹”。了中法师和我们身边许多人一样，的确是平凡的。他生在乡村，家境寒微，幼年披剃出家，第一位师父是憨厚得出奇的普通僧人。然而，就是在这平凡之中，了中法师孜孜苦求，不断修持，一步一步迈入了世界佛教的领袖行列，作出了许多“为大众服务”的功德无量的事情。

一段海峡情怀，使我有机缘识见这位大师，并且逐渐得到亲近。开始在我的直觉里，大师是个十分严谨又严肃的人，似乎难能接近。几番相见后，我很快改变了看法。实际上他非常慈祥、幽默、随和，极易相处。记得第一次在上海虹桥机场，那是法师四十年后的首次回乡探亲。当时，明旸法师在场，明旸法师可算是当今大陆的和尚领袖了。了中法师马上反过来，把我们介绍给明旸法师，称我们是他的家乡人，仅此便让我深深感到，这位闻名遐迩的高僧，是如此的谦和，如此的坦诚，他竟能与凡人之间这样顺乎自然地沟通。

随着古光孝寺的恢复，海内外弟子纷纷前来泰州朝觐。他们中无分长幼，一概对了中法师予以颂扬，几乎是有口皆碑，赞美说他和善、豁达、无私、刻苦、超然洒脱、大慈大悲，称他为当今佛教界难得的领袖人才。听他们的交谈，我于是不知不觉中搜集到了不少资料。不久，慧光老法师与我谈起把了中大师的业绩记录下来，以便更多的人知道这位当代佛教领袖的经历。我唯恐自己笨拙的笔和浅陋的思想表达不了这位当代高僧精湛的佛学思想和博大宽厚的胸襟，写不出他那举世共认的道德风范和执著意志。倒是我从佛家语中，悟到了一个“愿”字。一个人一旦发了“愿”，就会去努力，努力了也许就会成功。总之，我本着不阿谀奉承，不文过饰非，不杜撰情节，只力求客观真实地反映出了中法师作为一个有血有肉有感情的普通人所走过的人生之路。

第一章 幼年出家

第一节 海陵沙门喜得传人

上个世纪的30年代初,于1932年农历十月二十八日,江苏中部地区的古城海陵(泰州)世界佛教僧伽会的领袖了中大师在那里诞生了。其时海陵城内有一座远近闻名的古刹,它是建于东晋义熙年间被称为"苏北之唯一律宗丛林"的光孝寺。光孝寺的住持恰好是著名的佛教高僧常惺大法师。那时常惺法师正在泰州创办佛学院,请来了功德显赫、声名远播的太虚大师来海陵讲学、传法。一时间,海陵城的许多政要、名流、士绅、学人纷纷成为太虚大师、常惺大师的皈依弟子。各地的佛教界人士,也纷纷赶来海陵,光孝古刹就成了聚集各界英耆、诸山长老的佛门胜境。

海陵是座文化古城,有两千多年的历史。这里文人势众文风颇盛,早在宋代就出了经学家胡瑗,明代诞生了泰州学派创始人大哲学家王艮、在国内享有才子盛名的学人储巏、评话界尊为祖师爷的柳敬亭,还有清初诗人吴嘉纪等。

海陵古城南北狭长,形似凤凰,故称凤凰城。东门外有一个凤凰墩,那是当代京剧艺术大师梅兰芳先生的祖居。出了凤凰墩,过了鲍家坝,就看见一个大村庄。此村庄的庄名就称纪庙,地因胜名,纪庙因为有了庙才得以闻名。这里旧称“莲花池”，碧血涌莲花，南宋未年，名将李庭芝、姜才就是在此被元朝军队擒住，后双双殉国。英雄气节，洁如莲花。乡人感其忠义，集资兴修了一座双忠祠，以褒慰忠魂。千年易逝，几经更迭，忠臣的木雕已换成了几尊大佛，庙也易名为“水深庵”，香火还挺旺的。庙前便是汉吴王刘濞开凿的古邗沟支道。庙的山门原有一副题联：“远钟但震运河水，青烟当压凤墩香。”紧挨着纪庙的就是了中的衣禄之地肖家庄。肖家庄因离城较近，庄上的农户一到农闲就上街做小生意，以维持生计。了中生在肖家庄的一个名叫周文贵的农民家庭里。

周文贵是位地道的农民，早年上过私塾，在肖家庄算得上个有知识的人了。农作之余，兼开个小糟坊，酿酿米酒。庄内外的农户都来这儿打上一坛回去品尝。他生性耿直，心地慈善，庄子里不管哪家有灾有难，只要找到他，他都慷慨相助。周文贵与佛门颇有缘份。他生了六个儿子，竟把他们都送到庙上转一圈，以接受佛的灵光和点化。可事与愿违，偏偏儿子们都吃不下庙上这份清苦，几乎一个个都成了逃兵。不过其中唯一有个小四子，他倒是一心皈依佛门，也最终成了大器。

周文贵的妻子李克华也是一位地道的乡村妇女，没有受过什么高深的教育，嫁给周文贵以后，平常一生，也没有经历过什么非凡的遭遇，称得上是一个极普通平常的劳动妇女了。像这样的女性，你尽可以在任何一块滋长生命的土地上，在那炊烟升起、禾苗生长、纺车转动、婴儿啼哭的地方，找到她们。而且她们中的每一个又几乎都有着一种共同的性格、共同的品德。她们有顽强的生活意志，在克服着她们生命历程里所遭遇到的一切难以想象的困难条件。她们坚强生活，孕育新生，抚养后代，又从不失掉信心。李克华一生共孕育过 12 个子女。为了后代的成长，她任劳任怨，默默地操劳一生，把孩子的一颦一笑当作最高的报酬。幼年的了中就是在这样一种无微不至的关怀，一种像月光般温柔的抚爱下成长起来的。母亲是了中最早的教师，她让了中去爱那些弱小的生灵，她启发了他的性灵。她伟大的母性精神中蕴藏着我们这个民族几千年所积淀的勤劳善良的传统文明。我们的佛教领袖了中法师就是在这种平凡又伟大的母性精神启蒙教育下趋向成熟的。

了中的诞生，恰逢海陵城内佛门复兴，佛光普照。挨城不远的肖家庄，自然是与城内一样，也接受着此种崇拜和信仰的辐射。也许这就是了中注定要成为从这片土地上迈出去，并从而迈向清静高深的佛门境地，最终修练而成为佛门骄子。

第二节　两次出家

在兄弟姐妹九人中，了中应排行第五。但在泰州一带的乡间，女孩儿家一般不参加排行，这就使了中排到了第四的位置上，也就是周家的小四。老大志成，老二志星，老三志林，轮到父亲给他起名字时，干脆挨着中间的

"志"字顺着往下排，给小四子挑了个"强"字。挑"强"字的原因也不为其他，周文贵只想着这个儿子长大以后，应比三个哥哥更强悍点儿，免得再受人家的欺侮。按说周文贵家在肖家庄也算是大户了，可三个儿子却时常受到邻村人的欺侮。今日你，明天他，三个小家伙总是不停地轮番着回来诉苦。做父亲的无可奈何，都是淡然一笑，说上句："让让人吧！"自从这老四来到人间，周文贵眼看他比前面几个都壮实又生得一副聪明相，脸蛋儿还长得特别俊俏，一时心血来潮，又想着从这个儿子身上找回点儿什么，高兴之余就给他起了个响亮的名字叫"志强"了。

志强从小是周家的宝贝疙瘩，庄上的人也都喜欢他。人们喜欢他，是因为他与其他小孩不一样。人家抓只麻雀给他玩，他拿到手里看一会便把绳子松开，让麻雀脱身飞走。乡下有个歇后语"小宝宝玩麻雀是有毛没命"。可麻雀子在志强手里却能死里逃生。庄上人都说："唉，这志强从小就有一颗菩萨心啊！"周家屋后有一条潺潺的小溪，小溪上架了座石桥，庄上的孩子们常到桥下捞蝌蚪装在小瓶子里戏耍，每当有志强参加，他总是在桥这边捞起，到桥那边轻轻地把蝌蚪放回水中，看蝌蚪自由自在的游来游去，还总是自我解嘲地说："这样才好玩，这样才好玩哩！"庄上的人便认定小志强长大了一定会有出息。

时间过得真快，转眼间小志强七岁了。小孩子到了这个年龄该是上学的时候。有钱的人家这当口让孩子找个教书先生，有的会把孩子送到城里的美德小学去读书。

可周家没这个福份。家里人丁兴旺，张嘴就要吃，别说上学，能糊住口就算不错了。这老实巴交的周文贵，原看老四自幼聪明伶俐，一心想能让他读点儿书的。就为这，他左盘算右计划：老大志成才15岁，咬咬牙把他送到城内坡子街怡园饭店学了厨师；老二、老三哩，想让他们出家当和尚，好不容易送到庙里，可是没过几天，就双双哭哭啼啼回了家。这回来事小，却哭坏了母亲李氏，这儿子好歹都是娘身上的肉啊。当初她就埋怨过老周，做什么也不能让两个儿子一块儿去当和尚。好了，吃过了这份苦。回来也罢，只好让老二、老三蹲在家中。如今又轮到老四要上学，周文贵夫妇都没了主意。是啊！怎么办呢？总不能眼睁睁看着这么个聪明的孩子不受点儿教育啊。这时候，不知是谁捎来了口信，说城北下河的马庄来了几个办学的和尚，听到这消息，周文贵喜出望外，心里盘算着：这回可有盼头啦，转念一想，又觉不妥，去上学先要出家，还是要让小四子当小和尚。前些日子，为老二、老三当和尚，已急坏了老太婆，如今再要让老四走这条路，老太婆肯定舍不得，何况她那心灵上的天平从来就微微有点儿倾斜在小四的一边。倒是按周文贵的想法，管他老四出家不出家，只要出去能读点儿书，又把肚皮填饱了，老太婆那儿就先哄一哄，暂且不提出家二字，只说去马庄上学，征得她同意就行。就这样，小志强在父亲的连哄带骗中去了马庄。这一去便是了中法师的第一次出家了。

时隔不久，李氏从旁人口中知道了她的宝贝四儿子在马庄当了小和尚。这下可了不得,回到家便又是哭又是闹,死命缠住周文贵,要他交出小四子。夜间,母亲李氏一直呆呆地望着小四志强过去睡觉的床头,神志恍惚,竟觉得志强仍在自家屋里甜甜地酣睡着。她朦胧中仿佛又见到小四子清秀的小脸蛋,泛漾着梦中的笑容,间或还似乎听到他说了一两句梦话,磨了几声牙。她觉得这每一丝声响都是如此真切,如此牵人肺腑,这一切的一切怎不令一个做妈妈的人柔肠百转呵! 她哭泣着、说着,确是动了真情,周文贵什么高招都用过了,还是没法开导老太婆。僵持了一段时间,日子实在没法过了,只好请孩子的舅舅把志强从马庄带回来。

孩子的舅舅走后,李氏就一直蹲在庄头的一棵老槐树下,凝着泪眼痴呆呆地等儿子回来。她一直仰头北望,那情形就是如果她兄弟不把老四带回来,说不定什么时候就精神崩溃、神态失常。看见啦! 看见啦! 终于,李氏从老远就看见小志强骑在舅舅的肩膀上一晃一晃走过来,她像小孩子一样欢喜得跳起来,忙不迭地冲上去紧紧抱着儿子,生怕别人再抢走。

志强回来,周家安宁了。可全家人的生计还是难以维持。老大学徒,还未满师,老二和尚当不成,就到泰州城里拉黄包车,老三也学上了木匠手艺。这一年年末,周家偏又添了个老五志方,这真是“破屋偏遭连夜雨”,仅靠周文贵一个人,这穷日子叫人怎么敖啊! 李氏却也是看在眼里,急在心头,没法子啊! 眼泪也只好往肚里淌。

志强九岁那年，年成不好，这年春荒，邻近村庄都饿死了不少的人，周家的生活，就更难过了。总不能眼看孩子们饿死，周文贵和李氏合计了一下，终于还得忍痛送子出家。就这样，周文贵还是请出舅舅来把小四子驮到马庄，送进了那里的法华庵正式披剃出家。这一趟该算是了中大师的二次出家。

第三节 法华庵的骄子

海陵城是苏北里下河的门户，是广货洋货和米粮油麻的集散地，这座苏中地带的小城却是南来北往的必经之道。出了北城门走不多远，就得划小船了。下河人家，再穷也得有个小划子，否则就没法生活。广布在水网地带的一小块一小块的土地叫“隔岸”，隔岸周围全是波光粼粼的河沟港汊，到隔岸去耕耙劳作，出了门就得坐船，在那里邻近的人家，只是看得见，却隔着水网河流。相互间说话你在河这边我在河那头，听也听得到，就是跑不去，真要有什么事，那就只有划船。

这马庄是出了北城门没多远，就得坐小船的，不过也只有二十里的水路就到了，这是一个大庄子，全村有一百多家住户，村子由一条大河流环绕着，河边上芦苇丛丛，村子里也流水潺潺，河溪交错，是一个美丽的水乡。庄上有百多家住户，人口不算多，但多半是小家小户，庙却有三座。庄的西面的一座名叫大庙，庄东面是法华庵，在法华庵旁边是慈贞庵。三座庙中最大的算是慈贞庵了，其次才是法华庵。这法华庵虽说规模较小，庙上竟也拥有田产九十来亩，按照当今的说法该算是小康了。庙上的主人自新老和尚是个做学问的。他的信条，就是要教化人。自新和尚诚恳厚道，爱弟子如骨肉，一脸的慈颜善相，从不大声训人，见人常常是“嘿嘿”一笑。在这一带四乡八镇的民众中有很好的口碑。自新老和尚带了两位掌门徒弟，一位叫圆成，一位是希尧。他一心希望他们勤学习，做学问。自己却节衣缩食，攒起钱送他们出外学习。两个徒弟中圆成与师父似乎是活脱脱一副样子，一举一动都跟师父相像，连情性也差不多远。希尧就不一样了，师父的优点他都继承，但对庵里收进的学生们却很严厉，他觉得爱徒弟不能爱在脸上，要褒贬有规、奖罚分明，一就是一，二就是二。

法华庵的两位大师兄是师父派他们到浙江宁波鄞县天童乡太北山上的著名禅宗丛林天童寺去学习过的。两个人在学习时曾结识了天童寺里的江苏老乡善成法师。这善成是受过高深教育的，很有道行。称得上是文武全才，琴棋书画、诗词歌赋、十八般武艺、三十六行当，样样都能露个两手。抗日战争时期，日本人打到了宁波，圆成和希尧觉得善成各方面水平都高，在那儿学习也不安宁，两个商议之下，决定当面邀请善成一齐返回故乡。老家泰州历来太平，马庄又在四不靠的河网地带，到泰州去办学，师父也一定会支持。两个人把想法与善成说了，善成那时也正血气方刚，又眼看日本鬼子在宁波城乡作威作福，便二话不说就满口答应了圆成和希尧的所请，不久三人便相约一起到了马庄，在自新老和尚的赞许下，创办起一所僧侣学校。在马庄的三座寺院以慈贞庵的庙房最大，又座落在庄子的中间，于是僧侣学校的校址就设在慈贞庵了。

小志强在舅舅的带领下，第二次来到法华庵，自新老和尚看到他，笑得合不拢嘴，情不自禁地说了句："阿弥陀佛，我就料到你一定会再来！多惹人喜爱啊，你再不来，我就派人去把你带回来，我这儿好，我们两个有缘啊！"说着把小志强抱起来。自新老和尚又马上传来圆成，亲口向他交待说："这是我选给你的徒弟，你就收下他吧，我把小志强就交给你了，你可要好好带他"。圆成看到眼前的小志强，眼睛笑成了一条缝，说："多好的徒弟，就怕我没本事教他啊！"

从那天起，庄上人就传说："法华庵来了个漂亮的小和尚，法名叫了中。"一时间连马庄邻近几个庙上也传开："了中小和尚长得一脸的佛相。"闹得此后人们都觉得了中长得确实漂亮又非常聪明，纷纷赞羡有加说，自新老和尚有福气，法华庵佛光四溢，人气上升。自新老和尚和圆成师父也把了中当作骄子一般地看待了。

第四节　班上的小聪明

由善成老师领衔主办的僧侣学校，与其说学校不如干脆说是一个班，这个僧侣班总共收了二十来个学生。

这些学生基本是本庄和邻近村庄里几个庙上的弟子。学生间的年龄也参差不齐，大的大，小的小，譬如祇园、果澄、明华等几个小尼姑相对年龄稍大，她们已经修行了好几年，而了中才刚刚披剃出家，只有九岁。全班数他最小，同学们都习惯地称他为小了中。二十几个同学当中，男生就四、五个，大部分是女生。

座落在慈贞庵里的这所学校虽规模不算大，教书倒蛮上规矩。设置的课程不但有语文、数学等主科，还有自然、历史、地理等副科，另外也还兼教一些琴棋书画以陶冶学生们的审美情趣。在这所学校里老师教得严格，学生也学得用心，班上尽管是老少同学，成绩都很不错。

善成是一位对学生有严格要求的老师。他担任主科的教学，讲起课来一丝不苟，同学们都怕他三分，圆成老师是了中的师父，担任副科教学，对同学的态度不像善成那样板板六十四，他反正总像笑佛儿一样。严也好，松也好，对于小了中来说，他们就是心目中再亲不过的亲人。过后，一些大师姐、大师兄们回忆说，当初对小了中，我们个个喜欢他。他那番小聪明，老师再凶，他都能对付。不过，在学习上，他还是超乎常人的，背起书来，不知他从那儿学来的一套功夫，老师才说了要背书，他就举手说："我会背了。"一下子就让全班同学都对他看傻了眼，接下去，他真的把书背了，背得滚瓜烂熟，让老师打心眼里喜欢这聪明的了中。倒是为了与其他同学同步，有时还特别让他背课文下面的小字注释。哪怕如此他还是把那些密密麻麻的注解，都记得个透透烂熟。当然也有小了中被难倒的时候，记得刚开学不久，上写作课，善成老师出了一个写作题目《我为什么要学习》，题目出完，老师便离开了教室。这一下可急坏了小了中，天哪！一个九岁的孩子能知道什么“我为什么要学习？”他想了又想，悟了又悟，竟被他想到了：我了中从肖庄到马庄，剃头当了小和尚，不就是师父送我来上学的么？背书背书反正是死记硬背，容易得很，可作文作文，没有创新的思维，就作不出好的文章来。他抓头挠腮，实在无奈，不会写就是不会写，看来今天是逃不了那几下子戒尺的了。好在坐在他座位旁边的果澄、明华两位大师姐，看出了他的心思。不忍心看到小了中要挨老师的戒尺，便偷偷地帮他写了那篇作文，应付了作文课上老师交下的差事。

慈贞庵僧侣学校前后办了两年左右，时间进入汪伪统治的阶段，四边环水的马庄，也有点不太平起来。三不管的水荡子里，一些盗匪时常青天白日就敢窜到庄上搔扰抢劫，有时连学校也不能正常上课。为了躲避匪害，学生们在老师带领下，坐着小船藏进芦苇丛中，往往一躲就是大半天，这样的躲来藏去又终于不是权宜之计，为了不妨碍学生们学习，学校只好迁到姜堰镇上的观音庵内。

第五节　我不怕“鬼”

学校从马庄迁到姜堰观音庵后，定校名为：“观音庵佛化小学”。并由观音庵的师太灵珠当了校长，老师还是善成他们。自从学校迁址姜堰以来，又增加了一些新同学，因为人数的增多，学校把全部学生分成大、小两个班，年龄大的在一个班，年龄小的在一个班。在姜堰，聪明的了中还是全校学生中年龄最小的，自然同学们也还是亲切地称他为“小了中”。

在姜堰，小了中又进入到一个新的环境。这里比不得马庄，说白了，马庄就像在家里，生活上、学习上各方面都有人照顾他。到了这儿，一切都要独立。加上灵珠师太是女性。她老人家心细情热，各方面都抓得更紧。经过两年学校集体生活的锻炼和调教，十一岁的了中，对于自己料理自己，已是称得起处处刷括、井井有条的了。在学习上，他学得轻轻松松，有时竟觉得不太够。与同学们相处，他是个个都合得来。别看他人小，他却最乐于帮助人，有一次与几个女同学上街玩，街上遇到几个顽皮的孩子，看见几个女同学是女尼，就嘴里“尼姑，尼姑”地喊个不停，有的还做些丑态，嘲讽她们，这一下可把小了中气坏了，他不怕他们人多势众，冲过去就与他们理论了一番。在双方唇枪舌剑地交锋以后，那帮孩子得知他们是观音庵的小和尚小尼姑，竟恶人先告状地在灵珠师太面前说了：“你们的小和尚打人！”待到同学们回到庙上以后，老师不分青红皂白把了中关在房间里，举起戒尺啪啪就是几下。几个女同学难过极了，透过窗户见小了中嘴已翘得老高，嘴里还叽里咕噜地不停地说着：“不是我先惹他们，他们为什么要骂人？”“你还犟嘴！”接着又是几戒尺。里面，老师在打了中。外面，这可急坏了同去的女同学，终于，她们也顾不上什么了，便一齐冲进去，“啪”的一声，大家不约而同地跪在老师面前，请求老师不要再打了中，并叙说了事情的经过。这一来，老师才停手，放了了中。过后，大伙儿心痛地看看被老师打了的了中，关切地问他。小了中却若无其事地说不要紧的，我是为了保护你们啊！

观音庵在姜堰镇上算是最大的一座庙宇了，房子有三、四进，庵后的佛堂又高又深，小同学们有胆子小的，不敢单个儿进佛堂。正好，同学当中有个叫智开的，调皮得很，专玩恶作剧吓唬人，好几次躲在佛堂内装神弄鬼，把同学吓得不敢进佛堂。开初，同学们不晓得是智开捣蛋，疑惑真是闹鬼。偏偏才十一二岁的了中，他不相信这些，一定要探其究竟，他说：“老师常说，我们信佛，不是信神，更不该信鬼，放心吧，佛祖会保佑我们这些佛弟子的。”他总这样一本正经地说，仗着大家的胆，大家从心里都敬佩他，称赞他“佛家的理论一套一套的”。有的同学，还央求小了中，探探究竟。果然，一天晚上，了中听说佛堂内又有鬼在吓唬人。他赶忙来到佛堂，点起一支蜡烛，同学们战战兢兢把怪异物指给他看，只见个连头到脚穿着特大海青外罩袍，戴了个大帽子，一晃一晃的，小了中一个箭步就冲上去迅即用手一拉，那怪物身上的海青外罩袍呼啦往下一掉，哈哈，恶作剧的智开忍不住笑出声来。这一来大家看到原来是智开，弄得个个又好气，又好笑。同学们都急了，打、打、打，狠狠地把这智开教训了一顿。谁知，吵嚷的声音惊动了老师。待老师问明原因，双手合十，念了一声："阿弥陀佛！"老师教训了智开，赞扬了小了中。过后，小了中却手一合，也念了声："阿弥陀佛！"并说："我是不怕'鬼'的！"

第六节　干师父希尧法师

马庄的学校迁到姜堰后，法华庵的老和尚自新也受聘到海陵城内的净因寺任了方丈。圆成、希尧就经常来往于法华庵与净因寺之间。后来，净因寺把他们传为法子，自新和尚干了一段时间，就准备让他们接班。净因寺是海陵城内的九大丛林中的十方丛林之一，又称南天滋庙，清世宗雍正曾书赐"净因"二字。净因寺的十八罗汉塑像是远近闻名的，是清代名雕塑家吴广裕所塑。妙在清癯绝俗，既无臃肿之嫌，而态度各殊，亦少雷同之病，彩衣斑烂，神灵活现。

小了中一天天长大，不时从姜堰传来消息，说他聪明，说他成绩好……自新、圆成、希尧师徒三人听到耳里，都暗暗盼他早日成大器。

一天，三人商议起，如何共同栽培小了中，使他日后能派大用场。圆成是了中的师父，教导他原是责无旁贷的，但无奈自己的个性总是那么慢吞吞的。俗话说：严师出高徒。圆成想："我这师父就严不起来，又如何能教好徒弟呢。"他感到，师弟希尧在这方面是比自己强，他不仅熟悉丛林制度,对唱、念、楗槌以及各项佛事都非常精通,他处事严而有格,又有一套授徒方法。尽管希尧处于师叔这个位置,在教了中的问题上,有些话也不大好说。经圆成把心里话说开,自新老和尚看看圆成,又看看希尧,说:"小了中反正是我们法华庵的传人,你们两个都有责任教他成才,这样呢,你们一个是师父,一个就算是干师父吧!"

这样,希尧法师就成了小了中的干师父。希尧,俗名李展,是泰州北郊罡门杨庄人氏。自幼家境贫寒,8岁在本邑北门外朱庄一小庙出家。13岁就来到江南常州天宁寺学习。天宁寺是江南有名的四大丛林之一,亦是千年古刹。远在唐代贞观、永徽年间,由金陵牛头山的法融禅师所始创。宋徽宗政和年间朝庭下诏改为天宁寺。天宁寺寺院占地一百三十亩,殿宇嵯峨,僧舍连云是江南巨刹。民国21年(1932),希尧法师13岁,正值一代名僧澄莲法师奉惟宽老和尚命继任天宁寺住持,并把原有的戒堂改名为天宁佛学院。希尧便来到这儿学习,在这里除学戒外,且侧重于教理的研究。在天宁他亦与法华庵的圆成同窗,还有一位从镇江来学习的善成。善成是镇江府后街人氏,因感人生苦短,独自在江边码头徘徊之际,遇到一五台山云游法师为他说法,使他遁入空门。三位同窗在天宁相互依靠,相互学习,几年之后三人又结伴前往被誉为"东南佛国"的宁波天童禅寺去参学。

天童寺位于浙江省鄞县东乡太白山麓,是中国佛教名寺古刹,禅宗著名道场。宋代嘉定年间(1208—1224),由太师右丞相史弥远奏请定“禅院五山十刹”时,天童寺列为五山之第三山;明代洪武十五年(1382),明太祖册封天下名寺,被列为天下禅宗五山第二山;清代则与镇江金山寺、扬州高旻寺、常州天宁寺共称为禅宗四大丛林。

天童寺还被日本佛教曹洞宗尊为祖庭。三十年代时任天童寺160代方丈的圆瑛大师是中国佛教会首任会长。他宗说兼通,行解相应,辩才无碍,治寺严谨,树立道风。希尧在天童期间能够亲近圆瑛大师,在那儿刻苦参学修禅,受益良多。希尧并受天童寺悠久的历史、巍峨的梵宫、深邃的禅意、优良的道风影响较深。但是1937年中日战争爆发以后,日本的军舰开进了宁波港。希尧、圆成以及善成三位同窗就只好一起逃难回到了故乡泰州。回到泰州以后,他一边在原先出家的朱庄小庙当家,一边又被光孝寺佛学院南亭老和尚邀请,在佛学院当上监学又兼教师而主讲佛学。他通晓古文,尤其对“四书”、“五经”更为精通。希尧法师一生对自己严谨要求,大事小事从不越雷池半步。对待徒弟,更是循循善诱、管教有方。加之,他又是疼爱徒弟。用他的话说:“玉不琢,不成器呀!”

希尧当上了中的干师父,每逢学校放假,或者碰上什么大法会,这师徒俩总是二马不离伴,形影相随。平常,希尧到附近庙上去有事,了中看他不在,就跟踪追击,急切地问别人,他的干师父上哪儿去了。有一次,希尧法师带了中到一位朋友家去作客,朋友热情招待他们。席间主人夹了块刚上市的水芹菜,放在了中碗上。这种生长在水中的芹菜,是苏北水乡一带特有的蔬菜。了中平素不喜欢吃这种菜,就推开主人的手。可就是这么一点儿小节,回到家,这下可了不得,师父关起门来,把他狠狠地训斥了一番:"怎么不懂道理啊! 怎么这样不尊重别人啊! 小孩子家就挑挑拣拣……"后来,还是师公自新老和尚来劝说,才算了事。这件事,确实给幼年的了中留下了深刻的记忆。

干师父对了中在为人处事的问题上要求严格,但在生活上却关怀备至,如果他有点儿头疼脑热,最着急的可算是这位干师父,不是忙着煮汤熬药,就是呵护着问这问那。记得有一年冬天,天气特别冷,希尧师父生怕徒弟脚上生冻疮,每天晚上,都烧锅热水为他烫烫脚,烫脚时,希尧法师还告诉他说,南宋诗人陆游八十二岁写下的"洗脚上床一快"的典故,说了苏东波爱旅游,也写过有关洗脚的诗句:"主人劝我洗足眠,倒床不复闻钟鼓";又说我们出家人有句心得是:"睡觉洗脚,胜吃补药。"当年,师徒俩常常是一边洗脚还一边寻开心。有时天实在太冷,希尧师父干脆就留住小了中与他抵足而眠,把他的小脚放在自己的心窝上,为他取暖。难怪了中曾对别人讲:"我这干师父,可算得上是我人生中的第一个恩人。"

不久,由于希尧法师才学横溢,被海陵城的最大丛林——光孝寺佛学院聘去当客座教师。小了中在姜堰学业也快结束。希尧师父、圆成师父以及师公自新老和尚共同合计,准备送他到光孝佛学院考试,让他到当时号称江淮佛教最高学府去学习,三位师父合力把他推上了一个新台阶。

第二章 求学光孝

第一节 古刹光孝的学僧

光孝寺是海陵城内的首刹。在这城内外,除有九大丛林外,尚有其他大小寺庙庵堂三百来个,不过小庵中比丘尼占多。这座光孝寺始建于东晋义熙十四年,初名天宁万寿寺。到宋代高宗南渡,定都临安,为徽、钦二宗祝福,南方一些大的寺庙都敕赐为光孝,后来绝大部分又恢复原名,而泰州光孝寺沿用此名称至今,其完整名字为"敕赐光孝律寺"。

光孝寺位于城内的西北角,当时这儿是教育文化集聚区。前有时敏中学,左右淮南中学及西桥小学,旁有图书馆及各地会馆和专门纪念"泰州学派"创立人王艮的崇儒祠。全城最大的运动场亦近在咫尺。占地广阔,殿宇雄伟的古刹光孝雄距其中。朝南的头三门五开间既高且大。左右两侧,有八字砖墙,门前的广场足有一亩有余,尽铺就了青皮石。正门上方有石额"古光孝寺"。从大门至天王殿台,需经两边回廊可以左右双龙抱柱式的前进,至最后为香雨古楼。乃是著名海陵八景中的一景,称为

“梵宫花雨”（梵宫花雨，是取“维摩说法，天女散花”之意）。这香雨楼亦名藏经楼，把光绪二十三年住持德厚和尚自京师请来的大龙藏经，藏于此楼。这龙藏共有七千二百册，经折本，分装七百二十匣，以千字文编号，再分装十大橱柜。橱子由川柏特制，橱子内的匣子皆由樟木精制而成，可保不生蠹鱼，收藏多年，如同新制的样子。十个大橱，皆有横额。额有四个字，每额以“光孝律寺龙藏经橱”中一字为首，如“光耀人天”等。藏经楼上佛龛两旁还排列“钦赐龙藏”、“奉旨回山”、金爪、钺斧等衔牌。这楼虽只两层，却有五丈余高，为当时海陵城内之最高建筑，号称百尺高楼。若从城西向东观望，在十余里外，即清晰可见。这里又尤以大雄宝殿前面之两棵高出云霄的白果树最为壮观，它增添了建筑的幽古与深邃。香雨楼左侧向前有千华戒台，这座千华戒台，坛高十级，周长七丈八尺，以白矾石建成。戒坛壁上绘有观音像，传说为吴塑工摹吴道子的丹青绘成。在江苏境内，这戒台在句容宝华山、南京古林寺、扬州万寿寺和泰州光孝寺各具一座。左侧还有祖堂、东板堂、斋堂、法师寮等，左侧向前有传汝楼，这是珍藏光孝寺历代相传的镇寺之宝“汝帖”的地方，再前还有法堂、碧云丈室、库房、西板堂、客堂、衣钵寮等。以上建筑，呈左右环抱，成方形格局，东西对比，高低曲折，徘徊其间，令人观之有若隐若现之感。前后大小丹墀，天井甚多，皆有古树苍劲参天，松竹梅景别致。整个寺基占地一万六千多平方米，划分井然，排列自然。除建筑外，还有林园、竹园、凉亭、菜园等围绕其间。虽座落在城市之中却具有乡村之美，虽处平地而有山林之乐，实乃观光的最佳胜地。

光孝寺自常惺大法师从闽南佛学院来任住持后，请来“佛教复兴运动”的倡导者、著名学者太虚大师创立了“觉海学院”，沿袭下来，就是现在的光孝寺佛学研究社。这里曾培养了一批又一批具有较高水准的僧侣，造就一大批弘法人才，已在大江南北的众多寺院发挥着才干。当时，能到光孝寺佛学研究社来上学并不简单，除要应付各种考试外，还必须与光孝寺有这样那样的因缘才行，否则是进不了这座高等学府的。希尧法师把了中带来光孝寺佛学研究社学习，在光孝寺有三年之久，从十四岁到十六岁，这三年是了中少年求学的重要时刻，也是一个人求知、求慧的关键阶段，希尧法师从自己的切身体验中深谙这一人生时期的重要性，故而对了中从高从严要求。如果说了中法师以后在佛学、儒教、历史、伦理诸方面都有所成就的话，那么，就是当初光孝寺三年的僧侣生活给他打下了极其坚深的扎实牢固的基础。他这一期共有五十位同学，绝大部分都是小和尚，还有一部分岁数大一点儿，除了上学外，还担任一定的工作（如管理大殿子，清扫环境卫生等等），能够得到一点报酬的“半工半读”的和尚。这批同学中间有的已受过戒，但绝大多数都没有受过戒。主要任务就是学习。光孝古刹由于这批新学僧的到来，使它更加蜚声江淮，闻名于世了。

第二节 亲炙南老

十四岁的了中来到光孝寺佛学研究社(亦称光孝寺佛学院)读书,就如鱼儿得水一般。在这儿可不比马庄、姜堰,这儿是正规佛学院,一切都得上规矩,平时教学秩序井然。教师也都是本城知名的老师,有时还请来诸山长老作为客座教师。学校生活上的管理,颇为严格。一早起来,就得赶上早殿,与寺僧众一齐集中在大殿上念诵《楞严咒》、《大悲咒》、《十小咒》、《心经》各一遍。然后再打套把太极。此时天才蒙蒙亮。早餐以后,就得上课。佛学研究社的主要课程是学习文化知识,其次才是佛学知识。文化知识开设了语文、数学、历史、地理等科目。那时,在光孝寺还能够亲近到南亭老法师,直接受其教诲。这也是了中难以忘怀的。南亭老和尚是泰州人,俗家姓吉,童真入道,早年毕业于安庆迎江佛学院。后来,在沪宁线上好多寺庙就职。1931 年,担任中国佛教会秘书长的常惺法师来泰州主持光孝寺,聘其为副寺,创建佛学研究社,主持教务。再后,光孝寺传三坛大戒,他擢升为监院,并受记莂。常惺法师去游弘法,担任北京万寿寺、厦门南普陀的住持后,南亭老和尚一人兼承了寺务、社务和泰州佛教会主席等职,并荣任过中国佛教会秘书长。南亭老和尚算得上当今佛教界的通才。他无论内典外籍,书法写作,梵腔唱诵,讲座论辩,辩学育才,弘化度众,样样具备,无不通晓。一天,希尧法师带着了中到光孝寺,过三门殿,看到身长一丈数尺,狞猛威武的哼哈二将,再到天王殿,看看北向的韦驮像,又看看南向的弥勒笑佛。他看着弥勒龛两旁的对联看得出神。南亭老和尚从大雄宝殿跑过来,看到了中小小的个头,清秀的面容,白净的肤色,一打听,眼前这个小和尚,原来就是个个都在夸的净因寺自新老和尚精心培养的那个小机灵。南亭打心眼里喜欢上了这个净因寺的小和尚。他亲切地叫其念一下对联。只见了中看着对联,不紧不慢地朗读起来,并绘声绘色地读:"眼前都是有缘人,相见相亲,怎不满腔欢喜? 世上尽多难耐事,自作自受,何妨大肚包容?"好! 南亭大腿一拍,称赞说:"有功底,有功底! 将来一定会有长进的! 有缘啊! 有缘!"南亭亲热地抚摸着了中,又勉励地说:"以后要发奋努力,一定能成气候。"没等希尧法师叫了中说什么,了中像成人似地说:"一定听老法师的教诲,学好知识。"不久,南老退居,虽然把家交给了沛霖和尚,但对学校的事,却特别关心,把教务工作一直抓住不放,他似乎已发现这一批同学中,将来一定会有人成大器。平日里他常常看同学们上课或驻足倾听,或干脆坐下来旁听一、两节课。有时还给同学们讲上几句。南亭法师讲课常常是妙语连珠,令人感怀深思。记得有一次,南亭老法师曾明示了中要多用心于国学,他说国学是研究佛学的基本条件;随后他又要大家多注重历史的学习,他说他看过二十五史,因为中国的历史离不开佛教史,若勉强分开,这悠久的文化,就会残缺不全。南老法师的教导，了中是听在耳里，记在心里。在佛学研究社，论年龄了中又属于小字辈，加之他的成绩又都是名列前茅，自然受到了南老的宠爱。四十年后南老法师圆寂，了中写了一副挽联就可以看出当年的情意。上联是："初谒慈颜自光孝律寺，四十载深蒙教诲思往昔。"下联是："示现灭相于华严莲社，一刹时道失法眼痛今朝。"

第三节 "我的志愿"

光孝寺佛学院所招收的学僧，都是精心挑选刻意造就弘法的人才，所以来这儿学习，食、宿、书籍一律免费。其学科的设置与一般学校差不多，且多一门佛学，因而常常受到当地政府督学的嘉许。学校为培养人才，只要知道哪些学科的老师教学水平高、造诣深，都想方设法聘请来上课，而不遗余力。正巧那时泰州城内外迁学校也多，例如扬州中学、盐城中学、如皋师范，加之泰州本城的学校也较多，如省中、县中、时敏中学等等，各地人才荟萃，对光孝寺佛学院的学僧来说确实是一个难得的机会。

佛学课由当时上海至南京一带颇具盛名的佛学大师块然老法师亲自传授。块然老法师对这批学僧倾心竭力，为他们日后成才奠定了坚实基础。

上课的第一天，学僧们就耳闻目睹了块然老法师博学多才又严厉认真的教学风范。从此，大家都不敢懈怠，每日听经总是早早就端坐在教室里准备聆听大师讲学。小了中记得很清晰，块然老法师在讲课时身穿黄海青，外披红袈裟，徐步进入课堂又翩然上座。这番风采顿使大家肃然起敬。那天，老法师并没有讲课，而是布置每人写一篇作文，题目便是“我的志向”。直至如今了中才悟到那时老法师之所以先让学僧们作文，目的是要了解学僧们的文化程度及志趣所在。

大伙儿接到作文题目后，因毫无思想准备，僵住了。课堂上学僧们有的抓耳挠腮，有的胡乱写上几句，有的写了许多豪言壮语。唯了中在接到作文题目后，表现得蛮镇定的，凭着前几年的学习，他似乎胸有成竹。他心想，今年十五岁，从马庄到姜堰，从姜堰到泰州，一处比一处好，能在光孝寺佛学院读书，已是受到多少人的羡慕，真是路越走越宽，运气也越来越好；将来，肯定要比现在还要好，待长大后，我肯定要到外面去，外面的天地，外面的地方会更宽阔、更远大，我的志向不就是这样的么？写文章不就是要写出自己的心里话吗？对，就这么写。了中自信地这样想着。拿起笔写下了下面的心愿：“希望将来长大后，能在杭州西湖边，静居于一所小精舍中，写字看书，游心山水，是我最终的志向。”

块然老师看完了了中的文章后，又好气又好笑，立即派人把了中传来，了中蹦蹦跳跳来到老法师的住处，一进门就听到老法师嚷到：“没出息！没出息！”了中还不知道怎么回事，不知在哪儿犯了法，一时里反应不过来。老法师继续嚷到：“没有志气，小小年纪不立志做大事就贪图享受清闲，真是没出息！”

此时，了中方才知道：是自己的文章出了问题。他心里嘀咕：我明明说的是真话，那些人说假话，瞎吹的，反倒没有被骂，有的还得到表扬。真是“谈个谎，得个奖；说真话，吃糍粑”。

块然老法师声色俱厉地对了中作了训斥以后，又慈祥地抚摸着了中，开导他要“发心为佛教做事”，勉励他要“立志为大众服务”。

“发心为佛教做事”，“立志为大众服务”。一篇作文引来的两句话，竟成了了中的座右铭。尽管后来的日子，沧桑兴替，物换星移，每当他遭遇挫折、意志消沉时，便马上想起当年块然老法师的当头棒喝，并从而警醒顿悟，乃不敢稍有懈怠，立即又振奋起精神，而勇往直前。

第四节 自觉修持

“将此深心奉尘刹，是则名为报佛恩。”每天早课必诵持这两句颂文。自受了块然老法师的训勉以后，十五岁的了中总感到自己有所开悟。他总是在想，入了佛门，今生既已奉深心于尘刹，除了“为佛教做事，为大众服务”外，就别无他求啦！

“为佛教做事，为大众服务”这只是发心愿而已，眼下在佛学院读书，除了把书读好，最重要的就是如何自觉修行，刻苦磨练自己。

光孝寺佛学院因是正规教学，各种规章制度十分严格。其中一些条规，对未成年的学僧来说，确实是比较苛求了的。但规矩就是规矩，既定下来，就必须不折不扣的执行。难怪学期途中，有几个吃不了这份苦的，中途便悄然离开。了中在这儿上学，开始也是“忍”，后来为了要努力成大器，自觉修行，变被动为主动，他从《三字经》“玉不琢，不成器”的文句里逐渐明白了此间的道理。

了中的三哥志林，就在光孝寺附近的王家桥一家木匠铺里学手艺。自打听到弟弟从乡下来到这儿上学，感到满心的欢喜，毕竟同胞兄弟，开始时，一有空就来庙上拉了中上街玩玩。来过两次后，了中就主动跟哥哥说：以后哥哥来玩，一定要挑到休息日，否则会妨碍功课的。”

光孝寺的历代僧众的坟茔在本城西门外的景儿庄。在那儿的野田里庄严地屹立着三座佛塔，一年一度佛学院总要组织学僧们来这儿集体祭扫，恰巧了中的大姐喜珍，就嫁在景儿庄，家又住在光孝寺坟茔佛塔旁边。每年到这个时候，姐姐都准备一些果点，想款待弟弟，但每次都不能如愿。了中总是什么都不要，哪怕是拉他回家坐一下也不行。每次又总见他湿润着眼睛，随着队伍姗姗离去。事后问他时，他回答道，我何尝不想到姐姐家坐坐。但这是集体的祭扫活动，学校里定下的规矩，师父又反复关照过，不准离队而单独行动，我是必须要遵守的。

了中在佛学院，各方面表现都渐渐冒了尖，尽管他年纪最小，成绩却从来是名列前茅。佛学院为了培养了中早日成才，还专门特许他免上晚殿，让他腾出更多的时间去读书。老师们用心良苦，了中也是深知其望总把学院的寄盼铭记在心，也总是抓住一切有利时机，多读书，多悟道。

老师们一再告诫了中："当大法师是要有大辩才的。"于是了中便常常训练自己的复述水平。有时他一人坐在屋子里练习诠释经文，有时就跟同学们在一起轮流讲述佛学的经义。记得有一次还闹了个误会。那天下课后，几个同学在房间里轮流说一个笑话。了中讲的笑话，绘声绘色，使大家前仰后合，笑个不停。这时候任监学的希尧法师路过门口，听到笑声，便停步一听究竟，谁知听后他也忍不住笑出声来。大家听到房间外面有声响，了中开门一看，原来是自己的干师父希尧法师，哪知道师父上来，没头没脑地就给了中一记耳光，然后拂袖而去。从这一记耳光，了中悟到了这是师父的训斥：讲经就讲经，谁让你跟大家说笑话了？后来别人告诉他：你讲的笑话希尧法师也在门外笑了，既然他自己都笑了，还又责怪你什么哩，找他评评理。了中却淡然一笑："师父这是为我好。"

第三章　参学江南丛林

第一节　古林受戒

1946年，师公自新老和尚眼看小了中一天天地成长，耳朵里听到的是赞扬他的声音，心里巴不得他早早成为栋梁之才，于是在这年他决意送了中去宝华山受戒。

宝华山隆昌寺是我国古代和近代佛教的“高等学府”。光孝寺是从宝华山分灯而来,同属律宗。律宗的“规矩”是最全最严的,故佛教界称“律宗天下第一宗”,宝华山乃“律宗第一山”。师公自新老和尚,当初是在宝华山受戒的,以致他一心一意想让了中也去宝华山受戒。偏偏这一年宝华不是戒期,要蹲在那里的话,就是一年。正巧,这个时候,南京的古林寺要传三坛大戒,古林寺也派人到光孝寺佛学院招收受戒弟子,希望光孝寺能派学僧去古林寺受戒。因为大家都知道,光孝寺佛学院的学僧,素质是比较高的。

三坛大戒是指受十条沙弥戒、二百五十条比丘戒和十重四十八轻的菩萨戒,并由传戒的寺院发给戒牒。有了戒牒也就有了“文凭”,它可以证明僧尼的“学历”,从而决定这僧尼在佛教界寺庙中的地位。

古林有一座镌雕精妙、莲纹精致的千华戒台,传说中,它是作为比丘登坛、十师说戒之用。这样的戒台,在江苏境内,仅有四座。句容宝华山、南京古林寺、扬州万寿寺和泰州光孝寺各占其一。干师父希尧合计,决定送了中随光孝寺佛学院的学僧赴南京古林寺受菩萨戒。

光孝寺佛学院这一次去古林寺受戒的共有二十八位求戒弟子。庙里委托守成法师带队。先包了一辆大卡车,所有的人都挤上了车,离开佛学院后,这一群小沙弥一个个欣喜若狂,如同小鸟飞出了笼子,加上有的人是平生第一次坐汽车,那个高兴劲儿简直没法说。那时候的公路是高低不平，加上汽车本身车况也不算好，车子上路后就颠个不息，这帮小沙弥在车上也是跳个不停。车跳，人也跳，尽管泰州至六圩江边七、八十公里，司机竟几次停车向这些小沙弥求饶，请他们不要跳，否则难开到江边。好容易熬到下了汽车，登上轮船过江，了中站在船边，平生第一次看到这浩瀚的长江，不由得思绪万千，心潮如江涛起伏：长江是中华民族的象征。十六岁的了中，当时正风华正茂，血气方刚。心想："我现在的努力，不就是为将来更好地'为佛教做事，为大众服务'么？我要像长江波涛一样，一浪推着一浪地永不懈怠，永远前进……"下了轮渡，来到镇江，又匆匆上了火车，叮咚、叮咚个把小时就开到南京的下关。这一路上，虽说才一天时间，大家都觉得已经经历了人生中的多少个第一。第一次坐汽车，第一次搭长江大轮船，又第一次乘火车。难怪，火车刚停靠在站头上，有一个小沙弥，拔脚就踩进了火车车厢下面的铁轨道坑里，吓得带队的守成法师出了一身冷汗。因为大家兴奋的劲头难以平息，致使整个队伍散散落落。到南京下关后，守成法师存心要惩罚这帮小沙弥，便雇了一辆黄包车，自个儿坐到车上。让所有二十八个小沙弥排好队，背上行李，跟在黄包车后跑步，从下关一直跑到古林寺。尽管大家怨声载道，而了中却认为这不怪师父，谁叫我们这么不守规矩，他有法儿惩罚磨练我们哩！

佛法世界，香雾缭绕。来自各地寺院的三百多名戒子云集古林寺，接受五十三天戒期的严格生活。一时间，走廊上、大殿旁、寮房里都是四方云集的僧众戒子，他们有的穿伽蓝褂，有的着各式各样的白衲袄，有的金刚怒目，有的和善低眉，一个个都仿佛是罗汉下凡。

了中从泰州来时，特意新剃了光头，身穿师父送他的一件崭新灰色海青上袄，脚着一双新的僧鞋僧袜，光灿灿地站在古林寺高高的台阶上，俨然须眉罗汉转世。来到古林寺，了中暗中严格要求自己，处处以身作则，谨慎守心，学戒习律。

古林寺最早的钟声是在子夜以后。因为这座大丛林的早殿从子夜就开始。晨钟，含有醒世之意，警醒迷梦，劝告醉生梦死的人们，新的一天开始了，应该幡然省悟了。

钟声响，敲板声起。新戒们从睡梦之中惊醒，慌忙穿衣洗脸上殿做早课。因为人多，大殿里伏拜不下，有的人便从大殿一直排到外面大天井里，左右两序，一人站着一方石面，就像大操场上举行着盛大的阅兵式。戒子们一式黑或灰色的海青上袄，一式的布筒袜，脸上也一律严肃庄重。

佛殿和大天井前面，都站着几位引礼师傅，有的手执杨柳条，管理秩序，指导戒子遵守纪律；有的敲打着法器，以嘹亮的嗓门儿起唱：“炉香乍热，法界蒙薰，诸佛海会悉遥闻……”

这种唱唱念念，一站就是两、三个小时，腿站酸了，膝盖跪得发肿，肌肠辘辘，还得以最恭敬的姿势、最虔诚的心情去诵戒学戒。

排在戒子队伍中间，稍有倦怠，站立不恭，被引礼师发现，杨柳条会不客气打在光秃秃的头上。倒是光孝寺佛学院二十八人编成的一组，人们知道，这批人是受过比较严格的教育，因而引礼师的杨柳条轻意是不会落在这批人的头上的。

五十三天的戒子生活在忙忙碌碌的课诵供佛、礼念修持中匆匆地流逝过去。

最后了中受了菩萨戒，也就是受具足戒，发心供佛，和戒兄弟们一起烧了香疤，圆具了三坛大戒以后，真正成了一个佛门比丘。这时他猛地觉得世界上的一切竟是如此地光明灿烂、春风扑面、万象更新……

了中觉悟到：真正的僧侣生活从今天就开始啦！

第二节　栖霞苦读

在南京城东北约五十华里的地方，有一座被清朝乾隆皇帝称为“金陵第一明秀山”的栖霞山。南朝时因建“栖霞精舍”（即栖霞寺）故而得名。唐朝杜牧诗云：“千里莺啼绿映红，水村山郭酒旗风。南朝四百八十寺，多少楼台烟雨中。”

坐落在栖霞山中峰西麓的栖霞寺楼阁崇宏，殿宇壮丽。这里是我国的佛教圣地之一。栖霞寺已有1500年历史。在唐代，栖霞寺和山东临清灵谷寺、湖北荆州玉泉寺、浙江天台国清寺并称我国佛教“四大丛林”。唐高宗李治亲笔写有“栖霞”两个大字，字体雄浑遒劲。古曾有僧朗来自辽东，大讲“三论”（百论、中论、十二门论）之学，世称栖霞寺为江南“三论宗”之祖庭。唐鉴真大师第五次东渡失败后，曾在栖霞寺驻足。栖霞寺后的舍利塔和千佛岩，更是名闻中外。舍利塔分五级八面，塔上那神态各异，活灵活现的石刻浮雕，虽经一千多年的风雨侵蚀，仍神韵犹存，不愧为垂世的艺术杰作。工艺精湛、工程浩繁的“千佛岩”也是我国古代劳动人民不朽的艺术珍品。

栖霞山一带民间流传着“话不投机半句多”的典故。栖霞寺的法堂里，正壁上挂着名画家王一亭居士画的达摩祖师像。这幅高大的画像，仅用了三十六笔就挥洒而成。画像形态逼真，其眼神不管你站在哪一个角度，都觉得达摩祖师在注视着你。据传，这位禅宗祖师是梁武帝从狮子国（今斯里兰卡）请来的，他乘海船，经广州来到栖霞。梁武帝问他：“我造了这么多寺庙，你看我功德怎样？”达摩祖师觉得一个人对佛圣的贡献不仅在表，更主要的是在里，在于修持及对教义的深刻理解和不断的善行良为。他简捷地回答：“不怎么的。”梁武帝心中不悦。达摩见梁武帝不高兴，也就没有再说下去。当天晚上，他便脚踩一根芦苇，从燕子矶渡江，经泰山寺到达嵩山少林寺，从此面壁九年悟道。

了中受具足戒后告别师父离开了光孝寺佛学院，云游江南丛林，继续学习。他首先来到了这“六朝胜迹，千佛名监"的栖霞古寺。

进入栖霞山毕竟又是一个台阶。这儿云集了来自全国各地的优秀学僧。他们有的在这儿长期学习，有的在这儿短期进修。了中会同这些学僧过着不同寻常的僧侣生活。清晨三点钟听四板响起床，踏着钟鼓声随师上殿，做完功课，回寮房天还未亮，又马上礼拜在观音菩萨座前，求福求慧，澄心作观想。白天上课，这里的要求更严格，讲"四书""五经"，特别是教"中庸""大学"这些课，老师连那些注解都要求你背熟，如背不熟，不管你是大孩子、小孩子，都是要将手心伸出去，受到戒尺的惩罚。

那时候，也有人拉他们出去做佛事，挣钱。了中总是婉然谢绝，他铭记块然法师的教悔："为佛教做事，为大众服务。"要做到这一点必须要有足够的知识。只有学好知识将来才能讲经弘法，他立志要做一个能讲经的和尚。有一次，在路上，有人指指他说："这是个念经的和尚。"他却理直气壮地回道："不！我是讲经的和尚。"

了中常常一个人苦读，暗自练习论辩能力，又常常一个人在屋子里回忆当天播讲的经文。哪怕是休息日，他也还是常常一个人躲进那奇石嵯峨、泉水清澈的栖霞山的三山二涧去苦读经卷。

干师父希尧法师，在泰州想念起徒弟了中了，便问一位从南京来的法师。法师说，他已连续两个星期天都没有看到了中，希尧听后非常着急，专程从泰州到栖霞山看究竟。哪知道，进入栖霞山，听到的都是一片对了中的赞誉声。希尧这才解开了心头的疙瘩，把专带给他的新僧鞋、僧袜交给了中，还送了一些钱，又格外勉励了他一番。干师父希尧这种少见的细心、耐心和慈悲心，令了中永铭心扉。

通过这一次误会，了中似乎更加觉悟了。他的胸中涌起了一股求学奋进之力，体会到了“书山有路勤为径，学海无边苦作舟”的真谛。

第三节　游历金山

了中在参学栖霞寺的两、三年中，云游了沪宁线上的一些大丛林。由于栖霞山离金山较近，那几年他去住过几次，一般一周左右，都留下特别深刻的印象。

金山是妇孺皆知的《白蛇传》故事中“水漫金山寺”的所在地。金山位于长江下游的南岸，在镇江的西北角。这里山峦逸秀，风景绮丽，并与焦山、北固山遥相呼应，古人有“江南诸胜之最”的赞语。古代金山原是屹立于长江中的一个岛屿，被称为“江心一朵芙蓉”。唐代诗人长祜留有“树影中流见，钟声两岸闻”的诗句。宋代学者沈括也说过：“楼台两岸水相连，江南江北镜里天。”这都是对当年金山的写照。直到清同治初年，由于南岸流沙淤积，“千载江心寺”才始与南岸陆地相连。

金山寺有一千五百多年的历史，在佛教禅宗寺庙中具有重要的地位。清代把常州天宁寺、扬州高旻寺、宁波天童寺、镇江金山寺合称“禅宗四大丛林”，历代都出过不少对佛学有高深造诣的名僧。又曾有二百多位名声赫赫的达官贵人、文人雅士在此留下许多诗篇。历代皇帝中也有 11 人来过金山，其中包括三国时的孙权、宋真宗赵恒、明武宗朱厚照、清康熙、乾隆等。平时，这儿经常聚集僧侣数百，最多时超越千人来此参禅。了中心里早就仰慕这座闻名遐迩的江南大丛林。自来到栖霞不久，得到机缘便先到金山挂单。

这天，了中从栖霞山来到金山脚下，只看到一匹匹无人牵引的小驴子把朝山的人慢慢悠悠地驮上山顶，到了大门口驴子便自动停步让游客下来。这就叫“骑驴上金山”。金山的山门上方有块匾牌相传是清代康熙皇帝当年南巡时亲手题的：“江天禅寺”。

进了山门，规模宏伟的金山寺别具一格。一幢幢殿宇厅堂，一座座亭台楼阁，鳞次栉比地相衔。远远眺望，在层层楼台殿宇之上凌空矗立着挺拔俊逸的金山宝塔。这一切令初到金山的了中目不暇接。进了客厅，了中沉浸在兴奋之中。那时候他一切都觉得新鲜，到处都充满稀奇。他在不意中竟被庙里一个客堂管事的打了一记耳光。被打后了中全然不知是怎么回事？“小和尚，上点儿规矩，在这里不要东张西望！”听到大声训斥，了中这才悟到：乖乖，好大的规矩，才进门就给人下马威。毕竟是大丛林，规矩严，倒是我要处处留神。

安排好了住处，了中又忍不住地出来走走，想一下子就把这金山寺看个究竟，饱饱眼福，长长知识。

金山寺依山而建，具有独特的建筑风格。北京颐和园的万寿山是人工堆造的土山，在筑山时吸取了金山的特点，两者相比，有“南秀北雄”的不同特色。承德的避暑山庄，有仿金山的“于宇咸畅”的金山亭，扬州瘦西湖有一组丘陵称为“小金山”。

了中看到这雄伟的建筑群和风光绮丽的自然景色，止不住激动地冲上山巅，去看金山宝塔。金山塔塔体玲珑又挺拔，把整个金山及金山寺配衬得恰到好处。这座塔的砌建还似乎把金山拔高了许多。金山塔塔高 30 米，始建于一千四百年前的南朝齐梁时代，宋代曾改建成双塔，一名荐慈塔，又称荐寿塔，双塔倒塌后，公元 1569 年重建一塔，名慈寿塔。现在的塔是 1900 年重建的。塔身是砖木结构，有八面七级。此刻，了中怀着好奇心沿梯子爬上塔去，在每一层的回廊和栏杆旁，他忙不迭地四面回顾，远近眺望，于不知不觉中竟一口气登上了塔顶。待到登临顶层，他极目千里，东望长江浪涛，郁郁葱葱的焦山屹立江心，一览无余，北固山的甘露寺和寺旁的铁塔历历可见；南瞻山林城市和十里长江，峰峦千叠；西眺水天相连，金波万倾；北觑瓜洲古陵和扬州古城明现于云雾漂渺之中；俯瞰山脚下悬岸千仞，惊涛拍岸；仰视天际，白云飘浮，人似悬浮在半空之间。此时正值血气方刚、少年志盛的了中对如此气象，激动不已，顿感眼界大开，心旷神怡，不禁想起唐代李翱的：“万古波心寺，金山名日新”的诗句来，继而他又想起宋代著名政治家王安石的：“数重楼枕层层石，四壁窗开面面风，忽见鸟飞平地上，始惊身在半空中”的诗句。他觉得此间的自己，正合诗中此情此景的写照。

他从塔上下来，游兴倍增，又登上了金山的最高处。来到留云亭，有匾题为：“江天一览”。在这里，他俯视金山诸景，远望四面山光水色。恰逢亭子上有位老法师正在绘声绘色向游人们讲“江天一览”的来历。了中仔细听着。原来“江天一览”的大石碑是清康熙皇帝御笔亲题。四个大字中“览”子似乎写得小了些。传说康熙二十四年登临金山时，很欣赏这里的壮丽景色，情不自禁地感叹“江天一览”并当即挥笔题写了这四个字，其时，他把“江天一”三个字一气呵成，后因“览”字笔划多，他是初习汉字（康熙幼时习满文，后始习汉文），一时想不起来，却又不好动问，便口中念着“江天一览”而无从落笔。周围大臣侍从一见此情，知道皇上遇到难题，却不敢上前提醒。正在窘迫之际，有位大臣灵机一动，跪在皇帝面前说“臣今见驾”；康熙一听“臣今见”，顿时开窍，于是落笔写上了“览”字（“览”的繁体为“覽”）。写虽写了，偏由于康熙愣了好一会，笔气失去连贯，致使“览”字写小了一些。听了传说，了中不禁暗笑了好一会儿。从亭子上下来，一路上他又观赏到传说中苏东坡写经的楞伽台，和“梁红玉击鼓战金山”的妙高台。

在西麓，他还游览了与“水漫金山”神话相关的白龙洞，让他流连往返，还有金山的“中冷泉”、“天下第一泉”。

求知的欲望，使他忘掉疲劳。

这中冷泉，泉眼原来也在江心，汲取泉水颇为不易，据说，一定要把船划到泉眼上方，用盖紧盖子的容器垂入江底，人要潜在水下把盖子打开，这才能吸取到真正的中冷泉水。苏东波在《游金山寺》一诗说："中冷南畔石盘陀，古代出得随涛波。"此泉在唐代就已闻名。有位评茶专家叫刘伯刍的，在品尝过各地泉水后曾作出了鉴定："水之与茶宜者凡七等：扬子江南冷水（中冷泉）第一；无锡惠山泉水第二；苏州虎丘寺水第三；丹阳县观音寺水第四；扬州大明寺水第五；吴淞江水第六；淮水最下第七。"中冷泉被誉为"天下第一泉"。了中在鉴亭旁仔细观赏。看看清末镇江知府王仁堪所书的"天下第一泉"五个大字。

了中第二次到金山的时候，那是在 1948 年。此时的了中仍在栖霞山参学。这年金山寺不慎发生火灾。栖霞山闻迅组织僧侣前来救灾。了中随队伍又一次来到金山。进了寺院，那状况真可谓惨不忍睹。烈焰腾空、火花飞溅，风助火威火借风势。山下聚有十多部救火车，却无法上山，水打不到火烧的方位，只好看着火烧，好端端的一个寺庙，二三百间主要建筑在这场灾难中化为灰烬。了中看着这情景，真是难过之极。当时他暗发心愿，等有朝一日，我一定要尽自己的力量帮助修复这座大丛林。

直至四十年以后，了中从海外返回祖庭时，就专门到金山寺参拜。那时，正值金山寺重建"大雄宝殿"，了中立即慷慨相助，捐了一笔钱。他说，这是了却那年在这儿参加救火时所萌发的心愿。

第四节 静安求学

上海是中国最大的都市，地处江海交会要冲。自唐宋以来，上海境内吴淞江畔已形成海舶交集的大港，元至元二十九年(1292)设上海县。清朝末年上海开埠后，成为万商云集的远东大都市，各种西方思潮、文化和宗教也渗入上海，然而作为扎根于中华大地上千年之久的中国佛教仍然在这个大都市中发展。

30年代后随着上海经济的日益繁荣，这里不仅成为了中国的文化中心，同样也成为了佛学研究中心，各宗派大师纷纷来沪传经说法。一些佛学团体、佛学院相继在这儿建立。佛教的净土宗、天台宗、法相宗、禅宗、律宗、密宗和喇嘛黄教、红教，在这儿均有名师和道场。这儿集聚了众多的在家信佛的居士，一此学僧向往到这儿来求学。

坐落在繁华的南京西路上的静安寺，门前车水马龙，毗邻高楼大厦，繁华的商业大街与清静古幽的佛教净地，现代文明与古老文化在此形成强烈反差。

静安寺是这个大都市中最古老的佛寺，相传于三国东吴赤乌十年(247)所建，原名重玄寺，北宋大中祥符元年(1008)易名静安寺。原寺址在吴淞江北岸，后因江湖冲击，危及寺基，于南宋嘉定九年(1216)改迁现址。当时寺前有一井，称为涌泉，泉水昼夜翻滚，状似温泉，又名海眼，传说深可通海，有“天下第六泉”之称。元代时即把涌泉亭列为“静安八景”之一。

静安寺占地不大，但寺内殿堂布局紧凑，有山门、天王殿、大雄宝殿、三圣殿、方丈楼、念佛堂，这些殿宇均为清代重建。寺内有明代所铸六千斤重的大钟、南北朝时石刻佛像、八大山人名画、文徵明行草真迹、宋兴宗赵惇亲笔所题的“云汉昭回之阁”石刻等珍贵文物。

静安寺虽然没有名山大川、树深林茂中寺庙的幽静，但是这儿有一所由时称佛教救星的太虚大师创办的佛教学院。一些有志学僧纷纷前来，了中也属其中之列。

静安寺佛学院创立于 1946 年 5 月 8 日（即农历四月初八佛诞日），太虚大师为首任院长。这天，适逢佛教学院开学、静安寺新山门落成和阿育王式石柱竣工。太虚大师以三喜临门，欢喜赞叹，亲自拈香礼佛。参加典礼者有数千之众，称为当时中国佛教界一大盛事。后来持松法师任静安寺住持后，并兼任佛教学院院长，并聘白圣法师为副院长。这两位院长尽管都为湖北人氏，但对来自于苏北的学僧了中却备加厚爱，以至于后来联系不断，对了中发展的影响很大。

持松法师是国际上久负盛名的高僧，为恢复和发展中华“密中坛”沤心沥血。他在挽回千古绝传的密宗真经的过程中，曾三渡日本，诠释疏义，作出了巨大贡献。此时他还担任上海市佛教协会会长。持松法师对了中的厚爱,也可能与了中来自泰州光孝寺有关。持松法师曾与原光孝寺住持常惺法师是华严大学同学,并同一书桌,共用一只墨砚,甚为友善。毕业后,常惺法师去闽南佛学院办佛化策进会年刊。1925年持松法师见示学密后,著有《贤密教衡》一稿,常惺携往闽南阅读,两年后将稿奉还,后来稿件在《海潮音》佛学刊物上发表。继而持松又写成《贤密教冲释惑》一稿,又在《海潮音》杂志上发表。应当说持松与常惺之间的交往是感情笃深的,所以佛学院院长持松法师对来自老同学所驻之庙的学僧了中就十分器重了。

此时担任静安寺佛学院副院长以及静安寺监院的白圣法师对来自苏北的学僧了中就更为器重。当时他就觉得了中是一位了不起的英才,是佛门龙象。白圣法师是湖北应城县人,法名东富,字白圣,号洁人,俗名胡必康。承浙江宁波七塔寺贺瑛悟禅师法绪,嗣为临济正宗四十一世。他曾朝九华,历南海、峨嵋、五台,到扬州高旻寺当代高僧来果和尚身边深造,得到来果和尚的嘉赏,并多方勉励,爱护备至。白圣法师后来成为世界佛教僧伽会会长、世僧之王,但他与了中之间多年共事合作配合默契。在世佛会,他当了多年的会长,而了中亦当了多年的秘书长。直至50年以后,创办玄奘大学,了中在《玄奘大学创校开学典礼致辞》中这样说道:“白圣长老是佛教的大家长,毕生心愿就是要为佛教创办一所大学。但是他老人家年事已高,因此要我发心,全权负起创校责任。我为了报答长老提携之恩，虽然绠短汲深，但是师命难违，只好勉为其难接下这份重大的工作。从此，我个人与玄奘创校，也就结下了永不分的因缘。”

其实在当时的静安寺佛学院，对求学的了中来说，确是如鱼得水。两位院长的关心，佛学院中管教务的守成法师、传谛法师、管寺务的妙然法师，都是清一色的泰州老乡。在同学当中似乎个个都是佼佼者，圣严法师（现任台湾法鼓山住持、博士、世界著名佛教学者）、自立法师（现任世界佛教僧伽会副会长、菲律宾隐秀寺住持）、妙锋法师（曾任美国佛教会会长）、贾劲松居士（曾任上海市佛教协会副会长、静安寺修复委员会主任）、钟流法师（曾任华东师范大学教授），都是他的同窗，互相之间都能得到影响。

静安寺佛学院为了培养了中等一批英才，当时聘请了一流的老师教学。师资有：原金陵大学哲学系主任本光法师，讲授佛学概论、比较宗教学、唯识论；道源法师，讲授贤首教义；度寰法师，讲授因明学；林子清，讲授印度佛教史；关德栋、陈诒先教授，先后讲授国文；秀奇法师，讲授美术。连泰州光孝寺的南亭老和尚也在这里讲过课，堪称一时之盛。

了中在这所佛教学院静心求学，学院学风严谨，学术气氛浓厚。在这儿了中还伙同学僧一起创办了《学僧天地》杂志，尽管仅仅办了六期，却办得有滋有味，毕竟是培养了能力。该刊除发表自己的作品以外，还约请慈航、大醒、法尊、南亭、雪嵩、季羡林、叶圣陶等著名高僧、学者为其撰稿，在佛教界具有一定影响。曾经有人评价当时了中所在的静安佛学院是："从办学历史看，静安寺佛教学院是小弟弟；但从办学成绩看，却是全国佛学院的老大哥。"确实也是如此，静安寺佛教学院培养的一批僧才，为20世纪中国佛教乃至于世界佛教的复兴打下了坚实的基础。而少年了中正是在这种氛围中学习、磨炼，并从这儿走了出去……

初稿于1993年4月

改稿于2001年4月

附　录

一、报恩光孝禅寺最吉祥殿碑记

[宋]陆　游

天下无不可举之事，亦无不可成之功。始以果，终以不倦，此事之所以举而功之所以成也。海陵通州之间，自建炎后为盗区战场。中虽息兵，然犹鬼啸狐嗥于藜莠瓦砾中，自宫寺民庐，皆略具尔。未几，复有绍兴辛巳虏祸，前日之略具者，又践蹂燔烧涤地而尽。乾道、淳熙以来，中外无事，函养滋息，且以国力兴葺之。迨今四十年，而城郭邑屋，尚未能复承平之旧。至于浮图之庐，又非郡县所急，或盛或衰，皆在仁者所不问，则其举事若尤难者。呜呼！是特不遇浮图之杰耳。信有之，未见其果难也，泰州报恩光孝禅寺是已。寺始为天宁万寿寺，今名盖用绍兴诏书改赐，亦火于辛巳之变。有祖彦师者复葺之，未成而化。中间屡易主者，至绍熙中，今长老德范师应运陈公损之之请而至。寺虽粗建，而大役多未之举。有巨钟千石，方寺坏于兵时，楼焚钟坠，扁而不坏。范始至，奋曰："钟不坏，寺将兴之符也。吾举事，将自钟始。"乃建楼百尺以栖钟。钟始铸，岁在乙卯，至丙辰岁五月（按：《渭南文集》作：至是三乙卯矣）而楼成，人咸异之。遂议佛殿，殿之隳弥甚，修需钱数千万（按：《渭南文集》作：殿之役最大，度费钱数千万），见者缩颈曰："使可为，岂至今日耶？"范曰："不然。吾当与有缘者力成之，不敢以难故止。"已而有居士刘洪首施钱五百万，施者不劝而集，积为四千万有奇。乃伐木于黄冈，蔽流而下。方役之兴，以关征为惧。常平使者王公宁闻之，曰："斯殿以资永祐陵在天之福，孰敢议者。吾当任其事。"于是所至皆为弛禁。殿以崇成，为重屋八楹，东西百三十六尺，南北九十六尺，高百一十尺，佛、菩萨、阿罗汉三十有一躯。会王公去，而后使者韩公梃取《华严经》语书殿之颜，曰：“最吉祥殿”。范又为阁六楹，以奉今天子昔在潜邸赐前住持觉深“碧云”二大字。阁之广袤雄丽，亦略与殿称。余若方丈寝堂、厨库、水陆堂、两庑，累数十年不能成者，皆不淹岁而备最，其费为缗钱二十万。在他人若寝食不遑暇，范独终日从容，倡道以进其徒。一謦咳，一顾视，皆具第一义，学者往往得入。而其师别峰之法，遂盛行于江淮间矣。凡一寺内处，莫不粲然复兴，是殿实为之冠。庆元六年夏四月，范使其书记蜀僧祖兴来，求予作碑。予既尽述其始末，且为之铭。铭曰：“海陵奥区名寰中，长淮大江为提封。于皇徽祖御飞龙，臣民荐福遐迩同。是邦巍然千柱宫，中有广殿奉大雄。环材蔽江西徂东，波神呵护如云从。璇题藻井翔虚空，丹碧髹垩无遗工。劫火不能坏鸿钟，雷震鲸吼声隆隆。层阁闳奉龙鸾踪，荣光夜起腾长虹。徽祖圣德齐天崇，泽覃草木函昆虫。咨尔梵众极严恭，熙运共庆千载逢。余福渐被兼华戎，长佑农扈消兵烽！”（录自《道光泰州志》卷三十一）

二、重修泰州光孝寺碑记

[清]团 昇

近泰州城西北隅，负郭面水，丛祠林立，其尤岿然特出者，曰光孝寺。光孝寺者，宋高宗绍兴八年所赐名也。本晋觉禅师义熙时初建，迭兴迭废，至宋崇宁政和间叠赐天宁万寿寺额，至是以为徽宗建筑道场，乃定今名。因罹兵火，绍熙中僧德范应转运陈公请至寺，先建楼百尺以安钟虡，因建佛殿，颜曰最吉祥，又为阁六楹，用碧云赐额。通费白金约四十万，宝章阁待制陆游为记，今碑石并文尚存。自元迄明，复小有兴废。崇祯四年，天竺僧方谛本贯州人，应聘回籍，鸠工重建，焕然改观，遂用为祝禧道场。今地方官司遇有朝贺、庆祝诸大典，乡未设有专地，皆相沿于此焉行礼。则光孝虽禅寺，实公所也。顾以历年久远，住持僧复更替，不时上雨旁风，屋宇窗楹渐多剥蚀，山门大殿尤岌岌乎覆压是惧矣。乾隆甲申年，僧西林从其师炳一自法华山杖锡而来，开戒于此，讲道日久，因于人所敬识及诸有力者，慨然以兴复旧物为已任。乃于乾隆三十九年四月择吉开工，诸同人或分任榬榷，或合力邪许。自大殿后楼，若观音、地藏、韦驮、天王等殿及大二山门，或创或因，按次分年，凡八阅寒暑，不动声色，而大工告竣。予观山阴陆氏碑记，谓天下无不可举之事，亦无不可成之功。惟始以果，终以无倦，事之所以举，而功之所以成也。有味哉，其言岂荒唐谬悠，若河汉而无极者乎！予乡尝数往来郡城，其地之击柝荷钲，奔走若狂以蕲布施者，率穷昼夜不少休，卒之扑满其名漏卮，其实甚或盖藏不谨，有力者径负之而趋，岂所托果非人与，抑典守者不免好为骊龙之睡也。忆前丁酉冬，州伯霞浦林公折简招予，议新学宫，整义学，修辑志书，次第及诸古迹之有关地方公务者，邑绅士已议有成局矣。会公忽擢升直隶海州牧，奉檄敦迫，遂克日俶装去，前议各条一概未及举行，州人到今以为隐憾。使公得少缓岁月，肇订规模，岂不可先其大者、急者俾粗完一二，以快人心，与予于是不能不为贤牧守惜也。予于是乃益三复赞叹，觉西林之不可及也。

大清乾隆四十六年真州团昇撰

邑人宫制锦书

（摘自泰州光孝寺寺藏文物）

三、踏莎行

赵朴初

一九九三年上元日访泰州，参观梅兰芳公园及史料陈列馆，明日将往视光孝寺修复情况。有作调寄踏莎行

州建南唐，文昌北宋。名城名宦交相重，月华如练旧亭台，清词范晏人争诵。朗润明珠，翩仙彩凤，梅郎合受千秋供。重光殿宇古招提，放翁大笔今堪用。

四、主要参考资料

(1) [梁]慧皎《高僧传》。
(2) [宋]普济《五灯会元》。
(3) [唐]玄奘《大唐西域记》。
(4) [唐]圆仁《入唐求法巡礼行记》。
(5)《泰州志》(包括崇祯志、道光志、新志)。
(6) 任继愈主编《中国佛教史》一、二、三卷,中国社会科学出版社 1981、1985、1988 年版。
(7) 赵朴初《佛教常识答问》,上海辞书出版社 1999 年版。
(8) 范文澜主编《中国通史》,人民出版社 1965 年版。
(9) 李哲良《中国佛文化漫笔》,东方出版中心 1999 年版。
(10)陈胜庆《中国佛教文化之旅》,学林出版社 1999 年版。
(11)《镇江宗教》上册,江苏文史资料编辑部 1995 年版。
(12)黄挺《潮汕文化源流》,广东高等教育出版社 1997 年版。
(13)高振农、静华《静安古寺》,华东师范大学出版社 1989 年版。
(14)王晓鸥《和尚大战红卫兵》,吉林人民出版社 1989 年版。
(15)印顺《太虚法师年谱》,宗教文化出版社 1995 年版。
(16)《常惺法师集》,华严莲社 1988 年版。
(17)南怀瑾《中国佛教发展史略》,复旦大学出版社 1996 年版。
(18)于凌波《民国高僧传续编》,昭明出版社 2000 年版。
(19)俞扬《泰州旧事摭拾》,江苏古籍出版社 1999 年版。
(20)杨震甲等《古镇溱潼风情录》,南京大学出版社 1992 年版。

(21)《应慈老法师圆寂三十周年纪念文集》,百家出版社 1995 年版。
(22)《玉成尊宿纪念集》,华严莲社 1994 年版。
(23)《智光大师法汇》,华严莲社 1993 年版。
(24)《行愿无尽》,荆门文史资料编辑部 1992 年版。
(25)成一《佛说弥勒三经》,华严莲社 1997 年版。
(26)贤度《华严学专题研究》,华严莲社 1999 年版。
(27)任继愈主编《宗教词典》,上海辞书出版社 1983 年版。
(28)《中国历史年代简表》,文物出版社 1998 年版。
(29)冷晓《近代杭州佛教史》,杭州市佛教协会 1995 年版。
(30)余继堂《江东佛门春秋》,宗教文化出版社 1998 年版。
(31)《天一阁藏法书专辑》,文物出版社 1998 年版。
(32)《宋·米芾选集》,浙江人民美术出版社 1999 年版。
(34)《真禅禅藻集》,上海社会科学院出版社 1992 年版。
(35)王仲尧《中国佛教十大奇僧》,安徽人民出版社 1992 年版。
(36)王仁清《民国人物联话》,南京大学出版社 1993 年版。
(37)妙然《教你相信录》,华严莲社 2000 年版。
(38)南亭《江苏泰县光孝律寺志略》,华严莲社 1996 年版。
(39)成一《弥勒净土法门集》,华严莲社 2000 年版。
(40)金实秋《佛教名胜楹联》,宗教文化出版社 1996 年版。
(41)茗山《名人与佛教》,佛教文化资料编辑部 1994 年版。

后 记

时下，人们最爱说缘分，不论是信佛的，还是不信佛的，好也罢，歹也罢，都爱用"这总是缘分"来开释。真正谈起来不是那样坦然、豁达。但是，话一出口，冥冥之中仿佛又有一个什么神秘的东西，始终主宰着自己。

1987年，由于工作变动之缘，我能够有缘接触到一批海内外名僧大德，又有机缘游历多处佛教名山大刹，再阅过多本相关文化史料，不意立即被其博大精深的文化精神深深吸引，欲罢不能。而一旦涉足其中，更有大洋泛舟，滔滔而不知何处是岸之感。待得沉心静气，浸润于内，碧落九天，追来溯往，不由自主，对那清湛如水、寂静如山的佳境，悠悠神往。

与名僧大德的交往，深感到他们那种道德和才智，以及人格魅力，同样无疑也是一种文化。先贤，著名史学家范文澜先生曾对周建人老先生说过："佛教在中国有将近两千年的历史，它同中国文化有悠久而深厚的关系，不懂得佛教就不可能懂得中国文化。"（摘自《佛教文化》2001.2.3 家振《补课》一文）。故乡泰州的文化传承已经有二千一百多年的历史,而泰州的佛教文化也已有近一千八百年的记载。根据这个情况,自己也不知不觉地走上了着力探索围绕泰州佛教首刹光孝寺相关的人和事的来龙去脉之路。这又谈何容易呢! 历史遗迹或年久废湮,或屡遭兵火,或遭浩劫动乱,已所剩无几。鉴于此,我抱着这个死理:“有志者,事竟成。”路在脚下,十多年就这么走过来了!

早在十年前,被称为“世僧之尊”的了中师父赐给我一幅字“六月炉边打铁,严冬江上渔翁”,希望我要有这种精神去研究这灿烂的历史文化。成一长老,这位当代著名高僧、泰州光孝寺第十七代传人,尽管年事已高,却对我所从事的工作关怀备致,他老人家曾勉励笔者要有“三更灯火五更鸡,正是男儿立志时”的志向去完成这件功德无量的事情。他给笔者提供了大量的资料,大部分的文稿都经过他老人家的修改。对史实的确认,他老人家总是反复斟酌,力求无误。两位大师,还都专门为笔者写了序文,并给予了无私的支持和热情鼓励,笔者真不知如何感激为好!

十多年来,由于收集资料,得到了众多海内外著名佛教界人士精神上和物质上的种种帮助。虽然他们都已作古,但笔者永远不能忘怀。他们是:妙然、慧光、茗山、真禅、仁德、贾劲松,以及光孝寺修复以来的已故三位住持肇源、松林、禅耕。

在写作过程中,原市宗教局局长陈厚良先生,向笔者提供了他多年的工作日记,原汁原味地反映了史实;王启亮老先生和海安观音禅寺王兴存居士也将他们收藏多年的资料毫无保留支持笔者；泰州市科学技术局局长谢柏生先生、净因寺修复委员会负责人梅雪琴老居士、市佛教协会副秘书长吴根喜居士都帮助笔者阅读了部分书稿，并提出了中肯的建议；现在光孝寺从职的法师和居士，也都纷纷给予笔者多种帮助。在此一并向他们表示谢意。

在本书出版过程之中，同时还得到本邑文化界的周志陶、肖仁、汪秉性、单德成、汪维寅等先生的关心和支持。他们有的不辞年高，亲自动手，帮助翻找资料；有的在书稿的文字上帮助修饰；有的在成书的章节结构上给予了教益和启示，特此向他们表示诚挚的感谢。十分感谢中国佛学院副院长传印法师为拙作命名并亲笔题词，又十分感谢美国佛教联合会会长浩霖长老，江苏省佛教协会副会长、句容宝华山隆昌寺、镇江金山江天禅寺方丈慈舟长老，上海市佛教协会副会长、静安寺方丈慧明法师为本书题词。在本书出版过程中，还得到泰州市民族宗教局局长赵克俭先生、副局长戴熙先生以及花明、杨爱明、韩瑞铭、孙时扣，泰州市文史委沈毅、海陵区文史委孔令挥等先生和光孝寺果曙长老的关护；同时还得到恩师俞扬、陆镇余以及窗友陈社、洪东兵、刘宁、华日新、高天蔚、王建宁、周虎宏、马东明、戴仲尧、沙克等的支持。特向他们表示感谢。

现在书稿写完了，我又有点惴惴不安。因为有关江淮名刹泰州光孝寺的内容相当丰富。在写作过程中，我常常感到学力不足，有一些事情，我极力想把它的来龙去脉讲清楚，结果自己总是不大满意。不过，我通过这么多年，特别是近几年的实地调查，查阅资料，以及反复研究，终于完成了这项任务。今后我仍将继续从事佛教文化的研究工作，并望以后还能对这本小书进行增订，使之更加充实和完善。

常听文友喟叹："出书是门遗憾的艺术！"何也？因虽费心劳神，书中仍常留错讹，落下硬伤。见诸文字后，笔者虽跌足自谴，然已无补于事。记取前车之鉴，笔者努力在印行前同友人一道严格校对，少留漏洞。但宥于水平，书中的疏漏、失误，想来必定还有，望方家不吝指正。

最后，还需要说明的是，本书中的大部分文章，已在报刊上发表过。另各篇写作时间前后跨越十多年，各个单篇皆有所侧重，但在结集时则显现若干史料有重复使用的地方。这里特向广大读者朋友致歉，希求见谅。

另外，本书中的插图，绝大部分均系笔者历年来所拍摄。大部分作品都曾参加过各类摄影展览和被有关刊物发表，有的还获过奖。

我的儿子范浩浩是学美术设计的，在为本书的图片整理编排设计和电脑录入及打印等做了大量的工作。照我们的传统，这也许是天经地义的事，但我仍然要提上一句。

范观澜

2001 年 9 月于泰州鼓楼新路寓所